UT *metro*

wo

edo

UT *metro* wird
herausgegeben von
Thomas Wörtche

Zu diesem Buch

Alex Hoel ist ein Torpedo, ein Geldeintreiber, in Oslo. Er arbeitet hart, präzis und verlässlich. Was seine Auftraggeber betrifft, ist er nicht allzu wählerisch. Hauptsache, die Kohle stimmt. Aber plötzlich geht alles schief: Sein bester Freund kommt bei einem Job zu Tode. Hoel verbraucht zu viel Geld. Und plötzlich ist aus dem Geldeintreiber ein Schuldner geworden. Als Hoel versucht, auf einen Ruck ganz viel Geld zu verdienen, schlittert er in einen veritablen Bandenkrieg zwischen Russen und Jugoslawen. Selbst für den Profi Hoel wird die Angelegenheit zu bleihaltig. Er will nur noch raus.

Ewos Oslo ist schon längst nicht mehr das nette Städtchen im Norden, sondern eine ganz normale Großstadt mit all dem Chaos, das zu einer Metropole gehört.

»Alex Hoel ist eine faszinierende Romanfigur, ein moderner Cowboy. Die Spannung steigt von der ersten bis zur letzten Seite.« *Dag og Tid*

Der Autor

Jon Ewo wurde 1957 in Oslo geboren. Er brach sein Studium ab und machte eine Buchhändlerlehre. Danach verdiente er sein Geld mit Gelegenheitsjobs, schrieb Jugendbücher und war Sänger in einer Rockband.

Mehr über Buch und Autor im Anhang
oder auf *www.unionsverlag.ch*

Jon Ewo

Torpedo

Ein krimineller Roman

Aus dem Norwegischen
von Christel Hildebrandt

Unionsverlag

Die Originalausgabe erschien 1996 unter dem Titel
Torpedo bei Aventura forlag, Oslo.

Deutsche Erstausgabe

Die Übersetzung dieses Buches wurde unterstützt
durch »Norwegian Literature Abroad (NORLA)«

Auf Internet
Aktuelle Informationen
Dokumente, Materialien
www.unionsverlag.ch

Unionsverlag Taschenbuch 171

Rieterstrasse 18, CH-8059 Zürich
Telefon 0041-1 281 14 00, Fax 0041-1 281 14 40

Umschlaggestaltung: Heinz Unternährer, Zürich
Umschlagfoto: Prisma/Nonstock
Druck und Bindung: Clausen & Bosse, Leck
ISBN 3-293-20171-7

Die äußersten Zahlen geben die aktuelle Auflage
und deren Erscheinungsjahr an:
1 2 3 4 5 - 04 03 02 01 00

Oslo

November 1994

Pünktlich um 0.13 Uhr stieg der Halbmond mit einem schwachen Leuchten über das Dach des Mietshauses in Grønland. Das Geräusch des Regens, der bereits seit dem frühen Morgen fiel, wurde von einem dunklen Volvo unterbrochen, der vom Bürgersteig vor der Toreinfahrt losfuhr. Das Auto fuhr mit einem Passagier mehr davon, als es gekommen war.

Die Huren im Eingang links davon machten gute Geschäfte, auch noch nach Mitternacht. Der Schwanz ist ein nackter Affe, der immer nach Befriedigung schreit, dachte Alex Hoel. Der Verkehr bestand aus Privatautos mit getönten Scheiben, die nach kurzen Inspektionsrunden direkt vor dem Eingang anhielten. Die Straßenlaterne vor der Nummer 12 warf einen feuchten Lichtkegel auf Fußweg und Eingang. Alex Hoel und Ulf konnten die Mädchen auf ihren hohen Hacken im Licht hin und her spazieren sehen, glimmende Zigaretten in den Mundwinkeln und mit runden, schwarz lackierten Handtaschen, die aussahen wie kleine Hunde.

Ulf und Alex hielten die Augen offen. Der Mann, auf den sie warteten, sollte sich nicht ungesehen unter die geilen Kerle in dem Mietshaus aus dem neunzehnten Jahrhundert mischen können. Es stand Schulter an Schulter neben seinen heruntergekommenen Geschwistern und wartete auf bessere Tage, die niemals kamen. Herbstregen und Dunkelheit verwischten die Konturen der Hausfassaden. Aber Alex wusste sehr genau, wie man auch in der Dunkelheit an einem solchen Gebäude hochklettern konnte, von der Straße bis hinauf zur obersten Dachrinne, obwohl der Regen das Gesims und die Fensterrahmen spiegelglatt machte.

Ulf hatte offenbar seine Gedanken gelesen.

»Einen Tausender, wenn du in fünf Minuten aufs Dach und wieder zurück kommst«, flüsterte er und klopfte dabei auf seine Tasche, in der er immer sein Geld in einer Silberspange hatte.

»Du bist ein zu guter Freund«, sagte Hoel und legte ihm eine breite Faust auf die Schulter. »Von dir nehme ich kein Geld. Spare es lieber für Irina und den Jungen. Und außerdem sind wir bei der Arbeit.«

Genau in dem Moment, als er »den Jungen« gesagt hatte, regte sich etwas tief hinten in Ulfs Augen.

Ulf schaute zu Boden und dann die Straße entlang, während er sich räusperte und fragte: »Hast du das gleiche Gefühl wie ich?«

Hoel überhörte den Unterton in Ulfs Stimme. »Das kommt darauf an, *was* du fühlst.« Ohne dass Hoel genau wusste, worum es sich handelte, meinte er zu wissen, dass hinter Ulfs Stirn etwas Schwieriges vor sich ging. Hoel hob seinen Blick und starrte in den Regen unter der Straßenlaterne.

»Alex, ich habe so ein komisches Gefühl …«

»Aber du weißt doch immer ganz genau, was du bei deinem Job machst, Ulf. Reiß dich zusammen. Stimmt etwas nicht zwischen Irina und dir? Oder was ist los?« Hoel spürte, wie irritiert Ulf war. Oder besser gesagt, es war ein Schwall verschiedener Gefühle, gemischt mit Irritation.

»Es sagt mir nur irgendwas, dass das hier schief gehen kann.«

»Das kann es immer. Du und deine Gefühle. Wenn wir jedes Mal abgehauen wären, wenn du dieses Gefühl kriegst, dann könnten wir gleich Böden schrubben!«

»Ja, aber manchmal wären wir damit besser davongekommen«, antwortete Ulf. Hoel wusste, dass Ulf so nur redete, wenn er nervös war. Egal, wie gut sie auch miteinander befreundet waren, er wollte sich von Ulfs Raubtierwachsamkeit direkt vor der Arbeit nicht beeinflussen lassen. Er weigerte sich, Ulfs Ahnungen an den eigenen Nerven nagen zu lassen. »Vielleicht hast du ja Recht, aber das ist jetzt nicht der richtige Augenblick, um nervös zu sein.«

Um 0.34 Uhr geschah etwas. Sie hörten, wie ein Wagen parkte. Das Motorengeräusch wurde zum leisen Brummen, und dann hörte man nur noch das Geräusch des Regens, der auf den Asphalt fiel. Eine Autotür wurde geöffnet und wieder zugeschlagen, und eine der Huren hob den Blick. Schuhe platschten durch die Wasserpfützen. »Harte Sohlen«, dachte Hoel automatisch. »Italienisch.« Irgendwo weit entfernt, in einem anderen Stadtteil, stellte ein Rettungswagen die Sirenen an.

Im Rahmen der Hofeinfahrt sahen sie eine geduckte Gestalt. Der Anzug war dunkel, mit einem leichten Schimmer, und der beigefarbene Gabardinemantel hing achtlos über dem Arm. Der Mann hielt sich eine Ledertasche mit Messingverschlüssen über den Kopf, während er nach den Schlüsseln suchte.

Ulf wandte sich seinem Kumpel zu. »Jetzt? Oder noch warten?«, fragte er mit der vereinbarten Fingersprache.

»Warten«, zeigte Hoel und spürte, wie sein Adrenalinspiegel stieg.

Sie sahen, wie der Kerl in den Hausflur huschte, ohne darauf zu warten, ob die Tür hinter ihm wieder zufallen würde. Nur zehn Minuten zuvor hatte Hoel einen kleinen Keil gesteckt, damit die Tür einen halben Zentimeter, bevor sie ins Schloss fallen konnte, stoppte.

Ein neuer Kunde hielt an.

»Meinst du, du erinnerst dich in dreißig Jahren noch an mich, Alex?«

»Nun hör aber, alter Kumpel«, sagte Hoel und starrte Ulf an. »Jetzt musst du dich zusammenreißen. Und wenn es nur Irina zuliebe ist.«

Zwei Paar Augen huschten schnell über die Fenster. Ulf musterte die Innenseite des Hofeingangs, bevor sie die Tür aufschoben. Sie quietschte in den Scharnieren. Jemand hatte die Deckenlampe zerschlagen. Das Glas knirschte unter ihren Gummisohlen. Im Licht des Mondes sah Alex, dass Ulf lächelte. Aber das genügte nicht, um seine Anspannung zu verringern.

Dieser Job war eigentlich nicht der Rede wert. Easy Deal. Sie sollten einen Kunden von Dragoslaw erschrecken, einen Kerl, der Heroin gekauft und nur die eine Hälfte bezahlt hatte. Die zweite Hälfte war letzte Woche fällig gewesen. Dragoslaw war ein eiskalter Bankier, der es hasste, Geld zu verlieren. Beim ersten Mal sollten sie nur versuchen, den Kerl zur Vernunft zu bringen. Und wenn das nicht mit guten Worten ging, dann sollten sie sich ein wenig an den Versager »anlehnen«. In der Regel genügte das. In dieser Stadt war die Kreditwürdigkeit niedrig, und Vertrauen gab es nur leihweise.

Es war kein Mucks aus dem Treppenaufgang zu hören, nur das Rauschen des Verkehrs hinten von der Brugata. Eine Katze miaute hinter dem Holzzaun auf dem Hofplatz, und von den Plastikleinen am Trockengestell fielen Tropfen. Hoel drückte sich an die Wand und spürte, wie sich der Putz unter seinen Händen löste. Der Jäger in ihm zitterte, ohne dass er dafür einen genauen Grund hätte benennen können. Das ganze Haus vibrierte. Genau das Unbehagen, das allen Junkies folgte. Das juckende Zittern ihrer Körper sprang über auf die Wände aller Häuser, in denen sie wohnten. Die Unruhe, die nach einem neuen Schuss suchte. Hier draußen in der Grauzone war die Nacht eine einsame Spritzennadel, die direkt in die Pulsader führte. Ganz plötzlich zweifelte Hoel daran, ob es so schlau gewesen war, diesen Job zu übernehmen. Der Mann im vierten Stock war auch ein Jäger.

Alex Hoel hatte seinen »Feldanzug« an, wie Ulf es zu nennen pflegte. Bevor Hoel gegen acht Uhr an diesem Abend seine Wohnung in der Niels Juels gate verlassen hatte, hatte er sein Trainingszeug ausgezogen, das von Schweiß durchtränkt war, und war in die rundum verglaste Dusche gegangen. Er hatte das warme Wasser aufgedreht und war fünf Minuten unter dem Strahl stehen geblieben, um sich den Schweiß von der Joggingtour am Frognerstrand entlang abzuspülen. Dann hatte er sich Boxershorts aus Baumwolle angezogen und sich mit dem guten Gefühl von warmer Luft und Dampf auf dem Oberkörper mit Seife und Rasiermesser vor dem Spiegel über dem Waschbecken rasiert. Vom Wohnzimmer aus hatte er einen von Maliks' Hamburgern mit einer Extraportion Salat bestellt. Der Koch wusste, wie er ihn haben wollte – das beste Fleisch, frischer Salat, kein Dressing –, und die Leute von Maliks brauchten nie länger als zehn Minuten, um das Gewünschte an der Tür abzuliefern. Aus dem Kühlschrank holte er eine Flasche Ramlösa-Selter und presste vier Apfelsinen aus. Das Glas füllte er fast bis zum Rand mit Orangensaft, bevor er ein paar Zentiliter Mineralwasser dazugoss. Er nahm das Glas mit ins Wohnzimmer, schaltete den dritten Akt von Wagners *Parsifal* an und stellte sich vor das Panoramafenster seiner Loftwohnung. Hier stand er, mit allen Sinnen offen und bereit und dem Wissen, dass es nur noch ein paar Stunden hin war bis zu einem einfachen Job. Einem simplen Job, der genug Geld einbringen würde, um den Urlaub zu machen, den er sich vorstellte. Als das Essen kam, aß er am abgelaugten Esstisch und trank noch ein Glas Ramlösa, bevor er ins Schlafzimmer ging und sich ein dunkelblaues T-Shirt aus Baumwolle anzog, ein Paar nachtschwarze Levis und dunkle Eton-Strümpfe. Aus dem Garderobenschrank wählte er ein Gant-Hemd und einen warmen, aber dünnen italienischen Strickpullover aus. Vom Flur holte er die DocMartens-Schuhe, die so gecremt waren, dass man die gelbe Naht nicht sah. Schließlich zog er sich die Wildlederjacke mit der extra eingenähten Tasche an, in der die Walther versteckt werden konnte. Er inspizierte die Waffe und schob sie an ihren Platz. Bevor er ging, überprüfte er sich zwei Sekunden lang im Spiegel an der Eingangstür, gab den Code ein und schloss das doppelte Sicherheitsschloss in der Eichentür.

Ulf deutete nach oben, schlich sich an den ausgebrannten Briefkästen vorbei und nahm die erste Stufe ganz dicht an der Wand, um ein Knarren zu vermeiden. Hoel blickte über die Schulter zurück, bevor er ihm ins Halbdunkel folgte. Das Mondlicht warf durch das hohe Fenster in der Eingangstür einen Lichtstreifen zwischen sie. Nur noch eine Scheibe war heil, und es roch nach Staub und verbranntem Gummi. Hoel stolperte fast über eine flachgedrückte Coladose, konnte den Fuß aber noch im letzten Moment anheben. Sie gingen im ersten Stock an drei Türen vorbei. Hinter der mittleren war ein flackerndes Licht zu erkennen und eine murmelnde Stimme zu hören. Ab hier fehlte nach oben hin das Geländer, und jemand war mit einem Brecheisen auf die Mauer losgegangen. Tiefe Einkerbungen wirkten wie Narben in der Wand. Hoel achtete darauf, nicht direkt ins Mondlicht zu sehen, um nicht ganz seinen Nachtblick zu verlieren, während sie sich lautlos dem vierten Stock näherten. Weit weg fiel eine Tür ins Schloss, und plötzlich bemerkte Hoel, dass es aufgehört hatte zu regnen. Er hörte ein Geräusch, das hier nicht hingehörte, und zog sich seitwärts zurück. Weg von der Tür, vor der Ulf stand.

In dem Moment, als Hoel seinen Körper schnell nach links warf, knallte es hinter ihm. Im Bruchteil einer Sekunde sah er, wie sich die glühende Masse in Ulfs Rücken drückte, der herumwirbelte. Er schlug mit den Fäusten auf die Bodenbretter auf, und ein feuchter Laut presste sich durch Lunge und Hals. Hoel warf sich auf den Boden, als Patrone Nummer zwei in den Lauf gepumpt und auf den Punkt abgefeuert wurde, an dem er gerade noch gestanden hatte.

Auf irgendeine Weise war es dem Mann gelungen, sich verborgen zu halten, bis sie an ihm vorbeigegangen waren. Nach den beiden Schüssen wurde es so still, dass man hören konnte, wie die Spinnen nervös in den Ecken spannen. Diejenigen, die im Haus wohnten, hatten alles schon einmal erlebt. Sie wollten nur ihre

Ruhe, um in aller Stille zur Hölle zu fahren. Möge Gott ihnen dabei helfen. Amen.

Hoel ahnte den Mann mehr, als dass er ihn sah, einen Umriss, der in die Dunkelheit gezeichnet war. Seine Kleidung roch, als hätte sie auf einem Müllplatz gehangen. Und dahinter roch Hoel den Gestank von Schweiß und ausgewaschenem Rasierwasser. Der Mann pumpte mit einer langsamen Bewegung eine neue Patrone in den Lauf.

»Halt das!«, krächzte er und schob etwas Kaltes, Metallenes in Hoels Hand. Hoel ergriff es mit tauben Fingern.

»Mach an«, sagte der Mann. »Und lass dich nicht zweimal bitten. Ich will deinen Kopf sehen, wenn er explodiert.«

Hoel fummelte an dem Zündmechanismus, und plötzlich schoss eine Flamme hoch und verbrannte ihm die Stirn. Unwillkürlich wich er zwei Zentimeter zurück, hielt aber inne, als er das Funkeln in den beiden Pupillen sah, die auf ihn hinunterstarrten.

»Keiner bezahlt den vollen Preis für den Scheiß, den ich gekriegt habe!« Der Lauf schwang vor Hoels Nase hin und her.

Hoel antwortete nicht. Er hielt das Feuerzeug wie ein braver, folgsamer Schüler.

»Hörst du?«

»Ja«, antwortete Hoel nur und schluckte. Er wusste, dass man nicht mit einem Tiger diskutierte, dem jemand die Eier gequetscht hatte.

»Mach die Fresse auf, du Arschloch!«, flüsterte der Mann plötzlich und schob die Mündung zwischen Hoels Lippen.

Hoel kniete und öffnete den Mund. Er dachte an die Walther, die wie ein Baby an seiner Seite lag, ohne dass er drankommen konnte. Sein Mund war voll mit Metallgeschmack, und er spürte, wie die Kimme oben an seinem Gaumen kratzte. Seine Lippen fühlten sich an wie Gummibänder, als er sie um den Lauf schloss.

»Na, was meinst du? Werde ich dich umbringen? Oder werde

ich dich mit einer Botschaft zurück zu Dragoslaw schicken? Wenn du aufgepasst hast, dann weißt du die Antwort! Hast du aufgepasst?« Der Lauf glitt langsam in Hoels Mund hin und her.

Hoel schloss nicht die Augen. Er wollte die Welt bis zur letzten Zehntelsekunde sehen. Er betete auch nicht. Vor zwanzig Jahren, als er seinen ersten Elch geschossen hatte, hatte er gelernt, dass es keinen Gott gab. Nur eines zählt – die Frage, auf welcher Seite der Waffe du dich befindest. Hoel starrte auf die haarige Faust. »Zum Teufel mit Dragoslaw. Zum Teufel mit dieser Stadt. Zum Teufel mit diesem Leben!«, war alles, was er sich zu denken gestattete.

»Nun hör mal gut zu«, erklärte der Mann. »Mich scheißt keiner an. Denn wer mich anscheißt, der scheißt den Boss an. Und deshalb scheißt mich keiner an. Kapierst du, was ich damit sagen will?«

Als die Schrotladung ihn wie ein Dampfhammer im Rücken traf, hatte Ulf gespürt, wie seine Lungenflügel zusammengeklappt waren. Seine Seele war kopfüber in ein Aquarium getaucht, in dem Stimmen und Bewegungen wie Siegellack davonflossen. Es gab keine Schmerzen. Er spürte lediglich, dass etwas in ihm versuchte, die Lunge wieder dazu zu bewegen, Luft einzuatmen. Es roch nach Kalk. Er versuchte an Irina zu denken, aber sie wurde nur zu einem Wort ohne Bedeutung. Dann suchte er nach seinem Sohn. Aber der Sohn war ohne Namen und ohne Körper. Eine Dusche aus Blut, Rost und grau-gelbem Eiter tropfte vom Dach des Aquariums.

Ulf starrte auf Hände und Arme, und es gelang ihm nicht, den Blick abzuwenden. Der Kalkstaub ließ ihn an Ruhe und Frieden denken, an eine langweilige Stunde im Gymnasium, auf das er vor mehr als hundert Jahren zusammen mit Alex gegangen war. Er sank friedlich zusammen und wollte gerade die Arme ausbreiten, als der Schmerz ihn traf. Es war ein Gefühl, als hätte ihm jemand einen Meißel zwischen die Rückenwirbel gepresst und donnerte nun mit einem groben Hammer darauf los. Plötzlich sah er Irina vor sich. Sie hatte denselben Blick, dem er Hals über Kopf verfallen war, als sie sich das erste Mal gesehen hatten. Ein Blick, der in ihn hineinsah, immer weiter in ihn hinein, bis er sicher war, dass sie alles verstand und ihn ganz und gar sah. Hinter ihr lag Sönkes Gesicht. Dieser Anblick brachte ihn fast zum Weinen. Er schluchzte und spürte, wie ihm eine Kalkwolke in die Nase zog. Er versuchte sie auszuhusten, aber seine Lunge hatte keine Luft mehr. Stattdessen atmete er die Kalkwolke weiter ein und spürte, wie sein Gehirn in dem Staub versank.

Es war die Stimme, die ihn dazu brachte, sich an Alex zu erinnern. Sie waren die Treppe hochgeeilt. Er erinnerte sich an den Schuss und versuchte zu begreifen, was eigentlich los war. Er schaute auf seine Hand und spürte, dass er die Finger krümmen konnte. Alex … Wo war Alex? Seine Hand kroch wie ein blinder Krebs und lebte ihr eigenes Leben. Der Arm folgte dem Bein entlang, unter den Saum, in den Stiefel. Mit ungeahnten Kräften fummelte Ulf das Bajonett aus dem Stiefel.

Die Hitze im Aquarium machte ihn schläfrig. Er hob den Blick vom Boden und von der Hand und sah den Mann, der mit dem Rücken zu ihm stand. Dahinter konnte er eine Person erahnen, die kniete. Er kroch näher und verfluchte seinen Körper, der so schwerfällig war. Dann zog er sich halb auf die Knie, ergriff das Bajonett mit beiden Händen und stieß die Klinge in einer steilen Kurve von unten nach oben durch die Hose des Mannes mit dem Gewehr. Mit letzter Kraft stieß er noch einmal das schmale Blatt in den Unterleib. Dann ließ er sich auf den Grund sinken. Er floss ins Leck, und alle Geräusche wurden zu einem Surren. Er breitete die Arme aus und schwamm zu einem blinkenden Punkt auf der anderen Seite des Vergessens.

Hoel sah die Klinge oberhalb des Hosenschlitzes herauskommen und spürte einen Ruck in dem Körper, der die Waffe hielt. Er wartete darauf, dass der Finger, der sich um den Abzug bog, abdrückte. Aber stattdessen rutschte der Lauf mit einem feuchten Schmatz aus seinem Mund und schwang zur Seite.

Genau in dem Augenblick zuckte der Finger im Krampf auf den Abzug. Die Ladung fegte an Hoels Wange vorbei und brannte sich einen Pfad durch sein Fleisch. Sein Ohr brannte, und instinktiv hob er die Hand. Seine Finger glitten über die Gesichtshälfte, aber er spürte die Fingerspitzen nicht. Dafür stank es nach Blut und Pulver. Der Mann taumelte nach hinten zur Wand und versuchte sich von der Klinge zu befreien, die in seinem Körper steckte. Aus seiner Kehle erklang ein vogelartiges Geräusch. Hoel sah Ulf, der direkt vor ihm in dem viereckigen Mondlicht lag, die Arme zur Seite ausgebreitet wie eine Christusfigur. Er hockte sich neben ihn. Es gab keinen Puls mehr. Als Hoel das Loch in Ulfs Rücken sah, konnte er nicht begreifen, wie sein Kamerad den letzten Stoß geschafft hatte.

Er zwang sich, den Freund liegen zu lassen, und öffnete die Tür zur Wohnung. Er hatte noch zwei, drei Minuten. Auf fünfundzwanzig Quadratmetern gibt es nur eine begrenzte Anzahl von Versteckmöglichkeiten, und die meisten sind so offensichtlich, dass sogar ein Meerschweinchen sie finden würde. Der Mann war zur Flucht bereit gewesen. Alles, was er brauchte, lag in einem dunkelbraunen Aktenkoffer mit Metallecken. Die Schlösser sprangen auf, und Hoel stellte mit einem Blick fest, dass es das war, was er suchte. Er ergriff den Aktenkoffer und lief. Der Mann saß an die Wand gelehnt da und spuckte Gallensäure und Wörter aus. Mit beiden Händen umklammerte er das Bajonett, das er aus der Wunde gezogen hatte. Hoel trat ihm ein paar Mal zum Abschied in den Bauch und spürte, wie der Atem in keuchenden Stößen kam. Ihm war schwindlig, und in seinem linken Ohr rotierte das hohe C. Waren das Sirenen? Er gab sich keine Mühe herauszufinden, ob das stimmte, und nahm lieber drei, vier Stufen auf einmal die Treppe hinauf.

Die Dachluke war so breit, dass er ohne Probleme hindurchglitt. Draußen war das Dach in Mondlicht gebadet. Die Sirenen stoppten fünf Stockwerke tiefer. Ohne zu zögern, balancierte er über den Dachfirst. Seine Gummisohlen gaben ihm guten Halt, und er kam zum ersten Schornstein, der lauwarm war und nur leicht rauchte. Er hielt sich mit einer Hand daran fest, schwang sich herum und dann wieder auf den Dachfirst. Mit der anderen Hand umklammerte er den Aktenkoffer.

Als er ans Ende des Hauses gelangt war, musste er ein Stockwerk hinunterspringen, auf den nächsten Dachfirst. Er konnte in der Dunkelheit nicht alles sehen, aber seit Kindesbeinen, als er überall an Dachrinnen und Balkonen geklettert war, hatte er einen Kletterinstinkt. Wenn er den Schlüssel zur Wohnung im dritten Stock vergessen hatte und die Eltern erst in vier Stunden von der Arbeit zurückkamen, dann war er immer hineingekommen, indem er auf die Balkone der Nachbarn stieg und die achtzehn Meter hochkletterte.

Er landete auf beiden Füßen gleichzeitig. Weich und mit der notwendigen Federung in den Knien. Aber es war unmöglich für ihn vorherzusehen, dass ein Dachziegel unter seinem rechten Fuß zerkrümeln würde. Einen schwindelnden Moment lang verlor er das Gleichgewicht, doch ein schneller Tanzschritt nach rechts und ein Kunstgriff mit dem linken Arm brachten ihn wieder auf Kurs. Mit einem verkniffenen Lächeln schlich er sich weiter über die Dächer der Stadt, bis er eine Dachluke fand, die leicht aufzubrechen war.

Er feuchtete sein Taschentuch an den regennassen Ziegeln an und hoffte, den größten Teil des Blutes abwischen zu können, das sich inzwischen verkrustet hatte. Er riss sich einen Hautfetzen ab und warf ihn fort, bevor er das Taschentuch in die Tasche stopfte. Dann zog er Handschuhe an und sprang auf den Boden des Dachgeschosses. Am liebsten hätte er sich auf die kalten Bodendielen gehockt und versucht, zu sich zu kommen. Aber er musste weiter.

Irgendwo gab es eine Tür, an der er noch diese Nacht klingeln musste, und es gab eine Botschaft, die er überbringen musste. Ulf war tot, und Hoel war der Einzige, der das Irina mitteilen konnte.

Er hatte keine Zeit zu verlieren.

Deutschland
Norwegen
Schweden
Dänemark

Januar 1998

Berlin

Donnerstag, 1. Januar. 1.37 Uhr in der Nacht

»Silvester hat aus allen Menschen gemacht, sogar aus den arroganten Deutschen«, dachte Hoel, während er neben Irina den Kurfürstendamm entlangging. Das Fest war viel zu früh zu Ende gewesen. Die Nacht war toll gewesen, mit Dschungelrhythmen, Feuerwerk und so viel Champagner, wie man nur trinken konnte. Irinas Freunde verstanden es, das neue Jahr zu feiern. Aber dann hatte eine Bande von Partycrashern so viel Krach gemacht, dass es selbst für die gutwilligsten Nachbarn der Welt zu viel geworden war. Und keiner treibt seine Scherze mit einem deutschen Bullen, wenn er an der Tür klingelt. Danach war die Stimmung am Boden. Die Gäste waren in beklommenem Schweigen sitzen geblieben und hatten einander über die Gläser hinweg angestarrt. Nach einer halben Stunde waren Irina und Hoel gegangen.

Hoel dachte an das neue Jahr. Das war eine Gewohnheit, die er sich in den letzten Silvesternächten zugelegt hatte. Es war vier Jahre her, seit Ulf gestorben war, und das Gefühl, dass gerade der 1. Januar dazu geeignet war, Bilanz zu ziehen, war auch jetzt so stark wie zuvor. Wenn nicht noch stärker. An diesem Tag drosselte er ganz bewusst das Tempo und dachte an Ulf und wie er krepiert war; fast in der Mitte durchgerissen von einer Schrotladung, die Leber, Magen und Nieren über das Treppenhaus verteilt und die heruntergekommenen Wände eingefärbt hatte. Kurz danach wurde das Haus abgerissen. Das war Hoel fast noch näher gegangen als Ulfs Tod.

Er zupfte an dem Gürtel des neuen, bodenlangen Lamawollmantels. Er musste ihn enger machen lassen. Ganz gleich, wie viel er auch aß, er nahm einfach nicht zu. »Nicht schlecht für einen Mann von fünfunddreißig«, dachte er und genoss sein Spiegelbild, das von den vielen Schaufensterscheiben der Straße zurückgeworfen wurde, die Berlins Antwort auf die Champs-Elysées war. Sein Gesicht war scharf wie ein Stemmeisen, mit feinen Adern, die an den Schläfen hervortraten. Er hätte als professionelles Model durchgehen können, wenn da nicht die drei Millimeter tiefe Narbe gewesen wäre, die sich ihren Weg quer durch die linke Wange bahnte, bis ans Ohr. Oder an das, was davon noch übrig war. Zuerst hatte er die Wunde heilen lassen, wie die Natur es wollte. Aber als er das Ergebnis sah – eine gekringelte Verwachsung da, wo vorher der Ohrknorpel gewesen war –, änderte er seine Meinung und bat die Ärzte, es wegzuschneiden. Wodurch sein Kopf eine sonderbar ungeometrische Form bekam, was aber gar nicht so schlecht war. Denn jede wirkliche Schönheit enthält einen Fehler. Vollkommenheit ist Monotonie, während das hier ein Resultat war, mit dem er leben konnte.

Er konnte nicht an sich halten, er musste einen Blick auf die Frau werfen, die neben ihm ausschritt. Irina Wodke war groß für eine türkische Frau. Obwohl, genau genommen war sie halb norwegisch und halb türkisch. Ihre Olivenhaut war weich wie eine Seidenbluse. Ihre blauen Augen standen in auffallendem Kontrast zu dem levantinischen Gesicht. Gleichzeitig hatte sie eine lange Nase und vorstehende Wangenknochen mit filigranen Linien um Mund und Nasenflügel. Ihre Gesichtszüge, die Hoel fast adlig erschienen, waren ein Paradox bei einem Körper, der einer Amazone würdig war. Die Götter hatten nur die besten Stücke aus Nordeuropa und dem Mittelmeerraum verwendet, als sie sie zusammensetzten.

Schon damals, als Ulf und sie zusammengelebt hatten, gab es etwas Unausgesprochenes zwischen Hoel und Irina. Sie konnten nicht im gleichen Zimmer sein, ohne zumindest einmal einen zögernden Blick zu wechseln. Aber Hoel hatte nie etwas daraus werden lassen. Und Irina hatte es mit der größten Selbstverständlichkeit nie erwähnt. Nach Ulfs Tod waren die wortlosen Blicke intensiver geworden, auch wenn Hoel sich weiterhin passiv verhielt. Es ging wohl um die Ehre, wie er glaubte. Nichts hatte sich verändert. Auch nicht nachdem sie nach einem Jahr aus der winzigen Zweizimmerwohnung in der Sorgenfrigata in Majorstua zurück nach Berlin gezogen war. Er hatte sich nie überwinden können, sie zu bitten, doch zu bleiben. Also zogen sie und der kleine Sönke fort. Hoel besuchte sie, wenn es ihm möglich war, und so waren einige Fahrten nach Berlin in diesen Jahren zusammengekommen. Vor allem in den letzten sechs Monaten.

Sie gingen langsam durch die Berliner Nacht. Es war so warm, dass er seine Handschuhe aus beigefarbenem Wildschweinleder ausziehen konnte. Seine Hand war nur wenige Zentimeter von der ihren entfernt, und er konnte die Wärme der langen Klavierfinger spüren. Ihre Hände pendelten im gleichen Takt.

Zwei betrunkene, rotwangige Deutsche – Bürstenhaarschnitt und Boots mit Stahlkappen – stellten sich mitten auf die Straße und warfen Bierdosen auf die Autos, die vorbeifuhren. Sie hielten einen Mercedes an und stellten sich vor die Kühlerhaube, trommelten auf die Karosserie und verlangten zu wissen, woher der Fahrer das Geld hatte, um sich das Auto zu kaufen.

Hoel wechselte die Seite und platzierte sich zwischen Irina und den beiden Rüpeln. Beschützer und guter Onkel. Das hatte er Ulf insgeheim versprochen. Er hatte eine Verantwortung und eine Verpflichtung. Deshalb war er Sönkes Patenonkel geworden und derjenige, der dafür sorgte, dass es Irina gut ging.

Später gelangten sie in den Teil von Kreuzberg, in dem sie lebte. Die ganze Gegend war fast rein türkisch. Die Gerüche waren anders, die Sitten und Gebräuche auch. Hier gab es türkische Tageszeitungen und türkische Familienzeitschriften und türkische Schokolade und türkische Bonbons, und an den Zäunen und Häuserwänden hingen türkische Plakate.

Das Gebäude war ein armseliges Mietshaus aus dem vorigen

Jahrhundert, nicht weit entfernt von dem Restaurant, in dem sie als Tellerwäscherin arbeitete. Wenn der Hausbesitzer es restauriert hätte, hätte es ein Musterexemplar für den Gründerzeit-Stil abgegeben: Die Fassade, die allmählich wegbröckelte, war ein Kunstwerk mit Cupidos, Delfinen, Trauben und imitierten korinthischen Säulen, das hinter einer zentimeterdicken Schicht aus Dreck, Staub und Abgasen von einem Kaiserreich, einem Dritten Reich und drei Republiken verborgen war.

Irina weigerte sich, Geld von Hoel anzunehmen, und konnte sich deshalb nur eine Einzimmerwohnung im Erdgeschoss leisten. Bereits zwei Mal war eingebrochen worden, und jedes Mal war die Wohnung verwüstet worden. Deshalb war die Miete so niedrig. Jedes Mal wenn Hoel in den Hauseingang kam, roch es nach frischem Ingwer, Kardamom und Zimt. Das erinnerte ihn an Karawanen und Tausendundeine Nacht. Jetzt kam noch der abgestandene Geruch von Wachs und Kräutertee hinzu. Er hängte seinen Mantel auf den Bügel aus Edelholz, den es als Zugabe gab, als er ihn vor ein paar Tagen gekauft hatte. Das pickelige Nachbarmädchen, das seit sechs Uhr Babysitter gewesen war, bekam ihre fünfzig Mark und verschwand die Treppen hinauf.

Hoel blieb vor dem Spiegel stehen. Er bürstete sich Staubkörner von den Schultern des Anzugs und schwor sich, dass er nie wieder einen Anzug aus Leinen kaufen würde. Der Stoff knitterte sofort. Jetzt sah es aus, als hätte er darin geschlafen. Es war so warm, dass er auch das Jackett auszog. Danach schob er den Schlipsknoten zurecht. Nur die Italiener konnten solche Seidenkrawatten fertigen, bei denen Schnitt wie auch Motiv eine derartige würdige Eleganz zeigten, fast an der Grenze zum Pompösen. Er löste die blau emaillierten Manschettenknöpfe und krempelte die Hemdsärmel bis zum Oberarm hoch. Seine Haut, die immer noch vom Aufenthalt am Schwarzen Meer braun gebrannt war, machte sich gut gegen das kreideweiße Corneliani-Hemd, und die Hosenträger spannten sich über der Brust, wo die Muskeln hervortraten. Er legte viel Wert darauf, kein überflüssiges Fett herumzutragen. Dafür hatte er sich sein eigenes halbstündiges Morgenprogramm zusammengestellt, das mit minimalsten Hilfsmitteln durchgeführt werden konnte.

Aus der Brusttasche holte er den Zigarrenschneider, den Ulf ihm von einer Fahrt nach Venedig mitgebracht hatte. Das war zu der Zeit, als alles aus Gold sein musste, um überhaupt einen Wert zu haben. Der Gedanke an Ulf schmerzte immer noch, aber wie üblich ignorierte er diesen Schmerz.

Er nahm das Etui aus der Jackeninnentasche und ging zu Irina, die am Vorhang zur Schlafnische stand und ihn zu sich winkte. Er schlich näher heran und beugte sich über das Bett. Sönke schlief auf dem Rücken, die rundlichen Arme zu beiden Seiten ausgestreckt. Irina zog ihm vorsichtig die Decke zur Brust. Der Fünfjährige drehte sich im Schlaf um. Sein Mund öffnete sich, und die Zunge rutschte zwischen den Zähnen hervor und leckte die Lippen. Hoel strich mit einem groben Zeigefinger über die Stirn des Jungen. Das Kind griff nach dem Finger und steckte ihn in den Mund. Hoel spürte, wie die Zunge über die raue Haut und den Fingernagel huschte. Er zog den Finger wieder an sich, und Sönke schlug mit den Armen. Aber dann nahm ihn der Schlaf wieder ganz ein, und das runzlige Gesicht glättete sich zu einem reifen Pfirsich.

Irina saß auf dem einen Ende des dreisitzigen Sofas und zog die Beine unter den Körper, sodass der Saum ihres gelben Kleids über den Knien wippte. Hoel setzte sich auf den Sessel auf der anderen Seite des Tisches und zog den Aschenbecher zu sich. Er knipste ein Stück von seiner Davidoff in der richtigen Größe ab. Es war eine Panatela, die eigentlich am besten zu Vorspeisen und anderen Auftakten passte. Für eine Corona war es noch zu früh. Das letzte Mal, dass er eine Davidoff von der gleichen Qualität geraucht hatte, war bei einem Mittagessen im *Palace Grill* Ende November gewesen. Er betrachtete einen Augenblick lang die Zigarre und zündete sie dann an. Er lehnte sich zurück, den Hinterkopf an der Sessellehne, inhalierte und blies den Rauch in einem zufriedenen *Hisch* aus. Das ließ ihn an einen Kuss denken. Er sah, wie Irina den Stempel in der Kaffeekanne herunterdrückte und ihren besten türkischen Kaffee einschenkte. Beide nahmen sie jeweils ihr Glas Courvoisier und ließen den Cognac im Glas kreisen. Nach einer Minute sog er den Alkoholdunst in die Nasenflügel ein und spürte einen leichten Schwindel, als der auf die Geruchsnerven traf.

Irina lehnte sich in die Sofaecke, wobei sie ihren Rücken streckte. Zehn Stunden am Stück in der Abwaschküche, das spürt man. Eigentlich konnte sie nicht klagen. Ihr Chef war ein alter Freund der Familie, und er hielt eine schützende Hand über sie. Der Koch dagegen war ein mürrischer Mann, der von penibler Hygiene besessen war. Gestern erst hatte er herumgeschrien, weil er bei ihr Nagellackreste gesehen hatte. Er war überzeugt, dass sie sich kiloweise roten Nagellack abgewaschen hatte und der natürlich auf Tellern und Gläsern gelandet war. Er hielt einen Vortrag über deutsche Gesundheitsbehörden und -gesetze, bis der Chef kam und ihn beruhigen konnte.

Sie zog den Rocksaum über die Knie und ließ ihn wieder hochrutschen. Hoels Gesicht erinnerte sie immer an eine Raubkatze. Ein Raubtier, das die Situation einschätzt, als befände es sich in einer Arena, in der um Leben und Tod gespielt wird. Das fehlende Ohr ließ Alex brutaler wirken, als er eigentlich war. Der gezackte Riss in seiner Haut erregte sie. Sie rieb ihren Unterleib an dem glatten Sofastoff, wusste aber, dass nichts, was sie machen oder sagen könnte, ihn erschüttern konnte. Seine Unbeweglichkeit machte sie gleichzeitig wütend, als hätte er sie beleidigt. Jedes Mal, wenn er seinen Besuch ankündigte, geriet sie in Hektik, räumte die Wohnung auf, putzte, wischte Staub, schimpfte mit Sönke und bettelte um günstigere Schichten bei ihrem Chef, der sofort mit einer lässigen Handbewegung einwilligte und ihr viel Glück wünschte. Und jedes Mal blieben sie auf beiden Seiten des Wohnzimmertisches sitzen, der breit wurde wie der Atlantik. Aber heute Abend hatte es ausgesehen, als hätte er etwas auf dem Herzen. Die Hoffnung wuchs in ihr wie Efeu. Gleichzeitig glaubte sie nicht daran. Alex hatte bereits so viele Gelegenheiten gehabt, ihr näher zu kommen. Gelegenheiten, die er nicht genutzt hatte. Sie wusste, dass alle Männer einen angeborenen Ehrenkodex in sich tragen, wenn es um die Frauen ihrer Freunde geht. Aber Ulf war seit vier Jahren tot, und nicht einmal ihr gelang es, sich sein Gesicht so deutlich wie früher ins Gedächtnis zu rufen. Sie meinte nicht, dass ihr Bett zu breit oder der Frühstückstisch zu einsam war. Aber sie vermisste einen Mann für sich und einen Vater für Sönke. Mindestens fünfzigmal hatte sie sich im letzten Monat gefragt, ob sie Hundings Angebot annehmen sollte. Der war ein grobschlächtiger Mann von fast fünfzig, der sich schon längere Zeit um sie bemüht hatte und nicht mit der Wimper zuckte, als sie ihm sagte, dass sie einen kleinen Sohn hatte. Wenn sie einwilligte, dann in erster Linie Sönke zuliebe. Gleichzeitig war da ein gieriger Zug in Hundings Persönlichkeit, der sie zögern ließ. Etwas Rücksichtsloses, das dazu führte, dass sie sich instinktiv zwischen ihn und ihren Sohn stellte. Hunding hatte hoch stehende Haare auf dem Handrücken und ein Gemüt wie eine Landmine. Trotzdem musste sie zugeben, dass er eine Art Sicherheit darstellte. Und Sicherheit stand ganz oben auf ihrer Wunschliste, nachdem sie so viele Jahre allein gelebt hatte. Andererseits war da die Sehnsucht nach Alex Hoel. Sie musste sich bald zwischen Schmerz und Sicherheit entscheiden und sehen, zu welcher Seite die Waage ausschlug.

Hoel strich seine Davidoff ab, nippte am Cognac, trank den Kaffee. Es war bereits nach halb drei, und sie hatten noch kein einziges Wort gesagt. Ihre Blicke hatten sich getroffen, einander herausgefordert und dann wieder geruht.

»Warum … warum bist du nicht in Norwegen geblieben?« Endlich konnte er die Frage stellen, die ihm schon seit so vielen Jahren auf der Zunge brannte. Er streckte sich nach der Kaffeekanne genau in dem Moment, als sie auch nach ihr greifen wollte. Ihre Hand berührte leicht seinen Handrücken. Sie zog schnell die Hand zurück, als hätte sie sich verbrannt. Ihre Augen vertieften sich in seine mit einem Ausdruck, den er fast als Hass deuten konnte.

»Du weißt, in Norwegen hat es keine Gerechtigkeit für mich gegeben«, antwortete sie mit wütender Stimme und machte das Licht hinter sich aus. Dann suchte sie nach einer neuen Packung Dunhill in dem Karton unter dem Tisch.

»Du willst Rache«, sagte er hinter der Wolke bläulichen Rauchs, die über den Tisch rollte. Das war eine Feststellung, keine Frage.

»Ich bin so erzogen worden, dass Auge um Auge gestraft wird. Leben für Leben. Und solange das nicht geschieht und der Mörder immer noch frei herumläuft, hat Norwegen mir keine Gerechtigkeit gegeben.« Sie zündete eine Zigarette an und sog energisch den Rauch ein.

»Das bringt Ulf nicht zurück.«

»Das ist eine Frage der Ehre«, erwiderte sie in einem Ton, als müsse sie einem naiven Kind etwas Selbstverständliches erklären. »Ich kann nicht in so einem Land leben, auch wenn …« Sie brach jäh den Satz ab und zog wieder fest an ihrer Zigarette. Die leuchtete wie ein Teufelsauge in der dunklen Ecke, in der sie saß.

»Wollen wir schlafen gehen?« Es war immer das gleiche Spiel zwischen ihnen. Botschaften und Gegenbotschaften, bei denen keiner von beiden Flagge zeigte oder verlangte, dass der andere es tun sollte. Etwas durchzog das Zimmer auf Schmetterlingsflügeln.

»Ich muss einiges durchdenken«, antwortete er und schlug die Beine übereinander. Der Courvoisier hatte die perfekte Temperatur erreicht, und er mischte genüsslich alle drei Geschmacksarten nacheinander im Mund.

»Du fährst ab …?« Sie stand auf. Ihr Rock floss wie Seide über ihre Knie und Beine.

»Ich muss zurück nach Norwegen. Ich muss da etwas regeln«, antwortete er.

»Ciao, bello«, sagte sie leise und verschwand in der Schlafnische.

Hoel löschte die Lampe. Der fünfarmige Metallkandelaber brannte auf dem Fensterbrett. Hoel ließ das letzte Drittel der Zigarre im Aschenbecher schlummern und griff nach einer Corona. Er entfernte das knisternde Zellophan und die Bauchbinde, rollte die Zigarre vorsichtig zwischen den Fingern. Er schenkte sich noch einen großzügigen Cognac ein und spürte, wie alle Muskeln sich entspannten. Irina hatte ihre Abendtoilette beendet, und als sie an ihm vorbeiging, drückte sie ihm einen hauchfeinen Kuss auf die Wange, bevor sie hinter dem Vorhang verschwand. Er erlaubte sich nicht, so zu reagieren, wie er es am liebsten getan hätte, auch wenn sein Blick am Eingang zur Schlafnische hängen blieb. Im Gegenlicht vom Fenster hinter ihr konnte er sehen, wie das Kleid über die Schenkel, Hüften und ihren Oberkörper rutschte. Ihr Bauch wogte und war eine wunderbare Fortsetzung der breiten Hüften. Sie hatte kräftige Schenkel, eine Taille und Schultern wie eine Schwimmerin. Ihre Brüste waren Erhebungen, die genau in seine Handflächen passten. Ein wilder Traum tobte in ihm und wurde lebendig wie ein Film. Aber dann schüttelte er den Gedanken ab wie ein Hund das Regenwasser.

Gerade als Irina ins Bett schlüpfen wollte, stand er auf und sah, dass sie überrascht zusammenzuckte. Aber er ging nur in den Flur und holte sein Handy aus der Manteltasche. Wieder zurück in dem schweren Ledersessel, tippte er den Code in das Leichtgewicht von Ericsson ein. Das Telefon in matt poliertem Chrom war so flach, dass es in eine Hemdenbrusttasche passte, ohne sie sonderlich auszubeulen. Vier Nachrichten hatte der Anrufbeantworter registriert. Drei davon waren Drohungen. Eine schärfer als die andere. Die vierte war von Kristo.

Er saß im Dunkeln, während die Kerzen herunterbrannten. Er ging einen Weg, dessen Ende sich vorzustellen nicht schwer war. In diesem Leben gab es Wege, die Möglichkeiten und Öffnungen bedeuteten. Und es gab Wege, denen niemand folgen konnte, ohne physischen Schaden zu nehmen. Er sah Ulf vor sich, während das Blut aus dessen Körper sickerte. Er sah die Gesichter anderer Kollegen, die auch das Talent gehabt hatten, Geld und Dienstleistungen einzutreiben. Das war gut bezahlt, aber niemand sprach vom Risiko. Er hatte Lust, sauber zu werden. Er hatte Lust, Irina häufiger zu sehen. Und vielleicht …

Was ihn daran hinderte, waren seine Schulden. Er schuldete den Jugoslawen in Oslo 200 000 Kronen. Ein paar Runden Poker zu viel in einem der illegalen Spielclubs. Hätte er seinen Verstand zusammengehabt, dann hätte er die Schulden sofort bezahlt und vergessen, dass es unnötig hinausgeworfenes Geld war. Aber er war es so gewohnt, mit immer nachfließendem Geld zu leben, dass er weiterhin alles ausgegeben hatte, was er in den Fingern hatte. Er kaufte sich noch eine Flasche extra, bevor die Kneipe zumachte. Einen Lamawollmantel, einen handgemalten Schlips, Boxershorts von Lagerfeld und Kouros-Aftershave von Yves St. Laurent. Ein kleiner Urlaub im Ausland. Eine Suite, zwei Tage lang in einem guten Hotel. Über Geld denkt man nicht nach, solange man im fünften Gang fährt. Und dann hatte ganz unerwartet eine ökonomische Dürreperiode eingesetzt, in der er auf Sparflamme gehen musste. Die Anfragen nach den 200 000 wurden zu Drohungen, und jetzt lag es nur noch an seinem guten Ruf bei dem jugoslawischen Bandenchef Dragoslaw Kis, dass sie ihm noch nicht die Beine zerschossen hatten.

Aber die Zukunft kam wie eine Dampfwalze auf ihn zu. Wie alle anderen in dieser Branche ging er das Risiko ein, zu Kies zermalmt zu werden. Er musste dafür sorgen, dass seine Finanzen wieder ins rechte Fahrwasser kamen. Es war nicht billig, sauber zu werden. Vor allem nicht für einen, der keine Übung darin hatte. Mit einem Lächeln auf den Lippen, während die Corona unangezündet auf dem Tisch liegen blieb und während Irina sich unruhig in ihren Träumen wälzte, schlief er auf dem Sessel ein und dachte, dass er vielleicht irgendwann einmal einen Bestseller über das wirkliche Leben in Oslo schreiben würde. Eine Geschichte, die so wahr war, dass alle glaubten, sie wäre gelogen. Sie musste natürlich so anfangen, wie alle guten Märchen anfangen: »Es war einmal ein Torpedo, der sauber werden wollte. Er musste nur vorher noch seinen letzten Job erledigen …«

Fornebu

Donnerstag, 1. Januar. Vormittags

An diesem Morgen packte er in drückender Stille, während sie sich mit einer Teetasse in den Sessel verkrochen hatte und darauf wartete, dass ihre Schicht im Restaurant anfing. Sönke spielte mit einem verwunderten Gesichtsausdruck im Zimmer herum. Hoel gab ihm einen Bonbon, und Irina sagte, dass das nicht gut für ihn wäre. Trotzdem fütterte Hoel den Jungen weiter mit Süßigkeiten. Er setzte ihn auf seine Schulter und ließ ihn darauf reiten. Zwanzig Sekunden wilder Ritt genügten, damit Sönke sich den Kopf an dem Türrahmen zur Küche stieß. Der Junge schrie mit knallrotem Kopf, riss sich los und suchte Irina, die gerade hinausgegangen war, um Brötchen fürs Frühstück zu holen.

Hoel fühlte sich wie ein Idiot. Er stand da, die Hände unsicher an den Seiten herunterhängend, und sah den Jungen hilflos an, der sich in einer Ecke des Badezimmers verkrochen hatte, in dem die harten Handtücher hingen. Hoel wusste nicht, was er machen sollte, und gleichzeitig hasste er sich dafür, dass er so passiv war. Irina kam zurück und warf ihm einen irritierten Blick zu, bevor sie ihren Sohn an sich zog und ihn tröstete. Hoel verfluchte seine Ungeschicklichkeit im Umgang mit Kindern. Ulf hatte ein natürliches Talent dafür gehabt. Alle Kinder hatten so gern mit ihm gespielt. Hoel dagegen war ein zurückgezogener Mann, der keine Ahnung hatte, was Kinder so machten und dachten.

Als er endlich abfahren wollte, überkam ihn das unheimliche Gefühl, dieses Mal könnte das letzte Mal sein. »Ich komme wieder«, sagte er und beugte sich über sie. Sie machte keine Miene aufzustehen, winkte ihm nur mit einer schlaffen Handbewegung zu.

»Kann sein. Wenn du nicht dort im Norden bleibst. Das Leben ist ein merkwürdiger Tanz«, erwiderte sie und zündete sich eine neue Dunhill mit der alten an, die bis auf den Filter heruntergebrannt war.

»Das stimmt«, behauptete er und zweifelte selbst daran, ob es wirklich so war. Er drückte Sönke steif an sich. Sofort versuchte der Junge loszukommen, zurück in die Sicherheit seiner Mutter. Hoel ließ ihn los, und Sönke schoss wie eine Rakete davon.

Als Hoel ein paar Stunden später in Fornebu aus dem Flugzeug stieg, brannte immer noch etwas in ihm. Warum gelang es ihm nie, sich richtig zu verabschieden? Der Missmut ließ ihn zusammenzucken, als er plötzlich feststellte, wie viel kälter es hier im Norden war. Er hätte doch den neuen Mantel anziehen sollen.

Der alte Wollmantel von van Gils hatte ein zu schlechtes Futter. Der blau-grüne englische Tweedschal half zumindest am Hals. Aber an den Schultern und um die Hüften stach die Kälte unbarmherzig, und der dünne Filati-Pullover und die grünen Armani-Jeans machten es nicht gerade wärmer.

Fornebu hatte etwas Rührendes an sich, wenn man von internationalen Flugplätzen wie Amsterdam oder Los Angeles kam. Es war, als landete man auf einem Privatflugplatz gleich neben dem Dorfanger: Alles war kleiner, ohne Ambition, und die Architektur wirkte ärmlich. Die Holzeinrichtung in der Cafeteria, die Dekoration in der Haupthalle, die Treppen waren altmodisch und gemütlich auf eine handgestrickte Art. Aber das würde sich natürlich mit dem neuen Zentralflugplatz in Gardermoe ändern, der Ende des Jahres fertig sein sollte. Das Terminal dort würde sicher den gleichen imposanten Verbrauch an Raum vorweisen, wie es zum Beispiel Kastrup tat. Dennoch wusste er bereits jetzt, dass er Fornebu vermissen würde. Das hatte etwas mit Unschuld zu tun.

Er steuerte die Gepäckausgabe an und klappte das Handy auf. Er kannte die Nummer auswendig. »Hier ist Hoel. Ich bin zu Hause.«

»Das wurde verflucht noch mal aber auch Zeit«, antwortete eine raue Stimme mit Akzent. »Ich hoffe, du hast das Geld für den Bruder vom Chef? Dann wird der Chef freundlicher sein.«

»Ich habe einen Vorschlag«, antwortete Hoel und spähte auf dem Fließband nach seinem grauen Samsonite-Koffer.

»Der Chef hasst Vorschläge«, antwortete die Stimme. Hoel konnte vor sich sehen, wie der Mann verächtlich mit den Schultern zuckte. Aber das war gelogen. Dragoslaw Kis liebte Vorschläge. Wenn er dasitzen konnte und wie ein ganz normaler gesetzestreuer Geschäftsmann ein Angebot abwägen durfte, dann fühlte er sich immer äußerst wichtig.

»Ich glaube, es wird ihm gefallen«, sagte Hoel und klappte den Deckel zu. Höflichkeit war nicht gerade seine starke Seite, wenn es um Dragoslaws Lakaien ging. Er behandelte sie als das, was sie waren. Das hatte ihm Feinde eingebracht. Aber es brachte ihm auch Respekt. Und er lebte vom Respekt. Respekt, das waren seine Zeugnisse und Referenzen.

Vor Hoel wurde ein Ehepaar vom Zoll angehalten. Hoel starrte gleichgültig vor sich hin. Er tippte die Nummer in Berlin ein, entschied sich dann aber doch anders, bevor er auf den Knopf drückte, der das Signal durch den Äther schickte. Er hatte ihr im Augenblick nichts zu sagen.

Danach durchwanderte er ruhig alle Kontrollen. Niemand wartete mit einem Plakat auf ihn. Keine Freunde, Kollegen oder weinende Mütter hießen ihn auf diesem wettergegerbten Acker willkommen. Eigentlich hätte er den Bus in die Stadt nehmen sollen. Aber wenn man so viele Schulden hat, ist ein Hunderter auch egal. Peanuts in der großen Schale.

Oslo

Donnerstag, 1. Januar. Nachmittags

Diese Stadt ist voller Geld. Sauberen, dreckigen, schnellen Scheinen, verdient bei einem Quickie in einem Mietshaus in Torshov. Erbschaft. Hard Cash, gewonnen bei einem Pokerspiel in riskanten Spielhöllen im tiefsten Grünerløkka. Geld, das »geliehen« ist und das jemand wiederhaben will.

Man braucht Talent, um es einzutreiben. Männer, die schon Geld haben, mieten sich Männer mit Talent, um Schulden, Diebesgut und Schutz zu beschaffen. Männer mit dem Talent, anderer Männer Geld einzutreiben, können bei ihrem Job alles gebrauchen. Nur keine Gefühle. Gefühle bringen keine einzige Öre ein. Um Kunden, die Geld haben, es aber nicht ohne Druck herausrücken, zum Zahlen zu überreden, werden zuerst Vernunft und Psychologie angewandt. Danach Schmerzen und Psychologie. Alles portioniert in der richtigen Therapiedosis. Ein harter Ellbogen kann Wunder wirken, wenn er den Solarplexus des Opfers mit genau abgestimmter Kraft trifft. Blaue Flecken, ein Riss in den Rippen oder ein gebrochenes Bein sind variierende Argumente, wenn die Scheine zu fest sitzen. Ein Mann kann wegen ein paar Tausender eine ganze Menge einstecken. Und ein Mann kann sehr wenig einstecken, sobald er auf der richtigen Frequenz angesprochen wird. Alles nur Psychologie und das Fehlen von Gefühlen.

Alle Auftraggeber, die hartgesottene Eintreiber anheuern, umgeben sich mit einer unangenehmen Aura. Das wissen alle Eintreiber. Sie sind bei dem Spiel dabei, weil sie das Talent dafür haben. Weil sie wissen, dass sie ihre Gefühle zu Hause lassen müssen, und nicht zuletzt, weil sie bereit sind, ein Risiko einzugehen. Ein Auftraggeber ist ein Mann, der dir eine möglicherweise todbringende schwarz lackierte Schachtel gibt, die klappert, wenn du sie schüttelst. Der Auftrag kann dir Glück bringen, Unglück oder tiefe Finsternis mit Flügeln dort, wo deine Schultern waren. Aber stets strahlt der Auftraggeber das ungute Gefühl aus wie ein Geier und Aasfresser. Man gewöhnt sich nie daran. Das ist der Schmutzfaktor in dieser Branche.

Hoel klingelte am Tor zum Hinterhof. Ein windschiefer Mann saß auf der wackligen Plastikbank in der Ecke des Hofplatzes und fror in seiner dünnen Winterkleidung: Ein grau gefleckter Mantel mit Löchern an den Ellbogen wurde von einem zerschlissenen Seil festgehalten. Hoel ließ sich nicht von den grauen Strähnen in den Haaren oder dem aufgedunsenen Krater von Gesicht täuschen. Er hatte gesehen, dass dieser Mann sich mit der Geschmeidigkeit eines Luchses bewegen konnte. Der Kerl trug eine Astra

A-80 mit Schalldämpfer. Ein schwarz lackierter Krieger von drei Kilo mit Fahrenszeit bei der spanischen Polizei. Hoel winkte dem getarnten Wachposten zu und drehte sich zur Tür, als die lautlos aufglitt.

»Aahh, Höl«, sagte der Mann und spuckte einen rotbraunen Strahl Kautabak in den Schnee.

»Hoel, mein Name ist immer noch Hoel«, sagte Hoel und wurde durch einen Gang geführt, der so dunkel war, dass er kaum ahnte, wo sich die Wände befanden. Von links kam der vertraute Geruch von Gemüse. Man konnte fast glauben, dass sich hier unten im Keller ein Großhandelslager befand. Hoel ging davon aus, dass damit die Geschäfte getarnt wurden, die in diesem Hause abgewickelt wurden. Der Mann schob ihn ungeduldig vor sich her, und Hoel zuckte irritiert unter seinem Griff zusammen. Aus dem Zimmer am Ende des Korridors, der offensichtlich quer durch das ganze Haus führte, war Musik zu hören. Gedämpfter Bigbandjazz mit einem Hauch von Streichern und einem passenden Schmalzsänger, der sich durch *New York, New York* schmierte. Supermarkt-Sinatra aus der Kehle eines der unzähligen Reihenhaus-Casanovas, von denen die Muzak-Branche Riesenauflagen presste.

Dragoslaw Kis war ein älterer Mann mit zusammengewachsenen Augenbrauen à la Breschnew und mit Gesichtszügen, die schlicht grausam waren. Er stand vor einem riesigen Aquarium und fütterte siamesische Kampffische. Die Fischkiefer schnappten nach den dünnen Flocken Futter. Er schaute kaum hin und grunzte nur, während Hoel sich auf die Chaiselongue mit dem Rücken zur Wand setzte. »Man kann keine zwei Männchen im gleichen Aquarium halten«, sagte er mit dem Rücken zu Hoel.

»Wie bitte?« Hoel, der sich ruhig hingesetzt und in dem spärlichen Licht seine Fingernägel studiert hatte, schaute auf.

»Die Männchen kämpfen, bis einer von ihnen stirbt. Aber

Weibchen, von denen kann man so viele zusammen haben, wie man will. Wenn das Weibchen die Eier abgelaicht hat, muss es aus dem Aquarium entfernt werden. Denn es ist das Männchen, das, ja, wie soll man sagen, das Nest bewacht. Und wenn aus den Eiern Junge geschlüpft sind, dann muss das Männchen wieder raus. Ein kompliziertes Familienleben. Nicht wahr, Hoel?«

Der Mann neben dem Bandenchef wandte sich ab, sodass nur sein Profil zu sehen war. Er verschränkte die Arme, was den stiernackigen Eindruck noch verstärkte. Sein Gesicht sah aus wie polierter Granit, wie es sich über dem doppelreihigen Anzug mit den millimeterdünnen blauen Streifen erhob. Hoel vermied es, ihn anzusehen, denn Braza war ein Teil des unguten Gefühls. Wenn er es sich hätte leisten können, Gefühle zu zeigen, dann hätte er den Jugoslawen getötet. Und er zweifelte nicht im Geringsten daran, dass Braza ihm gegenüber die gleichen Gefühle hegte. Hoel lockerte den Schlipsknoten um unmerkliche drei Millimeter. Es vergingen einige Jahre, während der Schmalzsänger sich durch *I Did It Myyyy Waaaaay* ölte, und es war deutlich, dass er glaubte, was er da sang.

»Geld ist doch nur Scheiße«, fauchte Dragoslaw Brazas Profil an.

Der Mann drehte sich um und schaute Hoel mit Pupillen an, die matt wie Lakritzpastillen waren. Das Weiße in seinen Augen war gelb wie die Tasten eines abgenutzten Klaviers. »Ich habe nie etwas gegen Scheiße gehabt. Mit Scheiße kauft man sich Essen. Mit Scheiße kauft man sich frische, junge Mösen. Scheiße lässt die Welt rotieren«, zischte es aus einem Hals, in dem selbst Fisherman's Friends nichts hätten ausrichten können. Der Mann legte sein Gewicht auf den Silberknauf und verließ wortlos mit steifen Schritten das Büro.

»Braza ist so … empfindlich«, sagte Dragoslaw und drückte den Deckel mit einem trockenen Klick auf die Futterdose.

»Außerdem lieben wir uns nicht mehr«, erklärte Hoel und nahm ein brasilianisches Zigarillo aus dem Platinetui. Sie hatten eine besonders präparierte Spitze, die es ermöglichte, auf sie zu beißen, ohne sie kaputtzukauen. Sie rochen nach Steppengras und erinnerten an eine dreifache Dosis Teddy ohne Filter. Er bot Dragoslaw eines an, der aber dankend ablehnte, weil er die billigen deutschen Zigaretten vorzog, die einer seiner Männer für ihn eingeschmuggelt hatte.

»Du willst also einen Deal machen, stimmt's?«, stellte Dragoslaw fest, nachdem sie zehn Minuten lang Höflichkeitsphrasen ausgetauscht hatten. Eine Frau servierte arabischen Kaffee in kleinen Keramiktassen ohne Henkel. Hoel hielt die Tasse ganz oben mit den Fingerspitzen fest, um sich nicht zu verbrennen, und ließ den Mann reden. Er gähnte innerlich, bis Dragoslaw endlich zur Sache kam. Dann wählte er seine Worte sorgfältig.

Dragoslaws Augenlider sanken nieder, sodass nur noch schmale Schlitze zu sehen waren, die bloß ganz dünne Lichtscheiben in sein spinnenwolliges Gehirn einließen. Heimlich betrachtete der Jugoslawe den Norweger. Er ließ Hoel jetzt seit sechs Jahren für sich arbeiten und war immer sehr zufrieden gewesen. Zumindest bis sein Freund umgekommen war. Damals hatte Hoel sich verhalten wie eine gute alte Uhr, die zum ersten Mal unzuverlässig wurde. Man bringt sie zum Uhrmacher, der anerkennend einen richtigen Klassiker bewundert. Er schlägt vor, das Uhrwerk zu reinigen und zu überholen, aber gleichzeitig teilt er mit, dass er die Uhr nicht wieder neu machen kann. Die Zeit heilt keine Wunden. Sie legt nur immer wieder neuen Schorf auf die alte Haut. Dragoslaw wusste, dass Menschen in seiner Branche Material waren, das in gewissen Zeiträumen ausgetauscht werden musste. Wie überall abgenutzte Teile durch neue ersetzt werden müssen. Der Norweger war eine Spur langsamer und eine Spur weniger draufgängerisch geworden. Man konnte nicht ewig Geldeintreiber bleiben, wenn man älter wurde. Man sah zu viel, und der Gedanke an den Tod ließ eine Zehntelsekunde zu lang zögern. Während die Jugend sicher ist, dass sie unsterblich ist. Ganz gleich, was sie auch macht. Ein alter Mann weiß, dass er jeden Augenblick sterben kann. Obwohl Hoel eigentlich nicht gerade ein alter Mann war. Man glaubte nicht, dass er schon Mitte dreißig war, wenn man nur einen kurzen Blick auf ihn warf. Man musste sein Gesicht und vor allem die Augen genau betrachten, um es sehen zu können. Dragoslaw selbst war ein alter Mann. Aber auch er hatte nicht das Gefühl, dass die achtundsechzig Jahre auf ihm lasteten. Immer noch schlief er jeden Sonntag mit seiner Frau, die fünf Jahre jünger war als er, wenn auch nicht mehr mit dem gleichen champagnerartigen Rausch wie in früheren Tagen. Aber er machte sich nichts aus jüngeren Frauen, so wie seine rechte Hand Braza. Er hätte sich nicht mehr wie ein Mann gefühlt, wenn er sich auf die Art lächerlich machen würde. Indem er seinen schlaffen Bauch und seine dünnen Beine vor einer anderen Frau zeigte. Und außerdem liebte er seine Frau.

Dragoslaw drehte sich leicht auf seinem Schreibtischstuhl, während Hoel sprach. Die Worte brummten im Hintergrund, während er die Tapete und die Risse an der Decke musterte. Die Jalousien, die immer heruntergelassen waren, hingen voller Staub, denn er legte nur Wert darauf, dass sein Schreibtisch immer sauber war. Dragoslaw erinnerte sich noch gut daran, wie er selbst Zimmer wie dieses geputzt hatte, als er vor zwölf Jahren ins Land gekommen war. Er hatte es nie bereut, Sarajevo verlassen zu haben. Auch wenn es äußerst schwierig war, in Norwegen Fuß zu fassen. Eine Erfahrung, die die meisten, die von außen kamen, schnell machten. Dragoslaw hatte auch nie bereut, dass er das ganze erste Jahr damit verbracht hatte, Norwegisch zu lernen, die norwegische Gesellschaft kennen zu lernen und Teppiche zu saugen, Klos zu putzen und Papierkörbe auszuleeren. Dadurch bekam er eine Perspektive, verstand vieles. Und nachdem das eine Jahr um gewesen war, hatte er sich hingesetzt und alles sorgsam durchdacht. Er hatte mit einem Freund Kontakt aufgenommen, der krumme Dinger im Heimatland drehte, und gemeinsam hatten sie Geschäfte gemacht, von denen die norwegischen Behörden nichts wissen durften. Sie organisierten kleine Glücksspiele in einem Hinterzimmer gleich am Alexander Kiellands Plass. Aus zwei Mann wurden drei und vier. Die Geschäfte wurden größer. Dragoslaw verlieh Geld, aus dem viel Geld wurde, weil sein Zinssatz nicht von der Norges Bank kontrolliert wurde. Und mit dem Geld konnte mehr Platz gekauft werden. Er spielte höher, verlieh mehr. Alles, was er einnahm, wurde zu großem Geld. Und mit großem Geld kauft man kleine Männer. Wie zum Beispiel Hoel. Aber auch mit einem Vermögen in der Hosentasche wurde Dragoslaw nie freigebig. Man wird nie reich, wenn man Geld verschenkt. Das war ein Prinzip.

»Also, du meinst, ein Gefallen ist einen anderen wert? Ich gebe meinem Bruder die 200 000, und du arbeitest für mich ohne die übliche Vergütung von fünfzig Prozent, nur um vom Haken zu kommen? Eine Hand wäscht die andere, die wiederum die erste wäscht?«, fragte er, nachdem Hoel fertig war.

»So in etwa«, sagte Hoel. Er hatte einen trockenen Hals von dem Kaffeesatz, den er jedes Mal in den Mund bekam, wenn er einen Schluck trank.

»Lass mich sehen. Lass mich nachdenken.« Dragoslaw rieb sich über sein unrasiertes Kinn, dass es zwischen den Fingern knisterte. »Tja, da haben wir zum einen den Zuckerjungen. Er ist eine Rate überfällig, wie üblich. Aber sieh zu, ob du nicht einen stärkeren Eindruck hinterlassen kannst als der Letzte, der es bei ihm versucht hat.«

Hoel stöhnte innerlich. Der »Zuckerjunge« war ein Synonym für Unannehmlichkeiten. Nicht, weil er besonders schwer aufzustöbern war. Sondern weil Hoel sich jedes Mal hinterher schmutzig fühlte, wenn er in seine Nähe gekommen war. Es gab keinen gerissenen Trick, den dieser Mann nicht draufhatte. Man hatte schon Lust, ihm in seine aufgedunsene Fresse zu treten, wenn er nur den Mund aufmachte.

»Und dann haben wir da Mehmed«, seufzte Dragoslaw. »Mehmed Zogu … Was soll man nur mit einem Mann wie dem machen? Alle meine Landsleute sind ehrenwerte Männer. Auch du, Hoel, stammst aus einer ganz passablen Rasse. Aber Mehmed ist Albaner. Und außerdem ist er noch mit der Schwester eines Verwandten verheiratet. Zogu möchte so gern einer von uns sein, und da die Liebe ein paar von uns in blinde Hühner verwandelt, haben wir ihn eine Weile mitmachen lassen. Man steht ja den Einfällen der Frauen wohlwollend gegenüber. Aber jetzt hat er Schulden gemacht. Es gibt da einen offenen Posten, den einer meiner Brüder gern wiederhaben möchte. Und nicht zuletzt hat er auch noch Papiere, die mir gehören. Das ist eben das Risiko bei Angeheirateten. Außerdem ist er nicht zu Hause anzutreffen. Einen Mann von Ehre kann man immer finden. Ein solcher Mann hat seine Sachen geregelt. Zogu dagegen treibt sich irgendwo draußen herum, und wir können eigentlich unsere Zeit nicht mit so was verschwenden. Du müsstest mindestens 150000 bei den beiden Jobs rauskriegen. Und wenn du mir außerdem noch Zogus Papiere auf den Tisch legst, dann, sagen wir, sind wir quitt.«

Oslo

Donnerstag, 1. Januar. Abends

Ihr taten die Beine weh, nachdem sie fünf Stunden hinter dem Bartresen gestanden hatte. Aber Mona Ewaldsen sagte sich immer, dass leichte Schmerzen nur gut waren. Sie lassen dich fühlen, dass du am Leben bist. So hatte sie auch all die Jahre gedacht, in denen sie ihr eigenes Geschäft betrieben hatte, das nicht der Steuer unterlag. Der Verkehr am alten Regnbuen war von der hektischen Sorte. Da galt es, den Kunden schnell zu schnappen, Taxi hin und Taxi zurück und dann wieder von neuem. Mit der Zeit kannte sie ihre Stammkunden und wusste, was sie wollten. Einige wünschten psychische Dominanz, anderen hingegen brauchte man nur mit dem Kleiderbügel oder dem Lineal den Hintern zu versohlen. Sie durften an ihrer Muschi riechen, während sie sich einen runterholten, und der Job war oft in fünf Minuten erledigt. Als Mona das Strickmuster begriffen hatte, war ihr klar gewesen, dass es ihr viel besser gefiel als der übliche Beischlaf, bei dem sie immer den Kunden keuchend und schwitzend über sich hatte. Hier zog sie selbst die Grenzen. Und gerade dieses Grenzensetzen war das Beste, was die Kerle sich vorstellen konnten. Im Idealfall konnte sie sich erlauben, das Taxi unten warten zu lassen. Fünf-Minuten-Kerle gab es eine ganze Menge. Und bei tausendzweihundert Kröten war ein laufendes Taxameter kein Problem.

Jetzt stand sie am Tresen und schüttelte eine zusammengesunkene Gestalt an den Schultern, dass ihre mit Sauerstoffsuperoxid gebleichten Haare zitterten. »Nun ist man so freundlich und serviert einem Penner einen Halben, und dann pennt er nach jedem Schluck ein«, verkündete sie lautstark einer Versammlung, die sie mit dem Der-Tag-nach-dem-Tag-danach-Blick anstarrte. Seine Augen sahen ebenso munter aus wie die überquellenden Aschenbecher. »Du kannst doch nicht zum Pennen herkommen, he«, sagte Mona. Sie konfiszierte das Glas mit einer Hand, an der an jedem Finger ein Goldring steckte, und winkte mit der anderen den Rausschmeißer heran. Mit seinem breiten Grinsen sah der Rausschmeißer aus wie ein Hai, der endlich etwas zu fressen bekommt. Er packte den morschen Anzugkragen, der bedrohlich knackte, und zog sein Opfer die zwei Treppenstufen hinunter nach draußen. Eigentlich war Mona stark genug, das selbst zu erledigen. Sie stemmte dreimal die Woche in der *Folterbank Eisen & Gym* Gewichte. Aber sie überließ die Dreckarbeit lieber dem Rausschmeißer. Außerdem hatte sie ihn sowieso im Blick. Seine jugendliche Arroganz reizte sie, und sie hätte nichts dagegen, ihn in die Knie zu zwingen und ihm das eine oder andere beizubringen. »Eines Tages …«, dachte sie und ließ ihren Blick auf seinen Oberarmmuskeln ruhen.

Der Mann ohne Ohr war geräuschlos ins Lokal gekommen. Nur ein Rauschen, als die Tür auf- und wieder zuglitt. Ein kalter Hauch Januar kam mit ihm herein. Er zog sich langsam und sorgfältig die matten Handschuhe aus und hob erst den Kopf, als er sie auf den Tresen gelegt hatte. Mona hatte ihn schon früher gesehen und wusste, zu welcher Branche er gehörte. Hier auf freier Wildbahn kannte man die anderen Tiere, oder man kam lieber gar nicht erst aus dem Versteck.

Hoel trug schwarze Kleidung, weil sie sowohl anonym als auch solide war. Nur das Hemd bereute er. Er hätte es erst waschen sollen. Der Kragen war zu steif und verursachte einen wunden Rand am Hals. Die Stiefel waren wasserdicht. Richtige Dschungelausrüstung, die er noch mit Fett eingerieben hatte, bevor er abgefahren war. Das schützte das Leder, hielt das Wasser ab und gab dem Schuhwerk eine Geschmeidigkeit, dass er das Gefühl hatte, er ginge durch Butter.

Er schaute sich im Lokal um, aber der Zuckerjunge kippte nur sein Getränk in sich und starrte die Wand an. Hoel bestellte ein

Glas Bier bei Mona, die mürrisch die Mundwinkel herunterzog und murmelte: »Gut, aber ich will hier keinen Ärger, klar?«

Hoel nickte ernst und sah sie an, bis sie zwinkern musste und seitwärts zum Tresen ging. Sie wechselte einen Blick mit dem Rausschmeißer, worauf dieser sich reckte und die Hände vor der Brust verschränkte.

Hoel hatte gewusst, wo ungefähr er den Zuckerjungen finden konnte. Nachdem er mehrere der heruntergekommenen Kneipen zwischen der Festung und der Unfallstation abgeklappert hatte, hatte er ihn jetzt in der hintersten Ecke der *Golden GoGo Bar* gefunden. Hoel erinnerte sich noch, dass der Laden früher anders geheißen hatte. Aber auch wenn der Name inzwischen in den ewigen Bargründen verschwunden war, so hatte sich das Etablissement nicht sonderlich verändert. Das Interieur war immer noch braun und verqualmt, die Sitzflächen und Lehnen aus schmutzig grünem Skai. Um den Billardtisch in der Ecke hingen drei Alkis und zielten auf alles, was einer weißen Kugel ähnlich sah. Bei der Hälfte ihrer Versuche trafen sie, und beim Rest stritten sie sich. Der Einsatz – es musste sich dabei um gut dreißig bis fünfunddreißig Zwanzigermünzen handeln – war an dem einen Tischende aufgestapelt. An einem Fenstertisch stand die Kellnerin, so eine mit frecher Schnauze, die man nur in den Kneipen im Zentrum von Oslo findet.

Im Lokal dröhnte *Dina vackra ögon* im Tanzschritttakt, und Hoel setzte sich zu dem Zuckerjungen an den Tisch. Das dreifache Doppelkinn zitterte, als der Mann den Kopf Hoel zuwandte und versuchte, ihn mit einigermaßen klarem Blick anzusehen. »Irgendwas hier sagt mir, dass … dass es Ärger geben könnte«, nuschelte der Mund. Hoel legte seine Hand aufs Glas, damit der Speichel, der den Worten folgte, nicht in seinem Bier landete. »Habe ich Sie nicht schon mal gesehen?« Der Mann versuchte sich vorzubeugen, aber sein Bauch stieß gegen die Tischkante.

»Sie sehen aus wie mein Onkel. Und der war so ein sch-sch-schöner Mann.«

Hoel ließ den Zuckerjungen plappern. Alles nur Gewäsch. Sein überdimensionierter Körper war voll mit Luft. Nichts als Leere in einer Fetthülle.

»Geld … Geld«, jammerte der Zuckerjunge, und seine Schultern hüpften in einer grotesken Parodie von Weinen auf und ab. »Wie kann ich ans Geld denken, wenn die Welt …« Aber welch tiefsinnige Gedanken sich der Mann über den Zustand der Welt gemacht hatte, erfuhr Hoel nicht. Denn plötzlich schaute der Zuckerjunge mit einem verschmitzten Blick auf. »Ich hab's zu Hause. Sie kommen doch mit zu mir nach Haus, nicht wahr? Wir können da was trinken. Einen kleinen Likör. Ich habe einen herrlichen Cointreau.« Der Zuckerjunge legte mit einer Schnelligkeit, die man ihm gar nicht zugetraut hätte, drei Hunderter auf den Tisch.

Hoel hatte immer noch kein einziges Wort gesagt, als sie im Taxi nach Kampen saßen. Das Auto schlitterte mehr, als dass es die Spur hielt. Hoel klammerte sich am Haltegriff fest. Der Taxifahrer spielte pakistanische Musik und stritt sich beharrlich mit dem Zuckerjungen, der sich weigerte, seine Zigarette auszumachen. Stattdessen aschte er auf den Boden. Als sie endlich angekommen waren, stürmte er wie ein Wiesel aus dem Wagen, auf die Haustür zu. Hoel hatte diesen billigen Trick bereits vorausgesehen. Er warf dem Fahrer 150 Kronen zu und sprintete hinterher. Der Zuckerjunge hatte bereits die Tür geöffnet, als Hoel ihn einholte. Der Mann keuchte wie ein Walross auf dem Land und sagte: »Ich wollte nur meine Pflicht als Gastgeber erfüllen. Gläser. Getränke. Sie wissen doch, da hat man so seine Pflichten.« Er hängte resigniert den Mantel an den einzigen Haken im Flur.

Hoel legte nicht ab und zog sich auch nicht die Schuhe aus. Er war nicht zum Vergnügen hier. »Das Geld«, sagte er heiser. »Du weißt, warum ich hier bin. Also lass uns keine Zeit vergeuden.«

Doch der Zuckerjunge war nicht zu bremsen. Er schob Hoel aufs Sofa und setzte sich neben ihn. Er goss etwas Süßliches in Kristallgläser, prostete Hoel zu und jammerte über die Welt und wie einsam er doch war. Er roch eklig aus dem Mund, ein muffiger Gestank, der Hoel dazu brachte, sich abzuwenden.

»Ach, du bist so ein lieber Junge«, sagte der Zuckerjunge und tätschelte ihm den Oberschenkel. Dann strich er ihm zwischen Knie und Schritt auf und ab. »Schöne, feste Muskeln. Du bist doch ein starker junger Mann, du solltest Achtung vor einem alten, ehrwürdigen Mann haben.« Seine Hand streifte für eine Sekunde Hoels Glied.

Hoel stand langsam auf. »Immer machst du irgendwelchen Scheiß. Aber das nützt dir nichts«, sagte er ruhig und ließ das Glas zu Boden fallen. Dann zertrat er es mit der Stiefelhacke. »Die Zeit läuft«, fuhr er fort und wischte nonchalant mit dem Arm über den Kaminsims, auf dem dicht an dicht Bilder und Nippes standen. Alles fiel mit Geklirr zu Boden.

Der Zuckerjunge stand auf, die Arme abwehrend erhoben. »Das Geld kommt schon«, sagte er. »Nur ruhig, ruhig. Regen Sie sich nicht auf. Sie müssen es einem alten Mann doch gestatten, seine Sorgen loszuwerden. Es tut mir Leid, dass ich Ihre kostbare Zeit in Anspruch genommen habe.« Er watschelte wie ein trächtiger Pinguin in ein verdunkeltes Zimmer, aus dem es nach Mottenkugeln roch, und fummelte lange in der Dunkelheit herum. Hoel war kurz davor, ihm zu folgen, als der Mann wieder herauskam, nackt bis auf ein schmutzig graues Strumpfband, das sich in seine Fettpolster am linken Schenkel schnitt. »Ich bin s-s-so einsam, mein Junge«, schluchzte er, und jetzt sah es echten Tränen wirklich ähnlich. »Ein bisch-sch-chen Vergessen kannst du mir doch wohl gönnen, dafür kriegst du auch mein ganzes Geld. Eine halbe Schtunde Glück. Ich will dein kaputtes Ohr streicheln. Du Armer.« Sein steifer Penis war rau und dunkelbraun und reckte sich schräg nach oben zu der Stelle hin, wo der Nabel sich unsichtbar in einer Kuhle verbarg. Der Zuckerjunge kam heran, eine Hand voll mit Geld. Mit der anderen Hand packte er energisch sein Glied und begann sich einen runterzuholen, während sein Gesicht sich verzerrte. Die gemurmelten Worte waren nicht zu verstehen.

Schon aus Reflex wich Hoel zurück in eine Ecke. Aber der Mann hörte nicht auf, über Hoels Ohr zu lamentieren. Da verließ diesen für einen Augenblick der gesunde Menschenverstand. Seine Faust wurde zu einem harten Ball, der gegen die weiche Kinnspitze zielte. In dem Moment senkte der Zuckerjunge den Kopf, sodass der Schlag ihn direkt im Mund traf.

Hoel fühlte, wie zwei Vorderzähne zu zackigen Stummeln wurden, die über seine Knöchel schrammten. Der Zuckerjunge kippte zu Boden, kam aber gleich wieder auf die Knie, Blut lief ihm aus der zertrümmerten Zahnreihe. Trotzdem rutschte er mit ausgebreiteten Armen auf Hoel zu. Das Blut lief ihm die Brust und die schlaffe Bauchhaut hinunter. Da rastete Hoel ganz und gar aus. Mit einem Knurren verpasste er dem Mann einen linken Schwinger und danach zwei schnelle Rechte. Es sah aus, als kullerten die Augen des Zuckerjungen in ihren Höhlen wie zwei Würfel herum, bevor sie nach oben und hinter die Augenlider verschwanden. Der mächtige Körper aber hielt sich immer noch aufrecht, obwohl die Knie ganz offensichtlich zitterten. Hoel pflanzte einen letzten Schlag gnadenlos in die Magenregion. Dadurch sanken hundertzwanzig Kilo Fleisch und Fett langsam und ruhig zu Boden. Hoel stand immer noch da, die geballten Fäuste erhoben, und verstand kaum, was den Mann zu Boden gestreckt hatte. Er zwang sich, die Fäuste zu senken, und konzentrierte sich darauf, seinen Atem in ein ruhigeres Tempo zu bekommen.

Das Geld des Zuckerjungen lag über das zusammengefallene Glied verstreut. Dann wurde der Darminhalt mit einem weichen Geräusch aus dem Ausgang gepresst. Hoel beugte sich hinunter und fühlte den Puls. Der war kräftig und normal. Er sammelte das Geld ein, fast neunzigtausend Kronen. Drei der Scheine musste er abwischen. »Und dann heißt es, Geld stinkt nicht«, sagte er trocken und warf eine Decke über den obszön nackten Mann, der da in seinen Exkrementen lag. Zuerst verband er sich die Hand, um die Wohnung nicht mit Blut zu verschmieren. Danach ging er alle Türgriffe und die Stellen durch, die er berührt hatte. Er hatte seine spezielle Routine, solche Stellen im Gedächtnis zu behalten, und hakte sie im Gedächtnis eine nach der anderen ab. Er wischte den schmutzigen Fußabdruck im Eingang weg, der seinen Schuhtyp und seine Schuhgröße verraten konnte, und überprüfte, ob noch alles, was er bei sich gehabt hatte, in den Taschen war. Schließlich wischte er eventuelle Fingerabdrücke vom Geld ab und steckte es in einen Umschlag, wobei er Handschuhe benutzte. So manche Karriere war schon zerstört worden, weil der Eintreiber durch Abdrücke auf dem Geld mit dem Tatort in Verbindung gebracht worden war. Höchstwahrscheinlich würde der Zuckerjunge morgen mit reduziertem Zubiss und schlechten Erinnerungen aufwachen. Aber man wusste ja nie. Hoel pflegte immer gern für einen gewissen Vorsprung zu sorgen. Damit lebte man länger in diesem Land.

Oslo

Donnerstag, 1. Januar. Kurz vor Mitternacht

»Ja, das könnte er schon sein. Jedenfalls sah er ihm ähnlich. Kleiner, drahtiger Typ. So mager, dass du meinst, es wär nur ein Sack mit Knochen drin. Willst du mit ihm reden?« Der Barkeeper spähte zu der in sich zusammengesunkenen Gestalt hinüber, die seit einer Stunde am Ende des Tresens saß. Der Platz war gleich neben der Toilette, und da war es so eng, dass der Mann jedes Mal, wenn einer vorbeiwollte, die Knie anziehen musste. Der Kerl saß mit gesenktem Kopf da, halb hinter der Espresso-Maschine versteckt. Nach dem zu urteilen, was der Barkeeper von ihm sah, meinte er, das charakteristische Aussehen so vieler osteuropäischer Männer wieder zu erkennen. Slawische Züge, ein etwas träger Blick; dunkler, markanter Haarwuchs im Gesicht; braune Augen und schwarze, glänzende Haare. Seine Kleider waren zerknittert, als hätten sie in den Sonderangebotskisten bei der Heilsarmee gelegen. Neben dem Rotweinglas lag das Kleidungsstück, das sicher am meisten gekostet hatte: eine erlesene englische Tweedmütze in gedämpften Erdfarben.

»Nein, nein. Sag ihm nichts. Es soll eine Überraschung sein, wenn ich auftauche. Wir sind alte Freunde«, klang es metallisch am anderen Ende der Leitung. In dem Moment schaute der Mann am Ende des Tresens auf. Seine Augen musterten unruhig das Gesicht des Barkeepers, der den Hörer auflegte. Und der Barkeeper sah einen Funken Verzweiflung in den Pupillen. Ein anderer Gast bestellte ein Guinness, das der Barkeeper nach allen Regeln der Kunst zapfte. Dunkelbraunes Bier mit zwei Zentimeter festem Schaum wurde gegen vierzig Kronen getauscht. »Hoffentlich ist in dem mehr Schwung drin als in dem vorigen«, meinte der Kunde und stolperte unsicher an seinen Tisch zurück.

»Es gibt hier keinen Trinkzwang«, murmelte der Barkeeper wütend. »Außerdem musst du damit rechnen, dass ein bisschen von dem Schaum auf dem Weg von Irland hierher verloren geht.«

Der Gast drehte ihm den Rücken zu und setzte sich wieder zu seinen schäbigen Kumpanen. Der Barkeeper holte den feuchten Lappen aus dem Wasserbecken und wischte über den Tresen, auf dem von den letzten Halben noch die Ringe zu sehen waren. Er spürte wieder, wie die Unterwäsche an seinen Schenkeln scheuerte. Er war nach einer viel zu langen Schicht verschwitzt und schmutzig. Aber so war es nun einmal, wenn man zu viele Sorgen, zu wenig Einkünfte und eine Kneipe hatte, die nicht lief. Der Barmann dachte an das Gespräch mit Hoel vor wenigen Minuten. Eigentlich konnte er sich kaum vorstellen, dass die beiden Freunde waren. Aber er kümmerte sich nicht darum, was die Leute so machten, solange sie dafür nicht sein Lokal oder die Klos benutzten. Er warf wieder einen Blick zu dem stillen Tisch an der Tür hinüber. Drei Männer hielten sich an ihrem Bier fest und sahen aus, als hätten sie es bereits seit dem frühen Morgen umklammert gehalten. Als warteten sie auf den Tod oder auf ein Wunder, was immer als Erstes eintreffen würde. Sie stanken zehn Meilen gegen den Wind nach Junkies. Das war auch egal, solange sie sich ihre Spritzen im Hinterhof oder irgendwo draußen setzten. Nur nicht hier drinnen.

Der Barkeeper dachte an seinen Kredit, der bald fällig war, und daran, dass er sich allmählich um neue Kunden kümmern musste. Er strich sich über den rotbraunen Bart und ging die Probleme noch einmal durch. Oben-ohne-Bedienung brachte Leute in den Laden. Aber gleichzeitig Nerverei. Demonstranten und Scheißemanzen, die draußen mit Plakaten herumlungern und Parolen schreien und anständige Gäste dazu bringen, die Flagge zu streichen. Aber Ringen mit halbnackten Frauen, das könnte was sein. Kein Schlammringen. Das war zu altmodisch. Die Leute wollten was Neues, etwas Exotisches. Honig war zu klebrig. Kaviar würde den ganzen Laden wie ein Fischgeschäft stinken lassen. Vielleicht Mais? Ein Zwei-mal-zwei-Meter-Verschlag mit Maiskörnern? Mais roch frisch, fast ländlich. Das könnte der Hit werden! Er zwirbelte die Bartsträhnen um die Finger und stellte sich Bikinimädchen vor, die in Maiskörnern miteinander rangen. Die Gäste konnten gegen einen hohen Preis mitmachen. Er konnte Wettbewerbe veranstalten für die beste Ringerin des Abends. Miss Januar-Mais! Vielleicht auch Amateurringen für weibliche Gäste? Er brauchte ein paar Frauen mit Silikon und Muskeln. Der Barmann wischte nachdenklich den Tresen mit genauen, sorgfältigen Handbewegungen ab, die Fett, Glasringe und Erdnusssalz entfernten.

Als er am Ende des Tresens angekommen war, bemerkte er, dass der Mann mit der Mütze weg war. Zuerst kam ihm der Gedanke, er könnte die Zeche geprellt haben. Aber der Typ gehörte zur anständigen Sorte. Er hatte hundertfünfzig Kronen zurückgelassen. Der Barkeeper schob sie in die Tasche seiner weinfleckigen Schürze und fühlte, wie der Batzen gegen seinen Schenkel scheuerte. In dem Moment hörte er die Eingangstür sausen, und er wandte sich Hoel zu, den er schon seit langer Zeit kannte. »Es ist höchstens zehn Minuten her, dass er abgehauen ist«, sagte der Mann hinterm Tresen und registrierte die angespannten Kiefermuskeln und die Fäuste, die sich wie die Zangen eines gestressten Krebses öffneten und wieder schlossen.

»Die Straße hoch oder runter?« Hoel machte sich nicht erst die Mühe, die Tür zu schließen. Die Leute drehten sich zu dem Gast um, der die Winterkälte ins Lokal reinließ.

»Hoch … oder vielleicht auch runter?«, antwortete der Barkeeper und breitete die Arme aus. Er war froh, als Hoel wieder verschwand und sich die Tür hinter ihm schloss. Solange die Leute keinen Mist in seinem Revier machten, konnte es ihm gleich sein. Sein Gehirn kehrte zurück zu dem brennendsten Problem: Woher zum Teufel sollte er jeden Abend so viel Mais kriegen? Er musste einige Telefonate führen.

Mehmed Zogu schob die Hände in die Taschen und fühlte die Löcher im Futter. Der Albaner rieb sich die Schenkel, die eiskalt waren. Die einzige Stelle, die nicht fror, war sein Kopf. Sein

Mund war trocken, und seine Zunge rutschte emsig über die Vorderzähne, um den metallischen Belag zu entfernen. Er bog nach links ab, in die Skippergata, und ging bis zum Ende. Dann in die Storgata, wobei er die vielen freien Taxis ignorierte, die an ihm vorbeifuhren. Im *Herr Ibsen* bestellte er einen Kaffee, ließ aber die halbe Tasse stehen, als er hörte, wie das Telefon hinter dem Tresen klingelte, und sah, wie die Kellnerin abnahm und mit rot geränderten Augen das Lokal durchmaß. Es sah aus, als hätte sie geweint. Mehmed nahm solche Details als Zeichen. Dies war ein schlechtes Zeichen. Jemand war hinter ihm her.

Es war schon sonderbar, wie das Leben plötzlich auf den Kopf gestellt werden konnte. Noch vor zwei Wochen war er der King unter seinen albanischen Freunden gewesen. Er hatte es geschafft. Er hatte bei seiner Heirat mit der jugoslawischen Frau eine gute Partie gemacht. Er hatte keine großen Ansprüche ans Leben. Aber Kerma hatte breite Hüften, die geschaffen waren, um Kinder zu gebären, und Mehmed stammte aus einer Bauernfamilie in Korcë und wusste ein gutes Zuchttier zu schätzen. Kerma hatte mit ihren jugoslawischen Brüdern gesprochen und ihm einen Job besorgt. Plötzlich war er für seine Freunde ein wichtiger Mann geworden. Er prahlte damit, dass er zur Bande von Dragoslaw Kis gehörte, auch wenn er wusste, dass die Jugoslawen ihn verachteten. Aber Mehmed war bereit zu kriechen. Im letzten halben Jahr hatte er mehr verdient, als sein Vater als Genossenschaftsbauer und dessen verbrauchte Frau in ihrem ganzen fünfzigjährigen Leben zusammengescharrt hatten. Der Anbau von Zuckerrüben und die Schafzucht waren die wichtigsten Bestandteile seiner Erziehung gewesen. Bis er im Alter von fünfzehn Jahren aus dem Bett gekrochen war, das er mit seinen drei Brüdern teilte. Er hatte sich im Dunkeln angezogen und darauf geachtet, nicht auf die beiden Schwestern zu treten, die direkt auf den Fußbodendielen lagen. Und dann war er auf die Landstraße gegangen, die nach

Griechenland führte. Zwanzig Jahre lang hatte er dort, in Italien und in Jugoslawien von der Hand in den Mund gelebt. Er konnte fünf Sprachen gut genug, um zu flirten. Und mit seinem Ganovengesicht und dem jungenhaften Charme, der inzwischen schon lange verschwunden war, war es ihm gelungen, genügend Frauen so glücklich zu machen, dass er nicht verhungerte. Die alten Tricks waren auch noch gut genug gewesen, um Kerma ins Bett und anschließend in die Kirche zu bekommen. Er schluckte seinen Stolz runter und lächelte ihre Brüder an, die ihn mit einem nur schlecht verborgenen verächtlichen Blick bedachten.

Er hatte die Dreckjobs gemacht, die sie ihm zugeworfen hatten, wie man einem unerwünschten Köter die abgenagten Knochen und zähen Stücke hinwirft, die eigentlich in den Mülleimer gehören. Er hatte im Schweiße seines Angesichts gearbeitet und Geld mit nach Hause zu Kerma gebracht, die ihn liebte und fast täglich verführte, damit sie schwanger wurde. Er war Barkeeper und Rausschmeißer in der Spielhölle ihres Bruders gewesen. Jedes Mal wenn sie das Etablissement wechselten, hatte er einen Lastwagen besorgt, Tüten und Kisten geschleppt, geputzt und die Fenster verdunkelt, neue Tische und Stühle besorgt, Toiletten repariert und für den Stromanschluss gesorgt, wenn dieser fehlte. Er hatte den Müll weggeschafft und die Glühbirnen ausgewechselt. Dann, vor kaum einer Woche, war er über gewisse Informationen gestolpert. Ein rachsüchtiger Russe hatte sich ihm im Rausch anvertraut. Der Mann war bereit, Details über die neu gegründete Russenbande auszupacken, und Mehmed hatte sich alles aufgeschrieben, um es Dragoslaw zu berichten. So wollte er sich Respekt verschaffen. Aber das Schicksal hatte eingegriffen. Hart und unerwartet. Mehmed hatte ein Laster, von dem seine Frau nichts wusste. Er spielte gern. Zuerst hatte er mehrere Wochen nacheinander gewonnen. Und sein Spitzname »Albanerschwein« war in Vergessenheit geraten. Aber dann kam der große

Verlust vor Weihnachten. Und die Katastrophe war nur der Auftakt zu einer Reihe schlechter Nächte am Spieltisch von Kermas Bruder. Und schon nach ein paar Tagen wollte Kermas Bruder die 75 000 zurückhaben. Mehmed war mit seinen Informationen zu Dragoslaw gegangen. Untertänigst hatte er an der Tür gestanden und alles berichtet, was der Russe ihm gesagt hatte. Dragoslaw hatte ihm auf die Schulter geklopft, ohne ihm jedoch in die Augen zu sehen. Und damit wusste Mehmed, dass das nicht genügte, um ihn aus der Zwickmühle zu befreien. Dragoslaw hatte ihm einen Bescheid von seinem Schwager übermittelt. Eine Frist und ein Ultimatum. Jetzt war die Frist schon lange abgelaufen. Er war vor drei Tagen von zu Hause abgehauen. Zwei Nächte hatte er in einem Hausflur geschlafen, wo das Türschloss so ausgeleiert war, dass es sich einfach aufreißen ließ. Wo er die kommende Nacht bleiben konnte, wusste er noch nicht. Er spürte alle Knochen, vor allem die Hüften, die ihm wehtaten, nachdem er stundenlang direkt auf dem Steinfußboden gelegen hatte.

Mehmed ging an der Nybrua vorbei, ins *Schous Corner*. Sein Blick vermied alle möglichen Bekannten und suchte einen einzelnen, unscheinbaren Tisch ganz hinten an der Wand. Das Gefühl, verfolgt zu werden, verließ ihn nicht. Nach zwanzig Jahren in Europas Hauptstädten hatte er feine Instinkte.

Die Zeiger der Tag-Heuer-Uhr zeigten, dass es erst ein paar Minuten nach Mitternacht war. Hoel ging zügig die Storgata hinauf und konnte die Ampel in der Hausmannsgate gelb blinken sehen. Wie immer herrschte reger Verkehr am Grytelokket. Sein Magen kniff ein wenig, als er den Duft von Burgern und Patates fritos einsog. Mehmed war die zweite Spur, die er an diesem Abend verfolgte, und sie hatte sich als die schwierigere herausgestellt. Hoel hatte sein Handy benutzt, um ihn aufzuspüren, und mehrere Kontakte in der Stadt angerufen. Mehmed hatte ein paar Stunden Vorsprung gehabt. Dann verringerte sich jedoch der Abstand auf eine Stunde und schließlich auf dreißig Minuten. Es war, als könne er seinen Verfolger schon riechen. Das erinnerte Hoel an die unzähligen Male, als Ulf und er gemeinsam auf Jagd gewesen waren. Mit vierzehn hatten sie zum ersten Mal heimlich das Schrotgewehr von Ulfs Vater geholt, das dieser in einem Schrank in der Garage zusammen mit Munition und Putzzeug aufbewahrte. Sie hatten gelernt, stundenlang auf das richtige Tier zu warten, denn man donnert nicht einfach los, nur weil sich was im Unterholz bewegt. Bald hatten sie herausgefunden, dass es erst richtiger Sport war, wenn sie nur auf ausgesuchte Tiere schossen. Stundenlang und später sogar tagelang hatten sie sich wie Gespenster durch den Wald bewegt, einen Aussichtspunkt gefunden, waren zusammengekrochen und hatten gewartet. Sie knieten ruhig in ihren eigenen Exkrementen und stinkenden Jagdhosen und ließen jede Bewegung zu ruhigen Gesten erstarren. Und wenn das Tier schließlich kam, war das der Augenblick ihres Sieges: dass sie die Könige des Waldes überlistet hatten.

Die Wunde an seinem Handknöchel pochte, doch das ignorierte er. Er wusste, dass er schon stundenlang auf den Beinen war. Aber es gefiel ihm, seinen Körper auf den einen Punkt hin zu treiben, an dem er sich eigentlich verweigern musste. Bis jetzt hatte er ihm immer noch gehorcht, und er genoss das Wissen, dass er eine gut geschmierte, intelligente Maschine war, die jederzeit einhundertfünfzig Prozent Leistung erreichen konnte.

Das erste Mal hatte er Mehmeds Spur auf dem Drammensvei aufgenommen. Danach war der Albaner ins Zentrum abgebogen, und jetzt war er auf dem Weg nach Grünerløkka. Der Idiot bewegte sich in einer fast geraden Linie, sodass leicht zu erraten war, wo er als Nächstes auftauchen würde. Hoel fühlte das Geld vom Zuckerjungen, das in der wasserdichten Spezialtasche in seinem Gürtel steckte. Die Walther hatte er wie immer an der Seite. Er hatte sie seit mehr als einem Jahr nicht mehr abgefeuert. Aber trotzdem verwandte er viel Arbeit darauf, sie vor jedem Auftrag zu pflegen. Mehmed war da keine Ausnahme.

Hoel ging schneller, an *Schous Corner* vorbei, ohne es zu überprüfen. Drei Teenagermädchen kamen ihm entgegen und steckten ihre Köpfe zusammen, als er an ihnen vorbeikam. »Krieg ich 'nen Kuss, Hübscher?«, rief die eine, langhaarige. Ihre Haut war braun wie ein Hähnchen, so wie Leute sie kriegen, die sich zu lange auf beiden Seiten im Solarium gebraten haben. Hoel lächelte und antwortete nicht. Hinter sich hörte er die mit der Afrofrisur sagen: »Iih, der ist doch nicht hübsch!« Aber die älteste und größte erwiderte laut und deutlich: »Aber er hat einen verdammt süßen Arsch!« Hoel errötete, obwohl ihn niemand sah. Er schob seinen Kopf in den Imbiss auf der linken Seite der Thorvalds Meyers gate, durchquerte sie in einer halben Minute und bog nach links in die Nordre Gate ein. Zwei Jungs, ganz offensichtlich mit weichen Knien, hingen in einer Toreinfahrt herum. Es stank nach Kleber, und der eine fragte Hoel mit schlaffer Stimme, ob er etwas Kleingeld hätte. Hoel ging an ihnen vorbei, kontrollierte aber im Augenwinkel, ob die beiden auf irgendwelche dummen Gedanken kamen. Er hatte keine Lust, sich ausgerechnet jetzt in irgendeine Schlägerei verwickeln zu lassen. »Oh, verdammt«, murmelte der zweite, schob seinen Kopf aus der Einfahrt und starrte hinter ihm her. Dann verlor er das Gleichgewicht und kippte auf die Straße, landete auf den Knien und schrie Hoel ein paar Schimpfworte hinterher, was ihn jedoch nicht dazu veranlasste, sein Tempo zu verringern.

Erst direkt vor der nächsten Ecke wurde er langsamer und umrundete sie mit aufmerksamen Sinnen. Hinten beim Postamt konnte er eine schmächtige Gestalt mit einer Tweedmütze erkennen. Hoel blieb auf seiner Straßenseite und vermied es, die Figur, die den Hügel hinaufstolperte, direkt anzusehen. Hoel zog den

Kopf in die Jacke und nahm Fahrt auf, sodass er den Mann einholte, direkt nachdem sie den Olaf Ryes Plass überquert hatten. Diese Beute war so scheu, dass er nichts riskieren wollte, was seine Pläne zerstören konnte.

Einige Menschen haben einen schon unheimlichen siebten Sinn – der Mann drehte sich um, und Hoel sah, wie er zusammenzuckte. Er begann loszulaufen, und die Sohlen seiner Lackschuhe klatschten gegen den Asphalt wie trockene Zweige. Er hätte ihm nacheilen können, aber dann hätte Mehmed sofort gewusst, dass das Spiel sich dem Ende entgegenneigte, und vielleicht geschrien oder irgendwo geklingelt. Im schlimmsten Fall konnte er durch den Park zur Thorvalds Meyers gate laufen und versuchen, dort Hilfe zu bekommen. Die andere Möglichkeit für Hoel bestand darin, sein Tempo beizubehalten und sich an den Typen heranzuschleichen, wenn sie in eine Seitengasse kamen.

Die Gestalt lief so schnell sie konnte den Markvei hinauf und sah sich dabei immer wieder um. Und sonderbarerweise empfand Hoel Mitleid mit ihm, ein unbekanntes Gefühl in diesem Spiel. Der Albaner erinnerte ihn an eine Vogelscheuche, bei der der Wind durch alle Öffnungen pfiff und bei der die Holzwolle aus den Löchern quoll und Risse im Stoff waren.

Erst als Mehmed über die Straße lief, direkt vor ein Auto, das mit verschmutzten Scheinwerfern herangerollt kam und jäh bremsen musste, wachte Hoel auf. Er war kurz davor gewesen, den Mann einfach laufen zu lassen und auf alles zu scheißen. Er fühlte sich plötzlich so müde. Als wäre es gar nicht mehr wichtig, dass er bald sein Leben ändern und so gesetzestreu wie möglich leben wollte. Sein Gehirn war überschwemmt von Milchsäure, aber jetzt befahl er den Beinen, einen Schritt nach dem anderen zu machen, und setzte alles daran, in Bewegung zu kommen.

Mehmed hatte den Park hinter sich gelassen und war garantiert dabei, einen persönlichen Rekord den Markvei hinauf aufzustellen. Jetzt bemerkte er, dass auch sein Verfolger lief. Selbst auf hundert Meter Abstand hörte Hoel, dass er fiepte wie ein Welpe. Er rutschte aus und fiel direkt gegen eine Hauswand. Seine Sohlen waren zerlöchert, und ein Fleck nackter Haut blinkte obszön in der Nachtfinsternis. Aber der Albaner stand gleich wieder auf und lief weiter.

Inzwischen war Hoel in Fahrt gekommen. Als Mehmed die Seilduksgata überquert und an der Paulus-Kirche vorbeigelaufen war, waren die hundert Meter auf fünfzig zusammengeschrumpft. Der Albaner spurtete nach rechts in die Schleppegrells gate, und Hoel verlor ihn für einige lange Sekunden aus den Augen. Der Vorsprung wurde immer kleiner, während sie Straßen überquerten und an Mietshäusern vorbei Richtung Dælenengata liefen. Plötzlich bog der Kerl in einen Aufgang ab, in dem die Tür nur angelehnt war. Er warf die schwere Tür Hoel direkt vor der Nase zu. Für einen Moment konnte der sehen, wie die Zähne des Albaners sich zu einem schnellen Grinsen öffneten, bevor er die Treppen hinauf verschwand. Die Tür ließ sich auch mit aller Kraft nicht bewegen. Aus einer Jackentasche zog Hoel einen länglichen Plastikstreifen mit einer Kerbe am Ende heraus. Er lehnte sich leicht an die Tür, sodass der Türspalt breit genug wurde, um den Plastikstreifen dazwischenzuschieben, aber nicht so fest, dass er das Schloss blockierte. Er registrierte den Geruch nach Katzenpisse, Frikadellen, Fertigpizza und Zigarettentabak aus dem Hausflur. Und darüber schwebte etwas, von dem er wusste, dass er es eigentlich wieder erkennen sollte: ein säuerlicher Geruch, der an Apotheke erinnerte. Mit dem richtigen Griff bekam er das Schloss auf, und die Tür glitt zur Seite. Hoel lief die Treppen hinauf und gab sich gar keine Mühe, leise zu sein. Der Mann konnte sich hinter jeder Tür befinden. Dennoch hatte er das Gefühl, dass er hier nicht wohnte und auch niemanden hier kannte. Hoel folgte dem undefinierbaren Geruch des

Albaners hoch in den zweiten und dritten Stock, bis hinauf zum Dachboden.

Der Dachboden war finster wie die Seele eines Händlers gebrauchter Computer. Hoel fand den Lichtschalter, aber die Birne funktionierte nicht. Er fluchte, als er sich den Kopf an einem Dachbalken stieß. Etwas Spinnennetzartiges wirbelte an seinem Gesicht vorbei. Weit hinten im Dachbodendunkel hörte er ein knirschendes Geräusch. Hoel folgte dem Verlauf des Dachs mit der einen Hand und ging ins Dunkel, auf das Knirschen zu.

Mehmed war spontan in das Haus gelaufen. Die Tür war massiv genug, dass es ihm gelingen konnte, ein Schlupfloch zu finden, bevor der Feind sie aufbekam. Auf jedem Treppenabsatz überlegte der Albaner, was er machen sollte, aber vor allen Türen gab es entweder Spielsachen oder kleine Schuhe. Er wollte nicht in eine Situation kommen, in die Kinder verwickelt waren. Stockwerk für Stockwerk war er gezwungen, weiter hochzulaufen, und der Schweiß rann ihm aus den Achselhöhlen. Das Hemd klebte ihm an der Haut und scheuerte an Schlüsselbein und Brustkasten. Von unten hörte er ein Schnappen, das nur eins bedeuten konnte. Deshalb hastete er zur Bodentür weiter. In dem nackten Lampenlicht verschaffte er sich einen Überblick, dann schraubte er die Birne raus und lief in die Ecke, in der eine Trittleiter unter dem Bodenfenster stand.

Eigentlich hasste er Höhen. Er hatte einmal gesehen, wie ein Spielkamerad auf Teufel komm raus beweisen wollte, wie verwegen er war. Er war auf einen Baum geklettert, um ein Vogelnest zu plündern. Und während er in der Baumkrone saß und johlend ein Ei nach dem anderen ausschlürfte, war die Vogelmutter im Sturzflug von oben heruntergeschossen und hatte auf den Schädel eingehackt. Der Knabe hatte nach dem Vogel geschlagen und den Halt verloren. Er war durch die Zweige gefallen und mit dem

Kopf auf eine Wurzel geknallt. Sie hatten ihn begraben, ohne dass seine Eltern ihn noch einmal hatten richtig sehen können. Mehmed erinnerte sich an die Leiche im Sarg, den Kopf in eine Plastiktüte gewickelt, die die Nachbarn besorgt hatten. Auf ihr hatte in roten Buchstaben *Aeroflot* gestanden.

Er wäre in der Dunkelheit fast über die Trittleiter gestolpert, konnte sie aber auffangen, bevor sie umfiel, und stellte sie unters Dach. Er tastete sich mit den Fingern vor und schob die Dachluke auf. Die frische Luft kam ihm mit einem Seufzer entgegen, und er kletterte hinauf ins Freie. Die Luke schrammte am Rahmen, als er sie wieder zuschob.

Zum Dachfirst führte eine Leiter hinauf. Er ergriff das kalte Metall und stellte fest, dass sie nicht richtig festgemacht war. Langsam verlagerte er sein Gewicht auf die Leiter und zog sich mit den Armen hoch. Die Leiter knackte, bewegte sich aber nicht. Die Dachziegel waren glatt und gaben keinen Halt. Also setzte er sich rittlings auf den Dachfirst und rutschte weiter. Schließlich erreichte er das Ende des Dachs, an dem es zum Nachbarhaus einen Meter höher anschloss, und dieses Dach war zum Glück flach. In dem Moment hörte er ein Geräusch hinter sich und sah, wie die Dachluke aufgeschoben wurde und eine Gestalt sich wie ein Wurm herauswand, oder besser gesagt: wie ein Zirkusartist. Jedenfalls brauchte die Gestalt nur wenige Sekunden, um die Leiter hochzuklettern und den Dachfirst zu erreichen, eine Operation, die Mehmed eine Minute gekostet hatte. Der Albaner bekreuzigte sich. Der Schwarzgekleidete musste der Teufel selbst sein. Mehmed navigierte weiter über das lange Dach zwischen einem Labyrinth aus Schornsteinen, Lüftungskanälen hin zu etwas, was wohl ein kombinierter Fahrstuhlschacht und Treppenaufgang war. Er versuchte die Tür zu öffnen, aber sie war mit Schloss und Kette versperrt. Trotzdem versuchte er sich durch den schmalen Spalt zu zwängen, der sich öffnen ließ.

»Es reicht, Mehmed«, sagte eine Stimme hinter ihm. Er zuckte zusammen und spürte, wie sich ihm das Schloss in den Rücken bohrte, als er sich gegen die Tür presste. Auch wenn die Stimme angenehm klang, war gleichzeitig noch ein anderer Unterton in ihr.

»Ich bin arm. Tu mir nichts. Ich bin nur ein armer Kerl …«, schluchzte er und suchte in der Tasche nach der Glühbirne.

»Gib mir das Geld, dann kommt alles in Ordnung«, sagte der Mann. Er blieb auf Abstand, aber auch auf die Entfernung war Mehmed sich sicher, dass die Beule unter dem einen Arm nicht von einem Buch stammte. »Und wenn wir schon dabei sind, dann reich mir auch die Papiere rüber.«

Mehmed blieb bei seiner Tirade, wie unschuldig er doch war. Er wankte zwei Schritte vor, wobei er den Blick senkte. Er hatte die Glühbirne herausgeholt und hielt sie hinter dem Rücken verborgen. Der Mann rührte sich nicht, kam nicht näher an ihn heran, sondern betrachtete ihn mit ruhigen Augen. Mehmed hörte, wie seine Herzschläge zu einem anhaltenden Zischen abflachten. Wie ein Fernsehapparat, der noch läuft, obwohl das Programm schon beendet ist. Schnell zerschlug er die Glühbirne an der Wand, stach auf den schwarzen Teufel ein und war sich sicher, ihn getroffen zu haben. Aber der Mann war zu schnell gewesen. Mehmed hatte nur dem Jackenärmel einen Riss verpassen können, da war der Mann schon hinter ihm, und Mehmed konnte sich nur mit Mühe einem Handkantenschlag entziehen. Er versuchte einen neuen Ausfall mit der scharfen Glühbirne. Der Mann wich zurück, und Mehmed nutzte die Gelegenheit, um so schnell wie möglich ans schmale Ende des Daches zu laufen. Er meinte gesehen zu haben, dass sich dort ein weiteres Dach etwas tiefer anschloss, nur ein paar Meter weiter unten. Seine Fußgelenke müssten das aushalten. Er nahm Anlauf und sprang über den Rand.

Was er nicht gesehen hatte, war das Dachfenster. Was für eine Art zu sterben, dachte er, während er auf das Glas und den Rahmen auftraf. Dann stürzte er wie eine menschliche Bombe die sechzehn Meter in das stillgelegte Fabrikgebäude hinunter.

Oslo

Freitag, 2. Januar. 0.30 Uhr nachts

Ilja schlief seinen Rausch auf der Matratze im Hinterraum aus. Der Schaumstoff quoll aus dem braunen Kordbezug heraus und sammelte sich in dicken Klumpen am Fußende. Das war ein Lager, zu dem so ziemlich jeder andere »Nein, danke« gesagt hätte. Aber Ilja hatte sieben Jahre lang unter Breschnew, Andropow und Gorbatschow in Gefängnissen und Lagern gesessen und war Schlimmeres als das hier gewohnt. Ja, genau betrachtet war das hier der reine Luxus im Vergleich mit den Sonderhaftanstalten, die die schlimmsten waren. Russische Gefängnisse, das waren die Orte auf dieser Welt, zu denen nicht einmal Gott Zugang hatte. Sie waren ausschließlich für Teufel und Dämonen gebaut.

Vor zwanzig Jahren war er ein schöner Mann gewesen, mit einer rötlichen Glut unter der Haut. Einer Haut, über die seine Tanten geseufzt hatten und meinten, sie könnte die einer Frau sein. Und sie hatte ihn zu einer Kanone bei den Frauen gemacht, zu einem flotten Sportmodell. Alle, die er wollte, konnte er auf den Rücken legen. 1979 wurde er zum ersten Mal verurteilt. Das war das Ergebnis einer symbolischen Aktion des Sowjetstaats, die zeigen sollte, dass man etwas gegen den Schwarzmarkthandel unternehmen wollte. Da war sein Gesicht kein Vorteil, aus dem er irgendwelchen Nutzen hätte ziehen können. Das erfuhr er bereits äußerst schmerzhaft am ersten Abend, als er von zwei Georgiern vergewaltigt wurde, die Armmuskeln wie Schiffsketten hatten. Sie hatten ihm die Hände auf dem Rücken gefesselt und über seinem Gesicht und seinem restlichen Körper geschwitzt, gesabbert und gespritzt. Hinterher hatte er auf den glitschigen Brettern gelegen und Rache geschworen. Aber zuerst hatte er einen Splitter losgerissen, lang wie ein Zeigefinger. Mit dem hatte er sich tiefe Wunden beigefügt, vom Kinn über die Wangen und Augenlider bis zum Haaransatz hoch. Er hatte vor Schmerzen geschrien, aber weitergemacht, bis sein Gesicht aussah, als wäre ein Traktorreifen darüber gefahren.

Eine Woche lang war er nur geschwebt, mit Fieber von über vierzig Grad. Danach landete er langsam wieder und dachte an die Zukunft und an Rache. Niemand wollte einen Mann mit Bremsspuren im Gesicht bumsen. Und bereits drei Monate später starben die beiden Georgier an inneren Blutungen, nachdem ihnen dreißig bis vierzig Mal ein spitzer Stock oder eine Metallstange vom Anus in den Unterleib getrieben worden war. Der Lagerleiter kümmerte sich nicht um interne Auseinandersetzungen. Im Gegenteil, er war erlöst von zwei seiner schlimmsten Probleme in einer unkontrollierbaren Gefangenenhorde.

Ilja schnarchte wie eine Motorsäge und lächelte im Traum, während er den spitzen Stiel eines Spatens in ein fleischiges georgisches Hinterteil hineinstieß. Aber es konnte auch irgendein anderes der vielen Arschlöcher sein, auf die er in seinem Leben gestoßen war. Er war mitten in einem besonders lang gezogenen Schnarcher, als der Lärm einsetzte. Zuerst klang es nur, als wenn zwei Kokosnüsse zusammenstießen. Aber dann gab es einen Knall nach dem anderen und ein scharfes Geräusch, das sich anhörte, als ob ein Schiff über Grund schrammte. Ilja stützte sich verschwitzt und mit roten Flecken im Gesicht auf die Ellbogen. »Hei, Pjotr! Was zum Teufel ist da los?« Er schaltete den schwarzen Plastikspot an, der an einem Gummiband über der Matratze hing, und sah, dass der Freund nicht auf seinem Platz lag. Dann hörte er etwas fließen und stand so schnell auf, dass er das Gefühl hatte, sein Kopf wolle sich vom Körper lösen. Mit beiden Händen um den schmerzenden Schädel rannte er barfuß und nur in einer gelben Unterhose in den Lagerraum. Er wollte gerade Licht machen, als er eine Bewegung am Rande des Gesichtsfelds bemerkte und zum zerbrochenen Dachfenster hinauflugte. Dort sah er ein Gesicht, das sich sofort wieder zurückzog. Auch wenn Iljas Gehirn in alten Alkoholresten dümpelte, erwachte sein Körper automatisch. Es war der Autopilot, der ihn all die Jahre in dem hart gefrorenen Schoß des Großen Russischen Väterchens hatte überleben lassen. Er zog die Hose, einen Pullover und Schuhe fast gleichzeitig an.

Der Unbekannte hatte vom Nachbarhaus aus auf ihn hinuntergeguckt, von dem alten Mietsgebäude, das angebaut war. Das stillgelegte Fabrikgebäude lag eingeklemmt zwischen dem Mietshaus und einem Hochhaus. Ein Gebäudekomplex, in dem ein gewisser Verkehr herrschte, die Tätigkeiten selbst aber nicht sichtbar wurden. Ilja rannte aus der Seitentür zum Garagentor. Er sprintete auf die Straße, zum Eingang des Mietshauses. Die Tür war nur angelehnt. Er lief die Treppen hinauf, während er nach seinem Messer suchte. »Scheiße!« Er hatte es in der Eile vergessen. Der Autopilot hatte nur mit halber Kraft funktioniert, nachdem Pjotr und er gestern ins neue Jahr hineingesoffen hatten.

Er stieß mit einem Mann zusammen, der auf dem Weg nach unten war. Ilja konnte in der Eile nur das blonde Haar registrieren, die Narbe an der linken Wange und das fehlende Ohr, während der Mann ihn niedertrampelte und verschwand.

Am liebsten wäre er ihm sofort gefolgt. Aber stattdessen musste er sich über das Geländer beugen, wo er mindestens einen Viertelliter des Zeugs ausspuckte, das sie von der stillgelegten Fabrik aus weiterverkauften. Es war ein Gefühl, als würde ein Eimer voller Säure durch Mund und Nase hochgedrückt, und die Drüsen produzierten wie im Akkord Speichel. Er hustete, spuckte und lief zurück zu seinem Stützpunkt.

Der Anblick, der sich ihm bot, war schlimmer, als er befürchtet hatte. Da war erst einmal die Sache, dass viele der Kanister zerborsten waren und der Sprit ausgelaufen war und zum Himmel stank. Zum Glück lag das Lager selbst etwas tiefer als der übrige Boden, denn der Traubenschnaps stand fünf Zentimeter hoch. Dazu kam, dass mitten im Schnaps eine Leiche und die Reste der Fensterscheibe und der Dachluke lagen. Aus irgendeinem Grund war der Mann vom Nachbarhaus heruntergefallen, durchs Fenster, und hatte durch einen fast unglaublichen Zufall Pjotr getroffen, der am Waschbecken gestanden hatte, um Wasser abzuschlagen. Pjotr musste nach hinten gekippt und das erste Lagerregal mit den fertig abgezapften Plastikkanistern mit sich umgerissen haben. Das erste Regal war zerbrochen, zur Seite gekippt und hatte das nächste umgeworfen, das wieder das nächste umwarf, und so weiter, wie bei einem Dominospiel.

Ilja konnte sich kaum vorstellen, was der Chef dazu sagen würde. Aber sein Respekt gegenüber den Autoritäten, der ihm eingebläut worden war, ließ ihn nicht zögern, das Handy zu ergreifen und die erste von fünf möglichen Nummern zu wählen, unter der sein Chef anzutreffen war. Beim dritten Versuch hatte er Glück. Eine breiige Stimme bat zwei Frauen, die Fresse zu halten, und fragte, was es zum Teufel denn gäbe.

»Wir haben ein Problem«, sagte Ilja und wusste, dass das genügte, eine Rakete im Arsch des Mannes zu zünden. Denn Ilja benutzte nie große Worte.

Aljoscha Isanow war für einen Chef sehr jung, und die Leute stutzten, wenn sie erfuhren, dass er erst dreiundzwanzig Jahre alt war. Er hätte als Mitte vierzig durchgehen können, mit dem Netz von Falten um die Augen, einer Haut, die hing und kränklich aussah, und nicht zuletzt mit einem wachsgelben Schimmer auf Wangen und Stirn, wie bei Menschen, die an einer tropischen Krankheit gelitten haben. Wenn man ihm sein blütenweißes Hemd von Maestro Fabiani ausgezogen hätte, hätte man sehen können, dass sein ganzer Rücken mit Tätowierungen bedeckt war. Einer seiner Onkel in St. Petersburg hatte die Tätowierungsarbeit an Aljoscha eher zum Spaß angefangen, als er gerade fünfzehn Jahre alt war. Der Onkel hatte eine Schlange mit falschen Proportionen gezeichnet, die sich um einen Stab schlängelte. In dem weit aufgerissenen Maul blitzten viel mehr Zähne, als normalerweise in einem Schlangenmaul Platz finden. Seine Mutter hatte protestiert, aber Aljoscha war bereits sein eigener Herr, und jedes Mal wenn der Onkel mit einer Tätowierung fertig war, begann er mit einer neuen. Inzwischen war Aljoschas Rücken von dickbrüstigen Amazonen, Harley-Zeichen, mythologischen Tieren und der Inschrift *Blood & Pee* in tiefroten Buchstaben bedeckt, die aussahen, als würden Schusslöcher durch sie hindurchführen. Schon mit achtzehn Jahren hatte er sich Respekt verschafft, als ein Kellner vom Nachtclub *Metropolit* sich geweigert hatte, ihm einen Tisch anzuweisen. Aljoscha hatte mit der linken Hand einen Würgegriff um die Kehle des Mannes angesetzt. Mit der rechten holte er sein Messer raus, schnitt dem Mann den Bart ab und zwang ihn, die Haarpracht zu kauen und hinunterzuschlucken. Eine erste Mordanklage wurde niedergeschlagen, als er neunzehn war. Danach machte Aljoscha in der St. Petersburger Unterwelt schnell Karriere. Es war natürlich sehr nützlich, dass er der Sohn des alten Isanow war, der das einflussreichste Syndikat der Stadt leitete.

Aljoscha überdachte schnell die Lage. Er brauchte sich nicht erst zu vergewissern, ob Pjotr auch wirklich tot war. Der Mann lag verdreht unter einem Regal, den Kopf im Schnaps, und der Schwanz hing aus seiner schmutzigen Unterhose wie ein braungelber Wurm heraus. Sie mussten die Leiche verschwinden lassen. Obwohl der andere keine Papiere bei sich hatte, wusste Aljoscha sofort Bescheid. »Mehmed Zogu«, murmelte er leise, während Ilja im Lager herumlief und versuchte, die Regale wieder aufzustellen. Aber die Schäden waren zu umfangreich, als dass ein Mann allein sie hätte beheben können. Sie hatten nach dem Rest der Bande telefoniert, die jetzt in einem Taxi auf dem Weg hierher war. »Ein dreckiger Albaner-Idiot macht mein Dach kaputt. Was für ein Land ist das nur, wo diese Bauerntrottel dir auch noch auf den Kopf fallen, einen Mann umbringen und ein viel versprechendes Geschäft verwüsten!« Er legte sich die Hände auf den Rücken und zupfte an dem Ärmel seiner Kaschmiranzugjacke.

Ilja war bereits auf dem Dach gewesen und hatte zwei verschiedene Fußabdrücke gefunden. Er hatte von dem ohrlosen Mann berichtet und ohne zu mucken die Ohrfeigen eingesteckt, die Aljoscha ausgeteilt hatte, um zu zeigen, wer der Chef und wer der Trottel war. Aljoscha fragte sich selbst, wie man die Situation interpretieren sollte. Mit seiner Krawattennadel stocherte er zwischen den Zähnen und wünschte, er könnte wieder im Bett liegen, zusammen mit den beiden kleinen Huren, die er erst vor zwei Stunden in der Dronningens gate aufgelesen hatte. Für zweitausend für jede hatten sie versprochen, alles mitzumachen. Bevor sie losfuhren, hatte er kontrolliert, ob sie auch keine Einstiche an Armen oder Beinen hatten. Er hatte nichts gegen Junkies, aber man konnte sich nicht auf sie verlassen, und Junkiemädchen waren zu schlaff für einen guten Fick. Aljoscha schob den Gedanken an die Frauen zur Seite und konzentrierte sich auf das Hier und Jetzt und auf ein paar hundert Liter Schnaps, die auf dem Betonboden schwappten. War das mit dem Albaner einfach ein Zufall, ein Missgeschick? Nein, nicht einmal Albaner flogen mitten in der Nacht über die Dächer. Natürlich war es auch möglich, dass der Mann schon tot war, als er durch die Dachluke fiel. Vielleicht war das eine Kriegserklärung von einer der anderen Banden in der Stadt? Aljoschas russische Mafia war noch ziemlich neu hier in Oslo, und es gab viele dort draußen, die keine Neugründungen wollten. Kein hungriger Hund mit Selbstrespekt würde den leckeren Knochen teilen wollen, den Oslo darstellte.

Das größte Rätsel aber waren die drei dicht beschriebenen Seiten, die er in der Innentasche des Albaners gefunden hatte. Zum Teil war die Tinte verwischt, aber immer noch war der Inhalt lesbar. Zumindest wenn man die Sprache verstand. »Ilja!«, rief er dem Mann zu, der leise fluchend um die Leiche seines Freundes kreiste. »Was kannst du dazu sagen?« Er reichte ihm die nassen Papiere.

Lesen war noch nie Iljas starke Seite gewesen. Aber er hatte ein Ohr für Sprache, das ihn sicher zu einem anderen Mann gemacht hätte, wenn die Verhältnisse anders gewesen wären. Von Griechenland bis Polen – es gab keine Sprache, aus der er nicht einzelne Wörter und Phrasen in sich aufgesogen hatte. Aljoscha sah, wie irritierend langsam er seinen schmutzigen Zeigefinger von Wort zu Wort gleiten ließ, als handle es sich um die heiligen Sakramente. »Ich verstehe natürlich nicht jedes Wort …«, setzte Ilja an. Aber Aljoscha fegte seine Einwände zur Seite und wollte die Hauptsache wissen. »Das ist Albanisch und handelt von uns«, sagte Ilja und runzelte die Stirn, während er wieder auf die Papiere guckte, als hätte er vorher noch gar nicht begriffen, wie ernst das Ganze war.

»Ja … ja, und?« Aljoscha packte den Mann an den Schultern und hätte ihn gern gründlich durchgeschüttelt, wenn es jetzt nicht so wichtig gewesen wäre, eine Antwort zu bekommen.

»Es sieht so aus, als wären das ziemlich genaue Informationen. Die Adresse hier steht natürlich auch drauf, aber daneben auch unsere Namen, woher wir kommen, was wir machen, unsere Pläne für die Zukunft und so weiter. Das ist ziemlich unangenehm, Väterchen.« Ilja ließ den Unterkiefer herunterhängen und starrte auf Aljoschas Gesicht. Der biss sich auf die Lippen, und sein Gehirn machte ein paar Sprünge, um mit diesen neuen Entwicklungen wieder klarzukommen.

»Wir müssen Pjotr rächen«, unterbrach Ilja ihn und schüttelte ihn am Jackenärmel. Aljoscha schob den Mann zur Seite, ohne ihm zuzuhören. »Lass mich meinen Freund rächen! Gib mir eine Chance, dann werde ich diesen ohrlosen Mann schon finden!« Iljas Augen brannten wie Zigarettenglut in dem hässlichen Gesicht. »Ja, ja«, antwortete Aljoscha abwesend. »Geh und tu, was getan werden muss.« Er merkte kaum, wie der Mann sich anzog und in der Nacht verschwand.

Oslo

Freitag, 2. Januar. 3.15 Uhr nachts

Der Lastwagen fuhr rückwärts in die Lagerhalle, während vier Männer herumliefen und aufpassten, dass er in der engen Durchfahrt nicht gegen die Mauern stieß. Sie hatten ihre Befehle bekommen und machten sich voller Eifer an die Arbeit. Im Hinterzimmer, das als Büro eingerichtet war, lag Aljoscha auf dem Sofa ausgestreckt und rauchte türkische Zigaretten. Er schnippte die Asche auf den hundert Jahre alten Perserteppich, weil er es nicht über sich brachte, sich nach dem Aschenbecher auszustrecken. Vor ihm auf dem Tisch mit der Marmorplatte stand die klassische Karaffe in Form eines Rebhuhns, die zum *Famous Grouse* dazugehörte. Er hatte sich vier Zentiliter in das flachbodige Whiskyglas eingegossen und zwei Eiswürfel dazugegeben. Zum zwanzigsten Mal versuchte er, seinen Vater anzurufen. Aber die Verbindung zum alten russischen Reich war von der anfälligen Sorte. Der atmosphärische Lärm und das leise Knacken konnten einen glauben lassen, die Leitung verliefe in einem stacheldrahtähnlichen Kabel fünfmal um die Welt, und CIA, KGB, Interpol und alle anderen säßen mit am Rohr und hörten zu.

Plötzlich erklang Vaters Stimme, so klar, als hätte Aljoscha nur im Nebenraum angerufen. Er schilderte die Situation und berichtete, was er beschlossen hatte. »Das ist gut. Du bist ein guter Junge«, antwortete Vater. Aljoscha nahm Haltung an. Sein Vater hatte schon immer etwas Soldatisches an sich gehabt. Auch wenn der Sohn wusste, dass sein Vater an militärischer Erfahrung nicht mehr als drei Tage Dienst im finnischen Winterkrieg vorweisen konnte, bis er eingesehen hatte, dass die Finnen eigentlich reichlich gute Gründe hatten, ihn und den Rest seines Bataillons auf grausamste Weise umzubringen. Eines Nachts, kurz vor einem der missglückten Angriffe gegen die Finnen, die sich in Karelien festgebissen hatten, verschwand er zwischen den Birkenstämmen. Alle glaubten, er wäre von finnischen Guerillas liquidiert worden, die hinter den Reihen operierten, und wäre eine Leiche zur Freude für Bär, Vielfraß und Habicht. Aljoschas Vater kehrte jedoch zurück nach Moskau, wo er jemanden kannte, der wieder jemanden kannte. Dort nahm er den Namen Isanow an, mit einer Legende in Smolensk. Er schlug sich als Schwarzmarkthändler durch den Krieg. Zusammen mit zwei Tschetschenen stahl er Rote-Kreuz-Sendungen und verkaufte Nahrungsmittel, Verbandszeug, Tabak und Alkohol für abenteuerliche Summen. Irgendwann versuchten die beiden, den alten Isanow reinzulegen. Da schnitt er ihnen die Kehlen durch und suchte sich zwei neue Kompagnons. Diesmal aus seiner Familie. Das blieb seitdem sein Hauptprinzip. Neue Mitglieder wurden nur in der Familie oder unter Freunden gesucht. Das war eine Frage von Leben und Tod. Isanow war nach dem Krieg nach Leningrad geflohen und etablierte sich dort, bevor die anderen Gangster sich überhaupt besonnen hatten.

Aber es war für einen Moskowiter nicht einfach, in Leningrad respektiert zu werden. Die meisten Leningrader sahen sich als Bürger eines Handels- und Kulturzentrums, das Europa näher lag als Moskau. Trotzdem gelang es Isanow, zu einem Machtfaktor zu werden. Er hatte sich zweimal von Frauen scheiden lassen, die er plump und langweilig fand, und sich schließlich mit einer Polit-Kommissarin verheiratet. Die unheilige Allianz zwischen Mafia und Behörde stärkte seine Stellung ungemein. Es war der gesunde Bauernverstand, der ihm sagte, er sollte sich lieber im Hintergrund halten. »Halt die Klappe, und verdiene die Mäuse« war sein Motto, das seine ganze Verachtung den steinreichen Kriminellen gegenüber ausdrückte, die wie Pfauen herumstolzierten und ihren Reichtum zur Schau stellten.

Ab Mitte der Achtzigerjahre nahm das Gangsterwesen ab und machte gleichzeitig eine Modernisierung durch, gemäß dem neuen politischen Schlagwort, der »Perestroika«. Zum ersten Mal seit der Revolution konnten auch normale Menschen reich werden. Und im Kielwasser des neuen Reichtums tauchten Kriminelle auf, die ihren Anteil daran haben wollten. Als die Bande von Sedjuk 1987 aufgelöst wurde, hatte der alte Isanow seine Chance gesehen, das entstehende Vakuum auszufüllen. »*Swjato mesto pusto ne büwajet* – ein heiliger Ort bleibt niemals leer«, hatte der Alte gesagt und ließ seine Leute mit militärischer Präzision Sedjuks Posten einnehmen.

Aljoschas Reise nach Oslo war die Idee des Alten. Er wollte einen Brückenkopf in Skandinavien schaffen, denn kriminalpolitisch herrschte in diesen Ländern eine Naivität, die seiner Familie einen ganz anderen Spielraum gab, als sie es gewohnt war. Politische Blindheit, demokratische Spielregeln, die wie maßgeschneidert waren, die Rechte der Kriminellen zu schützen, gepaart mit einer puritanischen Haltung den Gütern des Lebens gegenüber, die die Preise in den Himmel trieb, das waren die drei Voraussetzungen, auf denen seine Idee basierte. Er wusste, dass die russischen Methoden, Leute anzugreifen, die gar nicht erst zur Polizei gingen, oder von Geschäftsleuten und Ladenbesitzern »Schutzgelder« zu fordern, in Skandinavien nicht funktionierten. Stattdessen mussten sie gefragte Waren anbieten: Drogen, Frauen, Anabolika und Schnaps. Außerdem mussten sie sich der Polizei gegenüber anders verhalten. In Russland gingen die Gesetzeshüter nur den Gesetzesbrüchen nach, die schon passiert waren, während die skandinavische Polizei mehr daran interessiert war, bereits vorbeugend Kriminalität zu bekämpfen. Was diese Polizei zu einem viel gefährlicheren Gegner machte. Wäre der alte Isanow ein Manager gewesen, hätte man seitenlang von seinen Visionen geschwärmt, von seiner Intuition, wenn es darum ging, den Markt einzuschätzen, und seinen Fähigkeiten, aufs richtige Pferd zu setzen.

Aljoscha hörte, wie sein Vater sich räusperte und den brühheißen Tee schlürfte, den ein dienstbarer Geist vor ihn gestellt hatte. Er kannte die Routinen seines Vaters und wusste, dass der Alte mit den Jahren immer weniger Schlaf brauchte. Eine knappe Stunde Mittagsschlaf, das war alles, was er sich für den Rest des Tages zugestand. Sein Büro lag in der Hauptallee auf der Newa-Insel, die früher für Parteibonzen reserviert gewesen war. Jetzt gab es dort so viele zweifelhafte Betriebe, dass die Insel im Volksmund »der Archipel« genannt wurde. Eine Erinnerung an die Zeit, als »Archipel Gulag« ein Begriff im sowjetischen Strafrecht war. Der alte Isanow empfing nur in seinem Büro. Es gab drei Kategorien von Leuten, die eine Audienz bekamen: diejenigen, die mit günstigen Geschäftsvorschlägen kamen, diejenigen, die er zu sich bestellt hatte, um ihnen Befehle zu geben, und diejenigen, die mit Gewalt zu ihm gebracht wurden. Isanow hasste Mangel an Präzision, und es kam häufiger vor, dass die Besucher Strafe zahlen mussten, je nachdem, um wie viel Minuten sie sich verspätet hatten.

Aljoscha lächelte ein wenig bei dem Gedanken an seinen Vater. Er konnte den fünfundachtzigjährigen Mann vor sich sehen, wie er aufrecht hinter seinem gewaltigen Schreibtisch saß und seine Schnurrbartspitzen zwirbelte. Vor ihm standen immer zwei Telefone, dazu ein goldener Halter mit einem Füller darin und Löschpapier. Nie war ein Papier zu sehen. In den Schubladen gab es Tabak und Vaters Stolz, einen alten Colt Lightning von 1892, der immer noch funktionierte, Herztabletten und ein Album mit alten römischen Münzen. Vaters eisblauer Blick ging entweder zum Fenster mit Blick auf die Newa, oder er ruhte auf dem offiziellen Foto Stalins. »Wenn ich diesen Mann ansehe, weiß ich, dass ich eigentlich nie ins Bett gehen darf«, hatte der Fünfundachtzigjährige einmal zu Aljoscha gesagt.

Jetzt knatterte Vaters Stimme bis nach Oslo, mit Denkpausen und süßem Tee dazwischen. »Du machst das, was getan werden muss, Aljoscha. Das ist gut ... das ist gut für die Familie ... Aber du weißt genauso gut wie ich, was das bedeutet, nicht wahr? Einer der Unsrigen hat gesungen. Wahrscheinlich einer von den Deinen, wohl kaum einer von meinen Leuten ... aber man weiß ja nie. Du hast den Stab in letzter Zeit selbstverständlich nicht erweitert.« Der Tee schlürfte im Mund des Alten, aber eigentlich erwartete er gar keine Antwort. Er erwartete Gehorsam von seinem Sohn. Währenddessen nippte Aljoscha lautlos an seinem eigenen Glas – dem Alten gefiel es nicht, wenn er trank. »Diese Jugoslawen ... sollen wir denen mal in die Karten gucken? Aber du musst vorsichtig sein. Denk dran, dass du mein Lieblingssohn bist. Ich will, dass diese Dreckskerle beobachtet werden. Denk nur an all die Probleme, die wir letztes Jahr in Berlin mit ihnen hatten!« Vater bezog sich dabei auf einen Streit zwischen Russen und Jugoslawen im Jahr zuvor. Zwei Cousins von Isanow hatten am Tisch eines Straßencafés gesessen und sich über die Tagesgeschäfte unterhalten, als sie von einem Jugoslawen den Bauch mit Schrot voll gepumpt bekamen. Der Jugoslawe wiederum wurde gleich darauf von dem Leibwächter der Cousins niedergemacht. Die Leute drum herum hatten geschrien und sich unter die Tische geworfen, während Kaffee, Tee und Sekt in dünnen Gläsern umgefallen und sich auf den Fußweg ergossen hatten, zusammen mit dem Blut der drei Ermordeten. Der Leibwächter hatte entkommen können, und später am Tag war ein Jugoslawe von einem Lastwagen, dessen Nummer niemand hatte lesen können, gegen eine Hauswand gedrückt worden. Zwei weitere Russen und fünf Jugoslawen wurden liquidiert, bevor ein paar der Ältesten auf beiden Seiten den Streit auf salomonische Weise beilegten. Durch den Austausch gegenseitiger Versicherungen, den Frieden zu halten, und durch großzügige Abfindungen an die Hinterbliebenen. Die Russen und die Jugoslawen hatten in gegenseitigem Einverständnis Hände geschüttelt. Nun ging es wieder ans Geldverdienen. Beide Seiten verließen das Treffen mit inbrünstigem Hass auf den Gegner.

»Einem Wolf ohne Ohr kann man schnell auf die Spur kommen. Tu, was getan werden muss, mein Sohn. Denke daran, dass es um das Vermögen der Familie geht. Ich habe Vertrauen zu dir.« Vater legte den Hörer ohne größeres Geplänkel auf. Der Alte hatte noch nie etwas von Abschieden oder Formalitäten gehalten.

Aljoscha gestattete sich einen weiteren Whisky.

Er hörte, wie Valentin, Eduard, Andrej und Ilja vor der Tür wie Hamster im Akkord arbeiteten. Es ging darum, den anderen immer eine Pferdelänge voraus zu sein, und deshalb ließ er sie diesen Schachzug in Expresszeit ausführen. Überhaupt war alles, was er in diesem Land unternommen hatte, in Expresszeit vor sich gegangen. Es war erst ein Dreivierteljahr her, seit Aljoscha über Polen eingereist war. Er hatte sich auf dem Markt der Altstadt in Warschau zwischen Kohlköpfen, gebrauchten Kleidern und russischen Offiziersmützen einen polnischen Pass gekauft.

Danach hatte er einen Platz bei vier Polen ergattert, die sich in einem ausgeleierten Lada auf dem Weg nach Norwegen zusammenquetschten. Sie waren bereit, jede Arbeit anzunehmen, ganz gleich welche, wenn es nur nicht ihr Schaden war. Obwohl Aljoscha Polnisch nur in den Grundzügen beherrschte, behauptete er hartnäckig, Pole zu sein und aus Ljublin zu stammen. Die vier protestierten nicht, nachdem er ihrem Anführer 500 Dollar in die Hand gedrückt hatte. Den Weg in das Land, das sein Vater als Investitionsobjekt der Zukunft auserkoren hatte, hatte Aljoscha damit verbracht, zwei der Polen systematisch auszufragen, die bereits drei Jahre lang in Norwegen gewesen waren. Es gab kein historisches, kulturelles oder alltägliches Detail, das Aljoscha nicht interessierte. Er wusste, dass man sich nie genug Informationen über einen unbekannten Ort beschaffen konnte.

Nachdem die Polen achtundzwanzig Stunden lang Aljoschas tausend Fragen hatten anhören und beantworten müssen, atmeten sie erleichtert auf, als er, ohne sich zu verabschieden, auf der Südseite des Osloer Hauptbahnhofs ausstieg, an der alten Østbanestasjon. Von dort aus ging er nach dem Stadtplan, den er in seinem Gedächtnis gespeichert hatte, zu einem Gemischtwarenladen, der von einem Russen in Gamlebyen geführt wurde. Der mürrische Mann war ein entfernter Bekannter eines Onkels, der der Familie einen Gefallen schuldig war.

Aljoscha hatte dem Händler nur gesagt, er würde ins Land kommen, um für die Familie daheim Geld zu verdienen. Der Mann gab sich mit dieser Erklärung zufrieden und unternahm keinen Versuch, ihn näher auszufragen. Er bot ihm frisches Brot, Wodka und Salz an und verschwand dann wieder in seinem Laden. Der musste fantastisch laufen, denn den ganzen Tag lang war die Türglocke zu hören.

Die folgenden drei Tage lief Aljoscha kreuz und quer in der Stadt herum. Er suchte sich einen Job in einem Imbiss, schälte und schnitt dort Zwiebeln, zupfte Salat, frittierte Kartoffeln und schleppte Kisten mit Brot und Fladen, bis er sich sicher war, dass er nie wieder ein Würstchen ansehen würde. Er arbeitete an seinem Norwegisch, und im Laufe von zwei Monaten hatte er sich eine Wohnung besorgt, einen besseren Pass, einen guten Überblick über norwegische Verhältnisse und einen umfassenden norwegischen Wortschatz. Gleich bei seiner Ankunft hatte er ein »schwarzes« Handy gekauft und seitdem seinen Vater auf dem Laufenden gehalten.

Später, im Juni, kamen Valentin, Pjotr und Ilja. Gemeinsam hatten sie einen Vorstoß in die Schnapsbranche gemacht, denn dort war das Risiko am geringsten. Die Strafen waren niedrig, und die Polizei interessierte sich für das Schnapsgeschäft viel weniger als für Schmuggel, Bordelle oder Drogen. Außerdem war die Isanow-Familie Experte für diese Art Geschäft. Aber um etwas zu tun zu haben, bevor die erste Schmuggellieferung eintraf, »übernahmen« sie schnell ein Geschäft, das von fünf Männern aus dem Mjøndal betrieben wurde. Die Russen hatten den Schnapswagen zwei Tage lang beobachtet, während die Norweger ihre Geschäfte im Zentrum Oslos tätigten. Danach waren sie der Spur bis hoch zu einem verlassenen Bauernhof dicht beim Hokksund gefolgt. Eines Nachts hatten die Russen sich ins Wohnhaus geschlichen und mit Knüppeln, um die sie Stoff gewickelt hatten, die fünf Norweger erschlagen. Die Leichen hatten sie hinter der Scheune begraben, das Inventar auf einen Wagen geladen und waren damit nach Oslo gefahren. Aljoscha hatte ausgezeichnete Räume im oberen Teil von Grünerløkka gefunden, in denen sie sich bereits am folgenden Tag einrichteten. Im Laufe von zwei Tagen waren sie so weit, in Norwegen produzierten 91%igen Schnaps abzuzapfen. Zwar hatte das Produkt einen unangenehmen Beigeschmack, aber das war den Kunden scheißegal, solange der Preis stimmte. Die Russenbande von Aljoscha senkte ihn von zweitausendvierhundert Kronen pro zehn Liter auf tausendfünfhundert. Das brachte den Handel in Schwung. Außerdem kamen sie noch auf die Idee, das Ganze in Halbliter-Selterflaschen abzufüllen und die für einen Hunderter zu verkaufen. Den besten Umsatz damit machten sie vor den weiterführenden Schulen und bei den Schlangen vor den beliebtesten Straßencafés im Ostteil der Stadt. Sie konnten gar nicht so viele Selterflaschen heranschaffen, wie sie brauchten, und mussten sich eine Weile sogar mit Sprite und Seven Up behelfen.

Im Dezember kamen Eduard und Andrej. Die beiden hatten ums Verrecken drauf bestanden, auf eigene Faust rüberzukommen, obwohl der alte Isanow das nicht guthieß. Zumindest hatte er sich nicht besonders angestrengt, den beiden zu helfen. Also waren die beiden Gangster auf »Urlaub« nach Polen gefahren und hatten dort einen Zug nach Kostrzyn genommen, einer kleinen Stadt direkt an der Grenze zu Deutschland. Zum ersten Mal seit neunzehn Jahren waren die Grenzflüsse Oder und Neiße zwischen Polen und Deutschland zugefroren. Das Packeis lag dick zwischen den Ländern. Eduard und Andrej hatten sich so viele warme Kleidungsstücke angezogen, wie sie nur erwischen konnten. Dann legten sie sich in einem Gestrüpp am Flussufer auf die Lauer und ließen die anderen Grenzgänger passieren. Einer nach dem anderen wurde auf der anderen Seite geschnappt. Meistens. Aber die beiden Russen beobachteten, dass ein paar durchkamen. Zwei Nächte nacheinander lagen sie bei zwanzig Grad minus an zwei verschiedenen Plätzen am Ufer auf der Lauer, und in der dritten Nacht wussten sie, wo sie die besten Chancen hatten. Sie sprinteten über den Fluss und in die Sicherheit innerhalb der Schengen-Mauer, ohne auch nur einen Mucks von den Grenzwachen zu hören. Danach war es ganz einfach, ins Gelobte Land zu kommen.

Damit hatte Aljoscha die Mannschaft, die er brauchte. Die

Schnapsproduktion reichte auf die Dauer nicht aus, um wirklich ein Vermögen anzuhäufen. Und sie waren hungrig auf mehr. Neues Land, neue Märkte. Großes Geld und Frauen massenweise warteten auf sie. Man musste nur spielen, ohne einen falschen Zug zu machen, immer eine Nasenlänge den anderen voraus sein, die Gegner erschrecken, hereinlegen und schließlich so gründlich matt setzen, dass sie sich nicht mehr bewegen konnten, ohne dass ihr König fiel und auf dem Brett verblutete. Aljoscha vertiefte sich immer mehr in das Spiel und überlegte, welcher Zug welche Reaktionen auslösen könnte. Jetzt musste er erst einmal den Albanerzug machen und sehen, welche Vögel daraufhin aufflogen.

Oslo

Freitag, 2. Januar. Morgens

Alex Hoel stellte die CD-Anlage aus und legte Satie mit einem Klick zurück in seine Plastikhülle. Er rieb sich über die Wange, die wie Sandpapier knisterte. Die Sonne lag noch hinter dem Horizont und leuchtete nur trüb im Osten. Der Fjord war bleischwer, und Alex hatte das Gefühl, sein Körper wäre das auch. Alle Muskeln schmerzten. Am schlimmsten im Nackenbereich ganz bis hinunter zum Kreuz. Er hatte seit 24 Stunden nicht geschlafen und begann langsam, die Müdigkeit zu spüren. Sein Kopf war wach, obwohl sein Körper tot war.

Nachdem Mehmed abgestürzt war und nach dem Zusammenstoß mit dem Mann auf der Treppe war Alex in die rund um die Uhr geöffnete Kneipe in der Dælenengata gegangen. Vier Taxifahrer hatten um einen Tisch gesessen und ihre Bäuche gegen die splitternde Tischkante gelehnt. Sie hatten mit rauchigen Stimmen derbe Geschichten von sich gegeben, und das Gelächter hatte von den Wänden widergehallt, die mit strahlenden Reisebürobildern von Thailand bedeckt waren. In der Ecke saß ein altes Paar und trank, die Köpfe dicht beisammen, fast auf den Gläsern liegend. Die Frau nuschelte mit ihrem schlaffen Mund irgendwelche nichts sagenden Phrasen, während der Mann sie mit starrem Blick ansah. Über ihrem Kopf hing der Fernseher. Es lief eine dieser unsäglichen Talkshows auf Super Channel mit Jay Leno, David Letterman oder irgendeinem anderen Laberkopf, der die ganze Zeit mit irgendwelchen geschwätzigen Berühmtheiten quatschte. Aber der Schwarze hinterm Tresen stand ganz fasziniert da, mit halb offenem Mund, und schluckte jedes Wort, das gesprochen wurde, als wäre es eine Predigt.

Hoel bestellte sich einen Kaffee, ging um die Ecke des L-förmigen Lokals und setzte sich in eine Nische, die halb verborgen hinter einer großen Yucca-Palme war. Die Pflanze hatte zu wenig Wasser bekommen und ließ ihre gelbbraunen Blätter hängen. Als er die Tasse zum Mund führen wollte, merkte er, dass seine Finger zitterten. Dieser Tag war sonderbar gewesen. Er hatte die erste Sache falsch eingeschätzt. Der Zuckerjunge war wie ein Elefant zu Boden gegangen, der von einer Kanone getroffen wird. Das war ihm noch nie passiert. Und jetzt saß er hier und musste beide Hände zu Hilfe nehmen, um die Tasse zum Mund zu führen, und zusätzlich noch den Kopf senken, damit es überhaupt klappte. Er gab nach dem ersten Versuch auf, nachdem er auf die pepitagemusterte Tischdecke gekleckert hatte.

Und dann das mit Mehmed. Hier gab es die erste wirkliche Fehleinschätzung. Er hatte das Geld nicht gekriegt und nicht die Papiere für Dragoslaw besorgt. Außerdem war der Mann garantiert tot. Auch wenn Mehmed nicht einer von ihnen war, so war er dennoch mit einer ihrer Frauen verheiratet gewesen. Hoel schlürfte jetzt doch die schwarze Flüssigkeit. Der Kaffee hatte zu lange gestanden und brannte sich seinen Weg durch die Speiseröhre, bevor er mit einem Hammer aus konzentrierter Gerbsäure ein Loch in die Magenschleimhaut schlug.

War er alt geworden? Ging er langsam aus dem Leim? Hoel kannte mehrere solcher Fälle. Gute Kollegen, die eines Tages feststellen mussten, dass sie ihren Job nicht mehr hinkriegten. Sie hatten eine unsichtbare Grenze überschritten, und von dem Augenblick an ging es bergab. Anfangs waren es fast unerhebliche Fehler, kleine Irrtümer, die sich zu größeren Problemen und schließlich zu Krisen auswuchsen. Und da wurde ihnen klar, dass sie sich zusammenreißen oder aufhören mussten. Die meisten wollten nicht aufhören. Und so landeten sie hinter Gittern oder in einem Holzfrack auf dem Friedhof.

Nein! Er war noch nicht ausgebrannt. Das musste einfach ein schlechter Tag gewesen sein. Jetzt ging es darum, den Schaden zu begrenzen und eine neue Lösung für Dragoslaw zu finden. Mit einem Ruck, als müsste er seinen Körper in die Senkrechte überlisten, stand er auf und legte zwanzig Kronen für den Kaffee hin. Dann fuhr er in seine Wohnung, um die Probleme zu überdenken.

Er sah, dass es erst zwölf Minuten nach acht war. Er ging ins Bad und schluckte drei Paralgin Forte. Danach zog er wieder seine schmutzigen Kleider vom Abend und der Nacht an und betrachtete sich selbst im Spiegel. Der Riss im Jackenärmel war nicht besonders offensichtlich. Der konnte repariert werden, obwohl er, wenn er ehrlich sein sollte, lieber gleich eine neue Jacke kaufte. Das Ohr, das nicht mehr da war, juckte. Der Arzt hatte ihn vor Phantomschmerzen gewarnt, und er wusste aus eigener Erfahrung, dass es nichts nützte, die glatte Haut um das Loch zum Trommelfell zu reiben oder zu kratzen. Statt Linderung schien das Jucken danach eher von einer noch tieferen Stelle zu kommen, irgendwo direkt aus dem Gehirn. Und wenn man es recht betrachtete, dann war das wohl auch so.

Er musste mit Dragoslaw reden. Es führte kein Weg daran vorbei, auch wenn es wie Selbstmord klang. Denn die 90 000, die er vom Zuckerjungen gekriegt hatte, waren für den Jugoslawen kein Argument. Männer mit dickem Geld wollen immer ihr Geld wieder sehen, ganz gleich, wie klein der Betrag auch ist. Und wenn es sich nur um Hoel allein gehandelt hätte, hätte er vielleicht die Sache hinausgezögert und versucht, dem Jugoslawen gegenüber härter aufzutreten. Aber Dragoslaw wusste von Irina und Sönke. Es war keine gute Idee abzuwarten, was er sich so ausdenken konnte. Er hatte seine Finger in den meisten Ländern Europas viel tiefer drin als die meisten Polizeiorganisationen, mit denen man seine Netze vergleichen konnte.

Plötzlich fühlte er einen Stich der Angst. Er hatte einen Fehler gemacht, für den vielleicht noch andere als er selbst büßen mussten, wenn es ihm nicht gelang, mit Dragoslaw eine Vereinbarung zu treffen. Das konnte sich auf die einzigen beiden Menschen auswirken, die Hoel wirklich am Herzen lagen. Allein der Gedanke ließ seinen Magen überschüssige Säure produzieren, während sich sein Muskelpanzer anspannte.

Hoel machte sich auf, bevor die Wirkung der Tabletten ihn beeinträchtigte. Er nahm jede Treppenstufe, als ginge er ins Gefängnis.

»Das glaube ich nicht!«, sagte Dragoslaw und wollte Hoel nicht ansehen. Der Jugoslawe spürte, dass er immer noch wütend werden konnte. Und es war dieser Schwachkopf von Eintreiber, der den Grund dazu lieferte. Es war nicht so sehr der Tod des Albaners, der ihm nahe gegangen war, sondern dass er selbst, mit großen Gesten, seinem Bruder gesagt hatte, dass er, Dragoslaw, *capo di tutti i capi*, das regeln würde.

»Das glaube ich nicht«, wiederholte er leise und ging zum Aquarium. Drei der Fische näherten sich der Wasseroberfläche, als er sich übers Wasser beugte. Sein Gehirn war damit beschäftigt, die Informationen zu verdauen. Zunächst einmal würde er natürlich sein Gesicht verlieren, und dann war da das Geld. Zu viel Geld, um es einfach aus dem Fenster zu werfen. Während er zusah, wie die Fische sich an der Glasscheibe entlangschlängelten, fielen ihm die Papiere ein. Diese unglückseligen Notizen von Mehmed! Er spürte, wie ihm das Blut in den Kopf stieg und es in seinen Ohren brauste.

Braza kam herein, und Dragoslaw würdigte ihn nur kurz eines Kopfnickens, bevor Hoel seine Geschichte von neuem erzählen musste. Braza kicherte und zeigte seine kaffeebraunen Zahnstummel im Unterkiefer. Wenn Dragoslaw nicht dabei gewesen wäre, hätte Braza den Norweger umgebracht. Sie hassten sich so intensiv, dass es nur eine Lösung gab. Als Dragoslaw Braza zu seiner rechten Hand machte, tat er das aus rein geschäftlichen Gründen. Bis vor eineinhalb Jahren waren Dragoslaw und Braza Erzfeinde gewesen, die um die gleichen Marktanteile und Gelder konkurriert hatten, miteinander kämpften, dann wieder verhandelten und erneut kämpften, einander Geld schuldeten und ihre Schulden beglichen. Aber dann änderten sich die Zeiten. Die beiden alten Feinde fanden einen gemeinsamen Ton, um es mal so zu sagen. Und so wurde Braza zu einem hoch angesehenen Mitglied von Dragoslaws Bande.

Zwei andere Männer kamen auch noch herein, und zum dritten Mal musste Hoel erzählen, was geschehen war. Der Bruder der frisch gebackenen Witwe wurde wütend, hielt sich aber zurück, weil Dragoslaw ihn mit einer Handbewegung stoppte. Außerdem war er sich nicht sicher, ob es eine gute Idee wäre, den jungen Mann auf Hoel loszulassen. Alex Hoel war kein Schwächling. Aber als Chef konnte er Hoel natürlich so nicht davonkommen lassen. Dragoslaw trat ans Fenster, um Zeit zu gewinnen. Dann gab er zwei seiner Männer ein Zeichen. Hoel schwitzte und wehrte sich, aber sie drückten ihn unerbittlich in die Knie. Dragoslaw zog eine Stützbandage aus der Schreibtischschublade und wickelte sie sich um die rechte Hand, bis Finger und Knöchel bedeckt waren und er die Hand zu einer festen Faust ballen konnte. »Nimm's nicht persönlich«, sagte er und schlug in Hoels ungedeckte Magenpartie.

Der Bruder der Witwe strahlte wie ein frisch gebackener Vater und spornte Dragoslaw an, weiter zuzuschlagen. Ein weiterer Schlag landete auf dem Rücken des Norwegers, dort, wo die Nieren sind. Und dann einer auf der anderen Seite. Endlich war etwas von Hoel zu hören. Es war der Ruf eines Tiers, das sein Bein in der Falle hat, dem das Fell schon vom Fleisch gerissen ist und das weiß, dass seine einzige Chance darin besteht, den Knochen durchzunagen. Das sich jaulend bis aufs Blut beißt. Braza drehte das Radio lauter, und Dragoslaw schlug dem Norweger wieder in den Magen. Im Radio lief Strawinsky. Hoel würgte und hustete. Aber er spuckte nicht. Dragoslaw holte aus zu einem harten letzten Schlag neben den Solarplexus, und die Männer ließen den Norweger zu Boden gleiten. Dort blieb er liegen und schnappte wie ein Fisch nach Luft. Der Bruder der Witwe wollte ihm mit seinem schweren, eisenbeschlagenen Stiefel den Ellbogen zertreten, aber Dragoslaw zog ihn weg. Dann stellten sie die ohrenbetäubenden Geigen ab und setzten sich auf die Sessel, während Hoels Körper langsam auf dem Boden in einer Art Wellenbewegung hin- und herschwankte.

Hoel war froh, die drei Tabletten geschluckt zu haben. Zunächst blieb er liegen und versuchte herauszubekommen, ob etwas gebrochen war. Die Nieren und das Zwerchfell hatten reichlich etwas abgekriegt, wahrscheinlich würde er ein paar Tage lang Blut pissen, aber alles funktionierte noch. Er kannte seinen Körper gut genug, dass er daran keinen Zweifel hatte. Er versuchte dem leisen Gespräch über seinem Kopf zu folgen, da er aber die Sprache nicht verstand, musste er sich damit zufrieden geben, dem Tonfall zu lauschen. Dragoslaw klang eindringlich. Es hörte sich an, als ermahnte er die anderen. Die jüngeren Männer wirkten aufgeregt, wenn auch noch kontrolliert. Was Braza dagegen zu sagen hatte, konnte kaum in Hoels Sinn sein. Zum Glück hatte Dragoslaw hier drinnen die Zügel fest in der Hand, und solange der Chef nicht selbst die Beherrschung verlor, war alles so gut, wie es nur sein konnte. Den Umständen entsprechend.

Auf eine merkwürdige Art und Weise brachte diese Einsicht ihn dazu, sich zu entspannen. Er schloss die Augen und sah Irina, Sönke und sich selbst in Kreuzberg. Aber es gelang ihm nicht lange, diesen Tagtraum zu verfolgen. Hoel schaute auf und begegnete dem tödlichen Blick eines der jüngeren Männer. Dessen Augen saßen wie zwei gebrannte Steine in den Höhlen, und Hoel musste weggucken. Langsam krabbelte er auf die Knie, ohne dass das Gespräch um ihn herum dadurch unterbrochen wurde, und steuerte das verschlissene Schlafsofa in der Ecke an. Der Stoff war grob, und es fehlten vier Knöpfe an der Matratze. Aber ihm erschien es als beste Ruhestätte der Welt. Er ließ sich wie eine Fuhre Holz darauf fallen, jaulte kurz auf, weil er sich umdrehen musste. Er drehte den vier Jugoslawen den Rücken zu, schloss die Augen und träumte weiter von Berlin.

Er hörte, wie am anderen Ende des Hauses eine Tür geöffnet und gleich wieder zugeworfen wurde. Dann wurde es still, bis die Ruhe von einem Brüllen unterbrochen wurde. Hoel dachte, dass solche Schreie nur in Schwarzweißfilmen vorkommen, in denen die Kamera auf das von Panik verzerrte Gesicht der Heldin zoomt, während sie beide Hände an die Wangen presst und einen glaszersplitternden Schrei von sich gibt.

Hoel drehte sich mühsam um und sah, wie alle vier wie auf Kommando gleichzeitig aufstanden. Aber keiner von ihnen kam bis zur Tür, bevor ein Mann, der gut in die Rolle der erschrockenen Filmheldin hätte schlüpfen können, mit einer viereckigen Schachtel hereinstürmte. Er schrie weiter, während er die Schachtel auf Armeslänge von sich weghielt. Dem Mann gelang es, die Schachtel Dragoslaw vor die Füße zu werfen. Dann packte er die Haarsträhnen an seinen Ohren, als wolle er sich jeden Augenblick die letzten Reste der Haare vom Kopf reißen.

Dragoslaw sah die anderen drei an, zögerte, ging dann aber zu dem Pappkarton. Der Deckel verbarg den Inhalt, sodass Braza seinen Stock benutzen musste, um ihn zu öffnen. Alle schauten hinein. Dragoslaw zog den Kopf des Albaners aus der Plastiktüte, in die er gewickelt war. Die kreidebleiche Haut stand in groteskem Kontrast zu dem schwarzen Bart. Der Schädel war oben eingedrückt, und beide Augen wollten aus den Höhlen heraustreten. Man konnte hinter die Augäpfel sehen, in das feuchte Halbdunkel dort. Die Zunge war angeschwollen und presste den Mund auf. Aus dem Mund ragte ein braunes Stück Pappe. Braza nahm es und las laut in seinem gebrochenen Norwegisch vor: »Er hat den Kopf verloren.«

Kosta Janewsky dachte vor allem daran, was er seiner Schwester sagen sollte. Natürlich hatte er den Albaner schon oft zum Teufel gewünscht. Aber für Kosta war das Wohl und Wehe seiner Schwester äußerst wichtig. Deshalb hatte er sie vor acht Jahren mit in dieses Land gebracht. Kosta hatte, als er noch ein Teenager war, in einem deutschen Modemagazin geblättert. Darin waren Fotos von norwegischen Wintermodellen gewesen. Die Fotomodelle hatten schöne, sonnengebräunte Haut. Sie trugen ländlich inspirierte Hosen und Pullover in angenehmen Erdfarben, saßen auf der Veranda eines Hochgebirgshotels und nippten an pastellfarbenen Drinks. Sie aalten sich in Kaminzimmern, in denen ihnen kein Luxus an Essen und Trinken verweigert wurde. Sie lächelten und flirteten auf Abfahrtspisten, auf Schlitten, die von Rentieren gezogen wurden, und in mondänen Lobbys, wo sie zwischen amerikanischen, englischen, französischen und italienischen Lifestyle-Magazinen wählen konnten. Damals hatte Kosta sich geschworen, dass er und seine Schwester Jugoslawien verlassen und ebenso erfolgreich werden würden wie diese Fotomodelle. Sogar heute noch konnte er sich an jedes Detail der Fotoserie erinnern, bis hin zu den Knöpfen an den Blusen, dem Muster der Pullover und der Farbe des Lederarmbands an der goldenen Armbanduhr, die ein männliches Model zeigte, während er einem schmalhüftigen Mädchen mit Schmollmund zuprostete.

Tag für Tag machte Kosta die Dreckarbeit für Dragoslaw Kis. Wenn er nach Hause kam in die große, verwahrloste Wohnung gleich beim Schous' Plass, zog er als Erstes die Kleider aus. Das war, als würde er die Haut wechseln, als würde er endlich er selbst werden und könnte die Schweinehaut ablegen, um als reicher Mann hervorzukommen. Er spürte, wie sich sogar seine Körperhaltung veränderte. Bei Dragoslaw lief er mit gebeugten Schultern herum, seine Arme waren ungewöhnlich lang und die Finger schmal. Sein Bart hatte Spitzen, die zum Kiefer hinunterzeigten und zusammen mit seinen Haaren, die auf beiden Seiten des Mittelscheitels gerade herunterfielen, den Eindruck vermittelten, er würde von der Schwerkraft gezogen und alle Teile seines Körpers seien auf dem Weg nach unten. Daheim im dritten Stock richtete er sich jedes Mal vor dem Spiegel auf. Sein Rücken wurde gerade, die Schultern spannten sich, die Brust schob sich vor. Danach ging er geradewegs unter die Dusche. Dann zog er einen weichen Hausanzug aus Baumwolle an, spanische Korksandalen und einen bodenlangen Hausmantel mit großen Taschen, während er seinen schlanken Körper mit dem flachen Bauch im Spiegel bewunderte. Den Kragen des Hausmantels zog er sich bis unter die Ohren und setzte sich dann in die Ecke des riesigen

Sofas, das das zweite seiner beiden großen Zimmer beherrschte. Er griff nach dem schnurlosen Telefon und rief seine Schwester an. Sie sprachen jeden Abend miteinander, und sie berichtete ihm von ihren kleinen Alltagserlebnissen, und ab und zu mischte sich der Jüngste, dessen Pate Kosta war, ins Gespräch ein.

Kosta liebte dieses Land, weil es ihm das Geld gab, seinem einzigen Interesse nachzukommen: Kleidung. Er hatte sieben Anzüge, zwei davon maßgeschneidert. Er hatte drei blaue Blazer und eine reichliche Auswahl an hellen und schwarzen Schuhen, dazu Jogging- und Golfschuhe. Er hatte genügend Hemden für ein langes Leben. Er kaufte sich jede Woche neue Kleider, warf einen Teil der alten weg, wollte sie nicht einmal verschenken. Dabei hatte er das Gefühl, dem Heimatland endlich ins Gesicht spucken zu können. Er verachtete alles, was daran erinnerte: die kleinen Wohnungen, die alle zehn Jahre eine Art Zellteilung durchzumachen schienen, sodass sie noch kleiner und enger wurden, je nachdem, wie schnell die Familie wuchs. Er erinnerte sich daran, wie die Leute ihre Wäsche zum Trocknen auf Wäscheleinen hängten, die zwischen zwei Metallstangen liefen, die unter den Fenstern befestigt waren, weil sie sich keinen Trockner leisten konnten. Die Wäsche flatterte in dem abgashaltigen Wind, der die Fassaden der massenweise hergestellten Häuserblocks entlangpfiff. Er erinnerte sich an die unzuverlässigen Autos, an die aufgedunsenen Männer und Frauen, an den Mangel an Zahnpasta, Deodorant und Seife. Er konnte sich immer noch die Beschaffenheit des kommunistischen Klopapiers ins Gedächtnis rufen; Golub, das in braunen, zusammengefalteten Blättern geliefert wurde. Kosta erinnerte sich, wie sein Vater ihn aus Furcht vor den Nachbarn, die das Parteibuch in der Tasche hatten, zwang, bei den Jungen Pionieren mitzumachen.

Jedes Mal wenn seine Schwester jammerte, konnte Kosta fünfhundert solcher Geschichten hervorziehen und ihr erzählen, dass sie doch verdammt froh sein solle, hier und nicht in Jugoslawien zu sein, wo zuerst der Kommunismus und dann der Nationalismus wie gierige Heuschrecken über das Land hergefallen waren. Die einzige gute Erinnerung, die er noch hatte, war die an die Küche seiner Mutter. Die konnte aus dem mageren Inhalt des Kühlschranks die fantastischsten Gerichte zaubern, wenn sie beispielsweise Nudeln oder Fleischsuppe mit Mehlklößen machte. Da lebte die Küche mit allen ihren Dünsten viel intensiver als alles, was er in diesem sterilen Norwegen je erlebt hatte.

Ihm graute davor, mit seiner Schwester zu sprechen. Er würde ihr die Details ersparen, aber so wie er sie kannte, würde sie sie dennoch erfahren. Er vermied demonstrativ den Blick auf die Schachtel mit Mehmeds Kopf und rieb sich unter der Nase, als könne er so den Geruch nach totem Fleisch loswerden. Dann hörte er Dragoslaw sagen, dass Hoel sie jetzt dorthin führen müsse, wo der Albaner gestürzt war. »Das sieht ganz bestimmten Leuten ähnlich«, hörte Kosta Dragoslaw sagen, weit entfernt und mit einem sonderbaren Klang, als ertönte seine Stimme irgendwo unter Wasser. »Diese Scheiß-Russenbande!«

Oslo

Freitag, 2. Januar. 18.30 Uhr abends

Hoel saß auf dem Rücksitz des glänzenden Mercedes, den Braza goldmetallic hatte umspritzen lassen. Die Federung war ein wenig hart, aber ansonsten roch das Auto innen wie außen nach Turtlewax, Lederpolitur und Möbelshampoo. Die Fußmatten waren fleckenlos, und er hatte fast ein schlechtes Gewissen, als er sich hineinsetzte. Der junge Mann, von dem er jetzt wusste, dass er Kosta hieß, setzte sich neben ihn, während der andere Jugoslawe sich von rechts gegen ihn zwängte. Braza fuhr, und Hoel spürte die ganze Zeit seinen prüfenden Blick im Rückspiegel auf sich. Sie preschten die Straße hinunter und schleuderten kurz vor dem Kino *Soria Moria* auf den Straßenbahnschienen. Braza fluchte und lenkte das Auto wieder in die richtige Spur. Der Mann rechts von Hoel stank nach Knoblauch, während Kosta auf der anderen Seite offenbar zu viel Lagerfeld-Aftershave genommen hatte. Alle Jugoslawen rauchten Prince Mild, als wäre morgen ihr letzter Tag. Die beiden Männer neben ihm fummelten an ihren Waffen herum, einer Uzi 9 mm Parabellum, einer Taurus PT92 mit 15er-Magazin, einer Sig Sauer mit Acht-Schuss-Magazin und zwei Handgranaten. Der reinste Waffenladen. Hoel vermisste seine eigene Walther.

Sie parkten in einer Seitengasse der etwas abschüssigen Sannergata, und Hoel zeigte den Weg. Sie hatten absichtlich bis zum Abend gewartet, um die ruhige Zeit nach der Rushhour auszunutzen. Die Dunkelheit hatte bereits eingesetzt, und die meisten Norweger saßen müde vor den Nachrichten oder einer neuen, spannenden Episode von *Glamour*.

Sie wussten, wie viele Tricks die Russen draufhaben konnten, deshalb blieben sie vor der Eingangstür stehen, neben dem hohen Garagentor. Alle Fenster in dem Gebäude waren dunkel. Das musste nichts bedeuten. Kosta wurde zum Mercedes zurückgeschickt, ein Seil zu holen, und folgte danach Hoel aufs Dach hinauf. Hoel kletterte die Leiter hoch, so schnell er konnte. Der andere Mann hatte keine Probleme, ihm zu folgen. Er zögerte nicht einmal, als Hoel auf dem Dachgiebel zu dem flachen Nachbardach hin balancierte. Im Osten sahen sie das rote Reklameschild von Bergene Schokolade, und im Westen qualmte ein Schornstein, auf dem die neongrünen Buchstaben von Ringnes Bier zu lesen waren. Es wehte ein frischer Wind hier oben, fast als wären sie auf einem Segelschiff auf hoher See. Hoel dankte den Göttern, dass der Schnee in der Hauptstadt immer noch auf sich warten ließ.

Sie sicherten das Seil an einem Schornstein, der massiv genug zu sein schien. Kosta sollte die Leine halten, während Hoel sich auf das niedriger gelegene Dach und dann weiter durch das zerbrochene Dachfenster abseilte, das niemand repariert hatte. Er warf das Seil in die Dunkelheit hinunter, ohne zu sehen, wie tief hinab es ging. Nachdem er sich zwei Meter tief in die Finsternis hinabgelassen hatte, spürte er, dass das Seil beunruhigend vibrierte. Zuerst glaubte er, es wäre Kosta, der ihm etwas signalisieren wollte, und spähte zu dem hellen Viereck über seinem Kopf hinauf. Da entdeckte er, dass das Seil sich an einem der spitzen Glassplitter rieb, die immer noch im Rahmen hingen. Er schaute nach unten, ohne den Abstand abschätzen zu können. Das Seil war bereits halb durchgeschnitten, und sein Gewicht konnte es jeden Moment reißen lassen. Er ließ sich umso schneller weiter nach unten ab. Aber schon nach sieben, acht Metern riss das Seil mit einem dumpfen Geräusch, und er fiel in den dunklen Brunnen.

Wie eine Katze auf allen vieren landen kann, so hatte auch Hoel ein fast tierisches Körpergefühl. Er drehte sich in der Luft und landete auf geschlossenen Füßen und federnden Knien. Er ließ sich weich zur Seite fallen und wie ein Fallschirmspringer abrollen, statt dem Aufprall auf dem Betonboden Widerstand entgegenzubringen. Dennoch hatte er ein Gefühl im Rücken, als hätte jemand seine Wirbel extra gründlich zusammengestaucht.

Die Stille war fast zu greifen. Der Schnapsgestank war betäubend. Hoel befühlte den Boden, der feucht vom Alkohol war, und schaltete dann die starke Stabtaschenlampe ein. Der Raum war leer. An dem einen Ende lag etwas, das aussah wie ein Büro. Drei Meter von Hoel entfernt waren Tür und Garagentor. Er ließ den Lichtkegel schnell über Wände und Boden huschen. Direkt über dem Türschloss war eine Schachtel von primitivem Aussehen angebracht.

Hoel hatte so etwas schon einmal gesehen. Deutsche Freunde von ihm hatten einen kleinen Vorrat an Semtex, diesem perfekten tschechischen Plastiksprengstoff, der in den Händen eines Profis eine praktische, äußerst tödliche Waffe darstellt. Diese Schachtel hier war aus Metall und ans Holz geschraubt. Das Semtex steckte zwischen dem Metall und dem Holz. Wenn jemand die Tür öffnete, entstand eine elektrische Verbindung, die die Explosion auslöste. Die Metallbox diente dazu, dass der Explosionsdruck nach außen geleitet wurde, durch die Tür und wahrscheinlich direkt in die Visage des armen Würstchens, das die Tür öffnete. Ein effektiver Gruß von unseren Freunden im Osten, dachte Hoel und demontierte die Bombe. Als Mehmed abstürzte, hatte er damit offensichtlich ihre Produktion verdorben. Dennoch war es nicht dumm, sich zu fragen, wo sie wohl abgeblieben waren. Der Boden war so feucht, dass sie noch nicht lange verschwunden sein konnten.

Hoel suchte die Türöffnung nach anderen unangenehmen Überraschungen ab. Dann ließ er Braza und die beiden anderen herein, die ihn misstrauisch anstarrten. Sie wollten wissen, was er so lange gemacht hatte, bis er ihnen die Sprengladung zeigte. Zuerst zeigten ihre Mienen Überraschung, als meinten sie, so etwas gäbe es nur im Film und nicht in der Wirklichkeit. Dann wurden sie wütend und fluchten aus vollem Herzen über die Russen, die jetzt in diesem neuen Land ihre Nachbarn geworden waren.

Braza tastete am Türrahmen nach einem Lichtschalter, wurde aber sofort von Hoel gebremst, der ihm mit einem schroffen Handgriff erklärte, wie gefährlich es sein konnte, Stromkreise zu schließen. Also wanderten alle in dem Schnapsgestank herum und leuchteten mit ihren Taschenlampen. Die Räume waren so gut wie leer. Ein paar zusammengebrochene Regale lagen auf einem Haufen in einer Ecke. Kosta war es, der etwas fand, was die Russen offensichtlich vergessen hatten. Er bückte sich und griff nach dem Verschluss einer grünen Sporttasche, die vor der Bürotür stand.

Und Hoel war es, der ihm das Leben rettete. Er zischte vom anderen Ende des Raumes: »Um Gottes willen: Lass nicht los! Und zieh nicht dran! Bleib ganz ruhig stehen!«

Braza erstarrte, nur seine Augen bewegten sich. Er sah, wie Hoel fast zu dem unglückseligen Kosta hinflog. Braza und die anderen hörten Kostas stoßhaftes Ein- und Ausatmen. Alle wussten, worum es sich handelte. Alle hatten mindestens einen Verwandten durch diese tödliche Waffe verloren.

»Eine Splittermine«, erklärte Hoel kühl, während er in den Spalt zwischen Verschluss und Tasche leuchtete. Braza spürte, wie ihm der Schweiß die Innenseite der Schenkel hinunterlief, und er fluchte lange, intensiv und still vor sich hin. Er spürte, wie die Muskeln an seinem Rückgrat sich verhärteten, und verlagerte das Gewicht auf den Stock, dass sein Arm zitterte. Diese Art Mine wird von einem Stolperdraht oder Ähnlichem gezündet. Damit wird eine Ladung frei, die hunderte von Stahlkugeln in einem Umkreis von dreihundertsechzig Grad freisetzt. Jugoslawien ist voll davon.

»Verschwindet. Aber langsam und ruhig!«, kommandierte Hoel. Gab es für Braza als Chef des Unternehmens ein ungeschriebenes Gesetz, nach dem er bleiben musste? Allein um zu zeigen, dass einer wie er nicht wegen einer Mine gleich in die Hose schiss? Musste er bleiben, um zu zeigen, dass ein Jugoslawe genau so viel Mut hatte wie ein Norweger?

Aber er ließ sich nicht nochmals bitten, als Hoel ihn zum zweiten Mal wegschickte. Er stellte sich in die Eingangstür und sah den beiden zu. Kosta versuchte die Taschenlampe zu halten, zitterte aber so sehr, dass er mehr schadete als nützte. Hoel sprach beruhigend auf Kosta ein, bis es diesem gelang, den Verschluss in der gleichen Position zu halten wie bei seinem Versuch, ihn halbwegs zu öffnen. Hoel hatte seinen ganzen Arm in der Tasche und tastete sich darin vorsichtig vor, bis er den Zündmechanismus fand.

Braza wünschte Hoel in die Hölle. Kosta auch. Braza erinnerte sich immer noch an die schicksalhafte Nacht, als sie aufeinander trafen. Beine und Unterleib waren seit damals schwer in Mitleidenschaft gezogen. Und das wirkte sich auf die einzige Freude aus, die er hatte: die Frauen. Nach dem Zusammentreffen mit Hoel in dem halbdunklen Treppenhaus vor gut drei Jahren war es mit den kleinen Freuden nicht mehr das Gleiche. Manchmal lief es und manchmal nicht. Das machte ihn so wütend, dass er Hoel gern umgehend aus dem Weg geräumt hätte. Aber er durfte sich Dragoslaws Befehlen nicht widersetzen. Braza starrte die beiden intensiv an und wünschte aus vollem Herzen, dass die Mine sie über Wände und Decke verteilen und ihre Seelen in die Pestlöcher befördern sollte, aus denen sie kamen. Kosta war trotz allem nur ein einfacher Arbeiter, der glaubte, er wäre ein Modehengst und der King, wenn er nicht arbeitete. So ein typischer kleiner Mann mit armseligen Gedanken in seinem unbrauchbaren Kopf. Das einzig Gute an ihm war seine Schwester, die Braza einmal gesehen hatte. Er konnte sich gut eine Runde mit ihr im Bett vorstellen. Sie hatte ungefähr die gleichen Gesichtszüge wie Kosta, und es hätte ihn gereizt, sie zu verprügeln und sie dazu zu bringen, vor Lust und Schmerz loszuschreien.

Hoel zog seinen Arm zurück und sagte etwas zu Kosta, der sich aufrichtete und schwankte. Er wäre gefallen, hätte Hoel ihn nicht aufgefangen und auf den Boden gesetzt.

Hoel kannte die Ehrbegriffe der Jugoslawen. Er wusste, dass Kosta ihn aufgrund des Verlusts seines Schwagers und dessen Beziehung zur Schwester hasste und er sich verpflichtet fühlte, sich zu rächen, sobald sich die Möglichkeit dazu bot. Außerdem wusste er, dass Kosta sich klar darüber war, dass er einen groben

Schnitzer begangen hatte, als er an der Tasche herumgefummelt hatte. Es war eine kindische, lächerliche Falle gewesen. Kosta hatte sein Gesicht verloren, und es wurde nicht gerade besser dadurch, dass der Mann, den er als Mehmeds Mörder betrachtete, der Einzige war, der ihn retten konnte. Dankbarkeit und Hass waren eine schlechte Kombination.

Mit deutlich größerer Vorsicht untersuchten sie den Rest der Räume. Aber da war nichts außer dem Schnapsgeruch. Selbst die Armaturen, Lampen und das Waschbecken waren entfernt worden.

Dragoslaw nahm die Neuigkeiten mit großer Ruhe entgegen. »Es war nichts anderes zu erwarten«, sagte er und zündete sich eine neue Zigarette an der alten an. Der Aschenbecher war voll, deshalb legte er die noch brennende Kippe auf die anderen. Hoel hätte fast gefragt, ob sie hier in Dragoslaws Büro nicht dem neuen Nichtrauchergesetz folgten. Braza, Kosta und die beiden anderen saßen nebeneinander auf dem abgewetzten Sofa und tranken Wodka direkt aus der Flasche, die sie kreisen ließen. »Aber das eine sage ich dir, Alex Hoel ...« Dragoslaw spießte ihn mit seinem Blick auf: »Das Geld, das du mir schuldest, muss her. Und es ist mir scheißegal, wo du es herschaffst. Aber es muss her. Du hast dein Missgeschick heute teilweise wieder gutgemacht.« Er nickte Kosta zu. »Und das zählt für dich. Aber jetzt brauchen wir alles Geld, das wir herbeischaffen können. Der Krieg mit den Russenteufeln wird uns einiges kosten.«

»Möglich, dass ich da was beitragen kann«, sagte Hoel, obwohl er die Antwort schon im Voraus wusste.

Dragoslaw winkte nur uninteressiert ab. Braza sagte mit einer Stimme, die leiser und schärfer klang als sonst: »Das ist ein Krieg nur für Jugoslawen. Norweger haben keine Eier. Wir Jugoslawen kämpfen ohne Rücksicht. Das hier ist kein Kindergarten. Außerdem ist das ...«

»… eine Frage der Ehre«, ergänzte Hoel wortlos für sich. Er wollte die freundliche Stimmung nicht dadurch stören, dass er es laut sagte, war aber froh darüber, dass Ehre nicht an erster Stelle auf seiner eigenen Liste der Dinge stand, die ihn antrieben. Diese Männer konnten unbarmherzig sein, wenn es um ihre Ziele ging. Aber sie konnten auch zugrunde gehen, nur um ihr Gesicht nicht zu verlieren.

Oslo

Freitag, 2. Januar. 20.15 Uhr abends

Nachdem er mit Dragoslaw gesprochen hatte, fuhr Alex Hoel direkt zu seiner Wohnung. Er brauchte zehn Minuten, um sich fertig zu machen. Er nahm den Schlüssel für den Hintereingang mit, leerte den Briefkasten und den Mülleimer. Dann holte er die fertig gepackte Tasche, die immer ganz hinten im Schrank stand. »Überlebenstasche« nannte er sie. Denn er wusste, dass es immer mal wieder einen Moment geben konnte, an dem der sofortige Rückzug notwendig war. Um einen Auftrag auszuführen oder um die eigene Haut zu retten. Und jetzt wollte er für ein paar Tage verschwinden. Wenn Männer, die nicht genug Geld haben, auf Männer stoßen, die Geld und Macht besitzen, ist es besser auszuweichen. »Schilf lebt länger als ein Baum«, sagt das alte chinesische Sprichwort, und Hoel konnte dem nur zustimmen. In der Tasche waren die nötigen Toilettensachen, eine Jeans, ein gefüttertes Arbeitshemd, ein Shetlandpullover mit Rollkragen, eingelaufene, aber relativ unbenutzte Joggingschuhe, 10000 Kronen in Hundertern, eine Motorradkappe und eine Perücke. Außerdem hatte er einen Satz Kleider extra: einen Blazer, ein gestärktes Hemd mit Cutaway-Kragen, einen Schlips mit Paisleymuster mit dem richtigen Seidengefühl und einer Stärke, dass er sich gut für einen Windsorknoten eignete. Als Luxus außerdem ein Etui mit fünf Davidoff Panatelas und eine Schachtel Streichhölzer.

Die Tasche war so gepackt, dass der Inhalt so wenig Platz wie möglich benötigte. Es sollte nicht aussehen, als wäre er auf der Flucht.

Nicht einmal am Lapsetorget war ein Taxi zu sehen. Deshalb brach er mit seinen Prinzipien und nahm den fast menschenleeren 21er-Bus. Neben ihm waren nur noch ein verhutzeltes altes Ehepaar im Wagen sowie drei Teenager in aufgeblasenen Hip-Hop-Klamotten. Am Riddervolds Plass stieg eine magere Frau zu und setzte sich so dicht neben Hoel, dass dieser einen schwachen, aber unverkennbaren Duft nach Chanel No. 5 erkennen konnte.

Das ist das Rührende an Norwegen, dachte er. Alle waren im Dornröschenschlaf, lebten ein Zombiedasein, erledigten ihre Bankgeschäfte, holten das Kind aus dem Kindergarten, parkten im Ibsen-Parkhaus, kauften Tine-Milch bei *RIMI* und gingen beim 17.-Mai-Zug mit, als wäre alles ganz normal. Gelder, Drogen, Prostitution – es wurde verschoben, umgesetzt, gestohlen und verhandelt, jede einzelne Minute an jedem Tag in dieser Stadt. Ein bedeutender Teil der Einwohner war damit beschäftigt oder zumindest davon berührt, und dennoch waren alle jedes Mal wieder vollkommen erstaunt, wenn die Presse aufdeckte, was hinter den Kulissen vor sich ging. Denn niemand hatte auch nur das Geringste je gesehen!

Doch das versetzte ihm im gleichen Moment einen Stich. Denn war es nicht gerade diese Normalität, von der er unbedingt ein Teil werden wollte, ein Zustand, den er genießen wollte, sobald alle Schwierigkeiten gelöst waren? Mit einer gewissen Selbsterkenntnis wurde ihm klar, dass es in manchen Dingen für ihn keinen Weg zurück gab. Denn derjenige, der vom Baum der Erkenntnis gegessen hatte, konnte unmöglich wieder in den Zustand der Unschuld zurückfallen.

Nach dieser existentiellen Fahrt von Skillebekk nach Homansbyen stieg er beim Hegdehaugsvei aus.

Dan Turèll war ein Lokal mit einem Hauch der Zwanzigerjahre, einer Aura aus Art déco, gemischt mit den Yuppies der Achtziger und einem Spritzer von Haute Cuisine. Hoel nickte dem Besitzer Gekko, einem alten Bekannten, zu. Der war einer der tüchtigsten Macher in der Stadt. Ein wandelndes Telefonbuch, das in zehn Minuten Damen und Rock 'n' Roll beschaffen konnte, alles, was Schwanz und Seele begehrten.

»Kann ich dir mit irgendwas helfen, Al?«, fragte Gekko jovial und platzierte ein großzügiges Glas Cognac vor ihm auf dem Tresen.

»Ich brauche eine Dame mit Wohnung«, antwortete Hoel, leerte das Glas und genoss das Nachglühen des Alkohols auf der Zunge.

»Norwegisch? Asiatisch? Was willst du haben?« Hoel sah deutlich, wie Gekko in seinem mentalen Archiv blätterte.

»Norwegisch. Etwas Gradliniges, Einfaches. Ich muss nur für ein paar Tage verschwinden«, sagte Hoel.

Gekko schenkte ihm ohne zu zögern nach. »Ich glaube, ich habe genau das, was du brauchst. Setz dich, und sei mein Gast. Ich weiß genau, was du brauchst. Das Hotel habe ich in einer halben Stunde geregelt«, sagte er und zeigte mit dem Kopf auf einen freien Vierertisch im Lokal.

Der Kellner zog ihm einen Stuhl heran, bevor Hoel sich auf den Fensterplatz hatte setzen können. Ein Aperitif stand in einer Minute auf dem Tisch, und es verging nur wenig Zeit, nachdem Hoel das Glas geleert hatte, bis ein delikat angerichtetes Drei-Gänge-Menü kam. Wie üblich war das Essen köstlich. Gekko hatte einen guten Wein ausgesucht, und die Kombination von Essen und Getränken streichelte Hoels Seele, sodass er sich langsam wieder als Mensch fühlte.

Ein Taxi hielt vor der Tür. Das Schild auf dem Dach war erleuchtet, und nach einem kurzen Blick nickte Hoel Gekko zu, der hinausging und sie abholte. Der Tisch wurde abgeräumt, und Hoel bat um eine Flasche Weißwein, einen Chablis Grand Cru 1991, und zwei stilgerechte Kristallgläser. Sie ließ sich am Tisch nieder, und er gab einer Benson & Hedges Feuer, die sie mit Fingerbewegungen aus der Schachtel zog, die so ausgesucht und umständlich waren, als handele es sich um eine kostbare Diamantennadel. Sie schaute ihn nur kurz an, während sie ihre Hand auf seine legte, um die Flamme zu dirigieren, und als er ihr ein Glas Weißwein einschenkte, nickte sie nur und hielt kurz seinem Blick stand.

Hoel begann das Gespräch, als würden sie sich bereits ewig kennen und wären beide nur in Geschäften eine Weile fort gewesen. Sie ließ sich in das Gespräch hineinziehen, ohne zu eifrig zu wirken und ohne ihn abzuweisen. Sie prosteten sich zu. Die Sätze und Worte wurden lockerer und unkontrollierter. Neben ihrer »Abendschicht«, wie sie es nannte, hatte sie einen Halbtagsjob als Personalsekretärin in einem größeren Verlag. Nach dem Urlaub wieder mit der Arbeit anfangen zu müssen, das war reichlich deprimierend. Die Leute waren krank, waren krank gewesen, würden krank werden, und alle redeten nur von der garantiert kurz bevorstehenden Grippewelle. Es war ein Job wie jeder andere. Sie war nur froh darüber, dass sie nichts mit den Schriftstellern zu tun hatte. Die ganze Zeit forderten sie mehr Geld, Verlängerung der Fristen, Vorschuss auf Bücher, die sie noch gar nicht geschrieben hatten, und nie waren sie zufrieden mit dem Einsatz des Verlags, wenn es darum ging, ihre Bücher zu verkaufen. Denn es lag natürlich immer am Verlag, wenn ein Buch »sich nicht durchsetzte«, wie sie es nannte. Hoel las nie norwegische Literatur und mischte sich deshalb nicht ein. Er zog Graham Greenes unsentimentale Prosa oder Faulkners schmutzig realistischen Stil vor, wenn er überhaupt etwas las.

Weil Bente Walstaff Heide oder »B«, wie sie von ihren Freunden genannt wurde, nicht danach fragte, was er so machte, sagte er zum Spaß, er sei Bergführer. Hoel hatte immerhin genügend Erfahrung mit norwegischen Gebirgshängen, dass er etwas ausholen konnte. Er erzählte von seiner letzten Tour, als er eine Gruppe die Trollveggen hochbringen sollte. Hoel und ein Schwede hatten eine Gruppe, bestehend aus drei Deutschen und zwei Amerikanern, geführt. Er dichtete etwas von der frischen Luft, vom Gewicht der Seile, von Schürfwunden an den Knien und dann von dem einen Haken, der schlecht befestigt gewesen war. Und deshalb war er zehn Meter tief gefallen. »Das nennt man das Mittagessen draußen einnehmen«, sagte er und goss ihr Glas wieder voll, während beide lachten. »Das war ein richtiger Flug. Und du kannst ziemlich was abkriegen, wenn der Bogen zu groß wird und du deshalb zu hart gegen die Wand schlägst.«

Er wusste nicht, ob sie ihm glaubte. Das spielte auch keine Rolle. Als Hoel sein letztes Glas geleert hatte, trank auch sie aus und sah ihn abwartend an, bis er nickte und aufstand. Auf dem Weg hinaus gingen sie zu Gekko, der hinter der Bar gestanden und aufmerksam beobachtet hatte, ob auch alles wie gewünscht lief. »Du bist der Beste«, sagte Hoel. Gekko lächelte, zwinkerte ihm zu und sagte: »Kein Problem, weißt du, Hoel. Nicht, wenn es um dich geht. Sagen wir einfach, dass ich jetzt einen Gefallen guthabe.«

Danach fuhren sie zu ihr nach Hause nach Adamstuen, in eine dunkle, enge Wohnung, mit viel zu vielen Möbeln zu vieler Stilrichtungen. Hoel vermisste Luft und Raum. Hier konnte man kein Zimmer durchqueren, ohne gegen irgendwelche Hindernisse zu stoßen. Man mochte glauben, ein alter Mensch würde diese Dreizimmerwohnung bewohnen. Er war der Meinung, dass ein Zimmer nur wenige, einladende Möbelstücke enthalten sollte, mit Liebe ausgesucht und von guter Qualität. Aber »B« glaubte offensichtlich, dass alles, was sie in ihrem dreißigjährigen Leben geerbt und gekauft hatte, aufbewahrt werden musste. Daraus resultierte diese sonderbare Mischung aus einem IKEA-Sofa, einem Nussbaumtisch und einem Barockspiegel, einer verstaubten Lampe mit getöntem Glasschirm, Alabaster-Deckenlampen, einer Bauhausanrichte, einem Couchtisch mit Kacheln auf der Tischplatte, einer altmodischen schmiedeeisernen Stehlampe und einer Unzahl moderner Spots. Das einzige hübsche Möbelstück war ein alter Sekretär mit vielen kleinen Schubladen und einer aufklappbaren Schreibplatte.

Als sie glücklich angekommen waren, ließ er nicht zu, dass sie das übliche Ritual mit gedämpftem Licht, einigen Drinks, zweideutigen Gesprächen und anderen einleitenden Dingen abspulte. Er platzierte sich auf dem Sofa und gestattete ihr nur, eine Flasche französischen Brandy und zwei dickbauchige Gläser herauszuholen, bevor er seinen Arm ausstreckte und sie an sich zog.

Sein Hirn arbeitete mittlerweile mit Hochdruck. Während er sie mit der einen Hälfte nach allen Regeln der Kunst umwarb und liebte, dachte die andere Gehirnhälfte über mögliche Lösungen seines Problems nach. Das Ziel war, sauber zu werden, aber dafür brauchte er das dicke Geld. Den Job, der ihm grünes Licht verschafft hätte, hatte er schlicht und ergreifend verpatzt. Die Jugoslawen würden ein paar Tage brauchen, um ihre Schwierigkeiten zu bereinigen, aber Dragoslaw war ein Mann, der nicht vergaß. Elefanten erschienen neben ihm wie die reinsten Wirrköpfe. Und das bedeutete, dass Hoel sich nur eine kurze Frist erkauft hatte. Für Geldeintreiber gab es keinen Urlaub.

Oslo

Samstag, 3. Januar. 9.15 Uhr morgens

Braza rief in Hamburg an. Dragoslaw war noch nicht in die Gänge gekommen, und Braza wollte, dass die Sache endlich Schwung bekam. Seiner Meinung nach wurde der Boss mit der Zeit etwas langsam für die Aufgaben, die erledigt werden mussten. Braza rief die Geheimnummer an. Das Büro, unter dem Deckmantel einer Speditionsfirma, lag in einem angesehenen Viertel der Stadt und war ein Beispiel dafür, wie Männer mit Geld sich von ihrer Vergangenheit freikaufen können. Schmutziges Geld strebt immer danach, sauber zu werden.

Braza erklärte die Lage. Und er bekam von dem Kontaktmann zu hören, dass sie dort unten die gleichen Probleme hatten. Die Russen wurden immer aggressiver. Denn es hatte Grenzen, was sie aus dem sich auflösenden Sowjetstaat herausholen konnten. Außerdem herrschten dort jämmerliche Zustände, selbst für Leute, die sich kaufen konnten, was sie wollten. Die Lieferungen brauchten ihre Zeit, die Qualität war niedrig, der Begriff Service war für die Leute ein Fremdwort. Sie machten immer weiter in dem gleichen umständlichen Stil, als wären die Kommunisten immer noch an der Macht.

Braza konnte dem nur zustimmen. Sie sprachen lange darüber, was getan werden musste. Sie waren sich einig, dass eine harte Hand angesagt war. Aber war das taktisch klug? Schließlich kamen sie zu dem Schluss, dass es besser war, die Truppen kampfbereit zu haben, als nur tatenlos abzuwarten. »Wir schicken euch einen Mann hoch«, sagte die Stimme in Hamburg. »Er ist Experte für Drecksjobs. Falls es nötig ist, ein paar von den Schweinen zu liquidieren.«

Braza nickte und lächelte.

Oslo

Samstag, 3. Januar. 10.07 Uhr morgens

Die fünf Russen saßen an einem Resopaltisch in einem Keller in Tøyen, den Aljoscha am Abend vorher hatte mieten können. Damit brauchten seine Leute zumindest nicht länger im Lager zu schlafen. Er betrachtete heimlich die bleichen Gesichter, während er sie mit seinem eigenen, dunkleren Teint verglich. Es war unglaublich, was nur fünf Stunden auf einer Sonnenbank aus einem schneeweißen Russen machen konnten. Gleichzeitig überlegte er, ob einer der fünf wohl ein Verräter war. Er meinte sie so gut zu kennen, dass er das nur schwer glauben konnte. Sie gehörten alle zu der Sorte von Männern, die jeden Glauben an den Staat verloren hatten, Männer, denen nie ein Job angeboten worden war oder die Möglichkeit, etwas zu werden. Sie fühlten sich gleichzeitig angeschmiert und verraten, und in den Verbrecherorganisationen fanden sie endlich eine Form der Ordnung. Sie verdienten Geld und gewannen ihren Selbstrespekt zurück. Dass sie in Erwägung ziehen konnten, all das über Bord zu schmeißen, war eigentlich unfassbar. Trotzdem, einer musste es sein.

Valentin ließ den Kopf hängen, wie er es immer tat, wenn er trübsinnig war. Allerdings war dieser Zustand eher die Regel als die Ausnahme. Seine spärlichen Haare, die von einer Seite über den Schädel auf die andere hinübergekämmt waren, waren mit billigem Gel an den Kopf geklebt. Das war eine Angewohnheit, die er sich zugelegt hatte, als er noch Vertreter für eine Kosmetikfirma war, die sich auf Billigprodukte für den Massenmarkt spezialisiert hatte. Aber Valentin behielt diesen Job nur ein Jahr lang. Der Chef bekam heraus, dass er mehr klaute, als verkaufte, und gab zwei Lagerarbeitern den Auftrag, ihn gründlich durchzuprügeln, bevor sie ihn rausschmissen. Da Valentins Chef die Gefängnisse der Gegend wegen Währungsvergehen schon mehrfach durchlaufen hatte, wollte er so wenig wie möglich mit der Polizei zu tun haben und vermied es deshalb, seinen Vertreter anzuzeigen. Nur wenige Stunden nachdem Valentin rausgeflogen war, tauchte er zerknirscht bei Isanow auf und bot seine Dienste an. Jetzt schlürfte er glühend heißen Kaffee aus einem dünnen Plastikbecher. Sein Mund musste aus rostfreiem Stahl sein, sein Magen auch. Valentin trank den ganzen Tag lang heißen Kaffee. Aber gleichzeitig hatte er immer eine Schachtel mit Tritralac in der Tasche, um den Säurepegel auf Rostlösungsmittel-Niveau zu halten.

Eduards asiatisches Gesicht erhellte sich wie üblich in einem Lächeln. Eduard hatte etwas Unschuldiges an sich. Sein Name passte irgendwie nicht zu einem Mann, der aus einer der östlichen Republiken der ehemaligen Sowjetunion stammte. So als hieße ein General Pu der Bär. Dazu kamen noch ein Kindergesicht und eine intensive Freundlichkeit, die er ausstrahlte. Beides stand in krassem Kontrast zu Eduards Profession. Denn er war ein durchtriebener Mörder. Zu Hause in St. Petersburg hatte Aljoscha ihn mehrfach dazu benutzt, lästige Feinde erdrosseln oder Leute, auf deren Rückzahlung ihrer Schulden er nicht mehr warten wollte, fertig machen zu lassen. Eduard ging mit der Begeisterung eines Kindes ans Werk, das sich über eine Schachtel mit Buchstabenkeksen hermacht, die es leer essen darf. Aljoscha hatte mehrfach überlegt, ob der Kerl wohl zurückgeblieben war. Selbst er, der von sich selbst glaubte, schon so ziemlich alles durchgemacht zu haben, konnte eine Hinrichtung nicht ohne schlechten Geschmack im Mund ertragen. Eduard dagegen lächelte nur sein Kinderlächeln und hätte fast mit dem Schwanz gewedelt. Er hatte eine viel versprechende Karriere als Ringer aufgegeben, um sich Aljoscha anzuschließen, dem er wie ein Hund folgte. Wenn es darum ging, widerspenstige Leute zu überreden, hatte er ein besonderes Faible für glühend heiße Bügeleisen. Deshalb nannten die anderen ihn einfach nur »das Eisen«, ein Spitzname, den er mit seinem merkwürdigen Lächeln guthieß, als handle es sich dabei um einen Adelstitel.

Andrej hatte einen Kater. Er war Afghanistanveteran und hatte dort zu den Elitetruppen gehört. Als er nach dem Krieg heimgekommen war, war seine Zukunft verpatzt. Er hatte Kickboxen betrieben und war bald vom Isanow-Syndikat »entdeckt« und angeworben worden. Bei der Zukunft, die auf ihn wartete, war es nicht schwer, Andrej zu überreden, sich den Reihen der Gangster anzuschließen. Jetzt schwankte er auf seinen schiefen Hacken vor und zurück, die Hände zwischen den Knien, den Rücken gebeugt. Ab und zu pfiff er falsch, bis ihm das selbst auf die Nerven ging und er mit einem beschämten Blick verstummte. Er streckte seine Hand nach dem Becher aus und sah, wie stark sie zitterte. Er musste beide Hände nehmen, und selbst dann schwappte der Inhalt noch über. Er wurde von Valentin, der das Getränk nur so in sich hineinschüttete, hinsichtlich der Temperatur getäuscht, und schon den ersten Schluck spuckte er wieder aus. Auf den Boden, seine Schuhe und eine Ecke des Tisches. Alle fluchten und wischten die Spritzer ab. Eduard reichte ihm eine Rolle Küchenpapier. Andrej versuchte tollpatschig, ein Blatt abzureißen, und verlor dabei die Rolle auf dem Boden. Sie rollte quer durch den Raum, und er versuchte sie einzuholen, wobei er weiter Kaffee auf den Boden spuckte. Die anderen Russen sahen ihn missbilligend an und rieben ihre Füße auf dem rissigen Holzboden.

Ilja setzte sich auf dem harten Holzstuhl zurecht. Der Tisch war zu niedrig für ihn, deshalb musste er sich mit dem Oberkörper vorbeugen, sodass es aussah, als wäre er besonders eifrig. Dagegen bewies sein unzufriedenes Grinsen, dass er mit dem Resultat seiner sich selbst gestellten Aufgabe ganz und gar nicht zufrieden war. Die unregelmäßigen Narben, die sein Gesicht durchzogen, hatten rötere Ränder als üblich. Er hatte nicht herausfinden können, wer der ohrlose Mann war. Am Abend zuvor hatte Aljoscha sie mit der Aufgabe in die Stadt geschickt, im Untergrund zu wühlen und diskret Fragen zu stellen. Aljoscha war sicher gewesen, dass dabei etwas herauskommen musste. Er kannte seine Männer gut, sie waren wie Terrier, wenn es auf die Jagd ging. Einige von ihnen waren vielleicht dumm wie Windhunde, aber einer spannenden Jagd konnte keiner widerstehen.

Ilja stand auf, um frischen Kaffee aufzusetzen. Sie brauchten eine stärkere Dosis, um Pläne für die Zukunft zu schmieden. Valentin hatte nichts gefunden. Weil er der geborene Vertreter war, war er eine ganze Menge Schnaps losgeworden, hatte aber keine Spur von dem Mann gefunden. Er konnte einen Deal nie ausschlagen. Und sobald er am Kneipentresen jemanden kennen lernte, dem er vertraute, nahm er ihn mit zum Auto und verkaufte ihm direkt aus dem Kofferraum einen Kanister. Anschließend fuhr er zum nächsten Punkt, um zu sehen, ob er das Problem mit dem mysteriösen Mann lösen konnte. Um bei der Wahrheit zu bleiben, so besonders interessiert war er nicht daran herauszufinden, wer dieser Kerl war. Seiner Meinung nach genügte es, wenn sie den Jugoslawen gegenüber hart auftraten. Das waren doch alles nur Schlappschwänze, die vor Widerstand sofort zurückwichen.

Ilja und Eduard schüttelten den Kopf, als sie an die Reihe kamen, um zu berichten. Sie hatten die Treffpunkte in der Stadt aufgesucht, wo Gleichgesinnte zusammenkamen. Sie hatten Informationen darüber ausgetauscht, wer mit wem bumste, wer zu hoch spielte, wer wem Geld schuldete, wer eins in die Fresse gekriegt hatte und wer bei einer Schlägerei in Grünerløkka gestern mit beiden Beinen unter der Straßenbahn gelandet war.

Nur der zitternde Andrej hatte die Spur gefunden, die sie suchten. Glaubte er. Es gab ein Problem mit dieser Spur, wie Aljoscha nach und nach herausbekam. Denn Andrej erinnerte sich nur noch ungenau und fetzenhaft, was in der letzten Nacht gesagt und getan worden war. Andrej hatte kein Training im Saufen, und wenn er zu lange trank, wurde sein Gedächtnis zum Sieb.

»Er heißt Holt oder Hoelt, Alexej vielleicht oder Alexander«, sagte Andrej. »Glaube ich jedenfalls«, fügte er hinzu und versuchte sich aus der Klemme zu ziehen, indem er sein jungenhaftes Grinsen zeigte.

Aljoscha betrachtete seine blutunterlaufenen Augen, die in scharfem Kontrast zu seiner Kleidung standen. Das heißt – die Kleidung wäre untadelig, wenn der Schlips richtig geknotet, wenn die Mokassins sauber und die Anzugjacke gereinigt gewesen wäre. Andrej musste noch das eine und andere über Garderobe und feinere Details bei ihrer Zusammenstellung lernen. Aljoscha wollte nicht der Chef einer Bande zerlumpter Ganoven sein. Er notierte sich in seinem Gedächtnis, dass er diesen Punkt später noch einmal durchgehen wollte.

Im Grunde hatte Aljoscha die Krise bis jetzt ganz ordentlich gehandhabt. Er hatte eine gute Schule bei seinem Vater durchlaufen, und der Alte hatte ihm so manchen Trick gezeigt. Es ging darum, dem Widersacher immer eine Pferdelänge voraus zu sein. Und im guten alten Isanow-Stil hatte Aljoscha auch gleich neue Räume an der Hand. Gedacht für Situationen wie diese. Er hatte sie billig angemietet. Sie lagen in einer Sackgasse oben bei Alnabru. Sonst gab es dort nur Industriegelände, auf denen Männer im Blaumann Container und Lastwagen be- und entluden. Den ganzen Tag über herrschte reger Verkehr. Und niemand beachtete ein Team von Lagerarbeitern mit vollen Lastwagen und Kombis. Nachteil des Standorts war, dass der Raum zu klein war, um mit einem Lastwagen reinzufahren, und dass es nur eine Wasserstelle gab – einen Wasserhahn über einem Ausguss, der gleichzeitig als Toilette diente. Das ganze Be- und Entladen musste vor dem Gebäude stattfinden. Deshalb mussten sie sich die Mühe machen und ihre Ladung tarnen – und das kostete Zeit. Außerdem gab es kein abgetrenntes Büro. Alles war im gleichen, offenen Raum. Der war saukalt, und sie mussten sich fast unter offenem Himmel ihre Arbeitskleidung anziehen. Auf die Toilette zu gehen, wenn man nicht nur pissen musste, war nicht besonders attraktiv. Aljoscha betrachtete missmutig die armen Chesterfield-Möbel, die hier im Keller in Tøyen gestapelt standen, weil es für sie keinen Platz in dem Lagerraum bei Alnabru gab. Das Wichtigste war, dass die Waren dort Platz hatten.

Aljoscha zog seine glatten Lederhandschuhe aus und rieb sich die Finger, bevor er Andrej ohrfeigte. Das war recht freundlich im Verhältnis zu dem, was er an einem der Tage machen konnte, an denen er schlecht gelaunt war. Es sollte nach Aljoschas Meinung in erster Linie auch nur dazu dienen, das Gehirn des Mannes aufzuwecken, das immer noch im Schnaps vom Vortag schwappte. »Wir müssen mehr wissen«, sagte er und trat hinter Andrej. Er legte seine Fingerspitzen leicht auf Andrejs Schultern und fuhr fort: »Denke genau darüber nach.«

Andrej versuchte ernsthaft, sich die Bilder vom gestrigen Tag ins Gedächtnis zu rufen. Aber sie waren wie ein Film, der schlecht geschnitten war. Er erinnerte sich noch daran, dass Ilja seinen Schlafsack herumgerollt hatte und, als Andrej nicht gleich aufgestanden war, ihm kräftig in den Hintern getreten hatte. »Hoch, aufgestanden«, schrie der Schwachkopf, während er in der Kälte vor dem Ausguss stand und sich Wasser auf den Körper spritzte. Er hatte einen Tick mit dem Waschen. Andrej hatte langsam den Reißverschluss heruntergezogen und einen Zeh hinausgestreckt. Drinnen war es fast genauso kalt wie draußen. Schließlich war es Januar, und ein schäbiger Heizlüfter half in einem schlecht isolierten Lagerraum wenig. Das erinnerte ihn an den strapaziösen Feldzug in Afghanistan. An den gefrorenen Pässen Wache zu stehen, während man wusste, dass es dort draußen in der Dunkelheit eine Bande selbstmörderischer Guerillas gab, die ganz heiß darauf waren, dir ihr Messer zwischen die Rippen zu stechen, das reichte schon aus, um dich entweder physisch zusammenbrechen oder geistig abstumpfen zu lassen. Das alles hatte er überlebt – aber an einem kalten Morgen aufzustehen, das war etwas, auf das er absolut verzichten konnte. Er stellte sich mit dem Rücken zum Ofen und ließ sich die Wärme über die Beine pusten, während er sich mit den Armen umschlang. Das war, bevor Aljoscha den Keller in Tøyen besorgt hatte. Aber wie Aljoscha sagte: Jetzt fehlte nicht mehr viel, bis sie in Geld badeten, sie mussten nur noch kurze Zeit durchhalten. Er hatte sich schon ein Stadtviertel ausgesucht, in dem er gern wohnen würde. Aber jetzt musste er erst einmal den dünnen Faden vom Vortag weiterverfolgen.

Ilja war in ein weißes Hemd geschlüpft, wobei er ein Trinklied summte. Es war ganz offensichtlich, dass er sich viel von der abendlichen Jagd versprach. Sie hatten die ganze Nacht geschleppt, die Ladung noch vor dem Morgengrauen weggefahren und sich dort oben eingerichtet. Andrej dankte seinem Schöpfer, dass er einen Rücken hatte, der das aushielt. Für den Handelsvertreter Valentin war das schlimmer, aber in einer solchen Situation gab es keine Gnade. Sogar Aljoscha fasste mit an. Es war ungewohnt, den Sohn des Chefs anpacken zu sehen. Eine Nummer in sein Handy einzutippen oder mit seinem Schwanz zu spielen war das Einzige, was der Kerl sonst an körperlicher Arbeit machte. Was ja auch in Ordnung war. Andrej respektierte Aljoscha. Es gab sogar Augenblicke, wie jetzt zum Beispiel, während der Junior-Chef hinter ihm stand und seine Finger auf Andrejs Schultern ruhen ließ, da hatte er Angst davor, was Aljoscha sich so alles ausdenken konnte. Er wusste, dass der Kerl schlauer war als er selbst und dass es sich deshalb immer lohnte, das zu tun, was er sagte. Aber in seinem tiefsten Inneren war er der Meinung, dass der Sohn des Chefs ein Schwächling war. Wenn es hart auf hart kam, würde er im entscheidenden Augenblick kneifen.

Andrej und Ilja hatten sich hingelegt, um für den Abend fit zu sein, und als sie schließlich aufwachten, waren die anderen fort. Andrej holte seinen Koffer aus dem Kofferraum und daraus seine guten Sachen. Er hätte gern Hemd und die Hose gebügelt, aber es musste auch so gehen. Zu seiner großen Freude stellte er fest, dass Ilja auch nicht viel besser aussah. Er war overdressed, sah fast aus wie ein Bauer auf Stadttour. Außerdem hatte er ganz unten auf seiner hellen Hose einen braunen Ölfleck. Andrej grinste schief und erwähnte den Fleck mit keinem Wort, auch nicht, als sie sich beim Hauptbahnhof trennten.

Erst war er ins *Lompa* gegangen, dann ins *Ekspressen* und ins *Postcafé*. Danach bog er zum *Barock*, *Smuget* und *Strawinsky* ab und besuchte auch die irischen Straßencafés *O'Malleys* und *Dubliner*. Er trank nie viel, trotzdem verflogen die Stunden. Er unterhielt sich vertraulich mit Barkeepern und einschmeichelnd mit weiblichen Stammgästen. Er qualmte wie ein Schlot und sprach englisch wie ein Gott, mit einem Akzent, der mit jedem Glas besser wurde.

Erst als er in die Nähe des weißen Kolosses kam, den die Norweger stolz »Börse« nannten, biss einer an. Er konnte sich nicht mehr an den Namen des Lokals erinnern. Es war eine schwarz gestrichene, längliche Kneipe mit einem Tresen wie aus einem Bogart-Film, einer matten Zinkplatte mit hohen Stühlen. Der Bartresen hatte an der Vorderseite deutliche Abdrücke von unzähligen Stiefeln und Schuhen, und die einst glänzende Messingfußleiste war an mehreren Stellen verbogen und hatte nur noch einen fleckigen Glanz. Hinter dem Tresen hing ein riesiger Spiegel, davor eine nicht allzu große Auswahl an Flaschen. Nur wegen des Spiegels sah es aus, als ob es doch eine ganze Menge wären. Den anwesenden Gästen nach zu urteilen, war es ein Treffpunkt für Motorrad-Fans und andere heruntergekommene Existenzen, die von den Krumen des Sozialstaates lebten. Die Männer hier drinnen sahen sich selbst als »Jungs« an. Sie liefen in ausgewaschenen Jeans herum, mit Lederjacken und Lederwesten, trugen Käppis auf dem Kopf. Sie redeten laut und hatten wuchernde Bärte in unrasierten Gesichtern. Der Haaransatz zeigte die Tendenz, sich zurückzuziehen, was lange Koteletten zu kompensieren versuchten. Dazu Ringe im Ohr, Tätowierungen auf den Unterarmen oder die charakteristischen drei Punkte auf dem Handrücken, ausgetretene Boots mit schiefen Hacken.

Andrej war fast gradlinig auf den Tresen zugesteuert. Er legte beide Hände auf die Zinkplatte und spürte einen schwachen Seegang unter sich. Vertrauensvoll blickte er dem Barkeeper direkt ins Gesicht und bat um einen Kaffee, ein Glas heiße Milch, gewürzte Erdnüsse, ein Glas Bier und ein paar Kopfschmerztabletten, falls es welche gab. Der Barkeeper hatte schon so manches gehört und hob nicht einmal eine Augenbraue. Andrej bekam einen Kaffee, so stark, dass er einige der »Jungs« im Lokal hätte umhauen können, wenn er den Henkel losgelassen hätte. Der Barkeeper erhitzte die Milch mit der Espressomaschine, zapfte ein Ringnes und schob warme Nüsse in einer Schale über die Theke sowie zwei Aspirin. Andrej erledigte Schritt für Schritt das feste Ritual, das er immer durchging, wenn er zu viel getrunken hatte. Die Erdnüsse, um etwas Festes, Salziges in den Magen zu bekommen. Das Salz sollte seiner Theorie nach die Flüssigkeit binden, damit er nicht die ganze Zeit pissen musste. Andrej war überzeugt davon, dass die Flüssigkeitsbalance wichtig war. Danach schluckte er die Tabletten mit der Milch hinunter und kippte den Kaffee nach, um dadurch das Gefühl zu bekommen, schnell nüchtern zu werden. Zum Schluss suchte er Halt an dem Bierglas und spähte um sich.

Das Ritual hatte überhaupt nicht geholfen. Im Gegenteil, er

musste einsehen, dass sein Magen diese Mischung nicht mochte. Es gluckerte und schwappte. Schließlich blieb ihm nichts anderes übrig, als auf die Toilette zu stürzen, um dort die Kloschüssel zu umarmen. Das wirkte Wunder, und er kehrte zu dem Barkeeper als ein erleichterter, besserer Mann zurück. Deshalb war er in seinem Übermut dazu übergegangen, Brandy zu trinken.

Drei, vielleicht auch vier Brandys später war er mit jemandem ins Gespräch gekommen. Andrej glaubte, es wäre der Barkeeper gewesen, aber gleichzeitig meinte er, sich erinnern zu können, dass der Mann neben ihm gesessen hatte. Vielleicht hatte er sich ja schräg über den Tresen gelehnt? Nun gut, jedenfalls hatten sie sich über Shows in Kneipen unterhalten, und der Mann hatte ihn gefragt, was er von Ringkämpfen leicht bekleideter Frauen halte. Dann hatte er irgendwas von Frauen gequatscht, die in Mais ringen sollten. Oder war es Maizena? Andrej musste zugeben, dass er zu diesem Zeitpunkt bereits etwas unscharf dachte. Er hatte nur wenig beizutragen, wenn es um gute Ringkampfideen ging. Der Kerl hätte lieber mit Eduard reden sollen. Natürlich gefiel Andrej die Sache mit den leicht bekleideten Frauen. Aber Mais? Diese alten Kapitalistenländer hatten manchmal schon sehr merkwürdige Vorstellungen davon, was eine gute, schmutzige Unterhaltung war! Andrej hatte das Gespräch lieber vorsichtig auf Oslos Unterwelt gebracht. Er meinte selbst, er hätte auf ganz raffinierte Weise gefragt, abgesehen davon, dass er dem Typen auch noch ein Glas spendiert hatte. Er hatte gesagt, er brauche Hilfe, um ein schwieriges Problem zu lösen, und ihm wäre ein Kerl ohne Ohr empfohlen worden.

»Mit anderen Worten: Es geht darum, Mäuse reinzuholen?«, hatte der Typ gefragt. »Du hast also irgendeinem Weichei Geld geliehen, das du jetzt wieder auf dem Tisch sehen willst.«

»Ja, ja«, nickte Andrej, eifrig und verwundert, dass das so einfach lief.

»Das ist Alex, den du suchst. Alex Hoel.« Das Gesicht des Mannes verschwamm vor Andrejs Augen, und auch jetzt, viele Stunden danach, konnte er die Züge nicht wieder richtig zuordnen.

»Verkehrt er hier?«, fragte Andrej in sein Glas hinein.

»Nein, doch, manchmal, er war vor ein paar Tagen hier. Aber verkehren …« Der Mann überlegte und starrte dabei in sein leeres Glas. Andrej hatte ihm einen Hunderter gegeben, damit er nachschenken lassen konnte. Danach hatte der Mann bereitwillig alles ausgespuckt, was er wusste. Von den Details hatte Andrej sich nur eins merken können, das bei ihm eine Gänsehaut erzeugt hatte. Dazu bekam er noch ein paar Namen von Bars, in denen der Typ Hoel schon mal gesehen hatte. Der Rest der Nacht blieb aus seiner Erinnerung getilgt.

Jetzt war er jedenfalls hier. Aljoscha drückte fester auf seine Schultern, und Andrej konnte merken, wie die Fingerspitzen sich seinem Hals näherten. »Der Mann ohne Ohr heißt Alex Hoel. Er ist Geldeintreiber. Er hat schon viele Jobs für die Jugoslawen gemacht.«

»Sehr interessant, sehr gut, kleiner Andrej«, sagte Aljoscha und streichelte ihm die Wange.

Oslo

Montag, 5. Januar. Nachmittags

Auf dem Heimweg merkte sie, wie es in ihr arbeitete. Sie bereute es, dass sie sich darauf eingelassen hatte, den Unbekannten aus dem *Dan Turèll* aufzunehmen. Er war länger geblieben, als sie gedacht hatte. Sie hatte andeutungsweise nachgefragt, ob er nicht bald weiterwollte, aber er hatte nicht reagiert.

Das mit dem Verlag war gelogen. Sie erzählte ihren Kunden

nie viel über ihr Privatleben. Eigentlich schrieb sie Rechnungen und bestätigte Geldeingänge für eine Firma, die Bagger verkaufte. Den ganzen Tag saß sie in einem Verschlag von Büro mit staubigen Jalousien, einem wackligen Metallregal mit Ordnern und einer verkratzten IBM-Kugelkopfmaschine. Nur mit dem alten Stensen wechselte sie im Laufe des Tages ein paar Worte, der mit einem Stapel Papieren zu ihr hineingeschlurft kam und sie in den Eingangskorb warf. Je weniger die Kunden wussten, umso besser. Deshalb hatte sie auch keine Telefonnummer hinterlassen, unter der dieser Tom sie tagsüber hätte erreichen können.

Bente Walstaff Heide stand in der Straßenbahn Richtung Adamstuen und Ullevål Hageby. Sie hielt sich an einer Halteschlaufe fest und wurde hin und her geschleudert, weil der Fahrer nervös war und immer wieder scharf bremste, um gleich darauf Vollgas zu geben. Sie war es satt, dass er bei ihr wohnte. Außerdem gelang es ihnen nicht, miteinander zu reden. Es entstand sehr schnell eine gedrückte Stimmung, die ihr Angst machte. Gekko hatte ihr versichert, dass der Typ nett und in Ordnung war. Aber nach drei Tagen war sie sich dessen nicht mehr so sicher.

Im Briefkasten lagen drei Reklamezettel und eine Rechnung der Versicherung. Sie stieg die fünf Stockwerke zu Fuß hoch, bloß so zum Training, und schaffte es, ohne außer Atem zu geraten. Sie hatte ein halbes Jahr gebraucht, um diese Kondition zu kriegen, und inzwischen hätte sie die Treppe hochsprinten können, ohne sonderlich erschöpft zu sein. Als sie die Wohnungstür öffnete, roch sie das Essen. »Genau«, dachte sie. »Die alte Nummer. Bestimmt hat er auch noch gründlich sauber gemacht.«

Hoel steckte den Kopf zur Küche heraus, als sie aufgeschlossen hatte. »Hast du auch sauber gemacht?«, fragte sie. Hoel nickte und führte sie an den Küchentisch, den er gedeckt hatte. Was ihre Irritation nur noch um einige Grade steigerte. Er hatte ein Tsatsiki zubereitet, das einfach perfekt war. Das Wasser war vollständig aus der Gurke herausgedrückt worden, und er hatte nicht zu viel Rømme genommen, wie es viele Norweger machen. Die gefüllten Auberginen waren gar und saftig, das Fleisch und das Gemüse perfekt gebraten. Eine Prise Pfeffer, und dahinter wieder eine Spur Olivenöl. Er hatte Parmesan darüber gestreut, der wie ein goldener Deckel auf dem Fruchtfleisch der Auberginen lag. Zum Dessert hatte er Baisers gebacken, luftige, zarte Träume, gesponnen aus Eiweiß. Und dazu ein Glas Portwein. Man konnte glauben, er wäre ein Meisterkoch auf der Flucht.

Alle ihre Sinne sagten ihr, dass Tom, wie er sich nannte, in etwas wirklich Ernstes verwickelt war. Und das musste jetzt bald ein Ende haben. Sie stand auf, stellte ihren Teller ins Spülbecken, das Besteck in den gelben Plastikbehälter und ging ins Schlafzimmer, wo sie ihre Hauskleidung anzog, einen baumwollenen Trainingsanzug mit Leggings, und Hausschuhe. Sie warf sich aufs Sofa und hörte, wie er sorgfältig Teller, Gläser und Besteck abspülte. Wie aufmerksam er ist, dachte sie säuerlich und spürte, wie sie einen ironischen Zug um den Mund bekam. Er setzte sich aufs Sofa und strich ihr über die Schenkel. Sie zog ihre Beine zu sich heran.

»Etwas nicht in Ordnung?« Seine Stimme klang ganz und gar nicht wie die eines Pantoffelhelden. Aus seinem Kehlkopf erklang ein scharfer Ton, fast wie ein Schuss.

Plötzlich spürte sie, dass sie Angst hatte. Sie kontrollierte ihren Gesichtsausdruck und reckte sich, ohne zu antworten, nach der Fernbedienung. Sie zappte in rasender Fahrt durch die Programme. Aus dem Augenwinkel heraus sah sie, dass er sie ansah, deshalb drehte sie den Kopf, um seinen Blick einzufangen. Aber er wich aus und starrte Ricki Lake an, der von den *ZTV News* überblendet wurde, die wiederum in die Börsennotierungen auf Euro-News übergingen. »Ich brauche einfach ein bisschen Raum um mich herum«, brachte sie heraus und wunderte sich, warum sie nicht die übliche Kraft in ihre Worte legen konnte. Ihr Herz übersprang zwei Schläge.

»War das Essen nicht gut?«, fragte der Typ, der sich Tom Mo nannte. Ihr kam in den Sinn, wie leicht er sie doch umbringen konnte. Seine Art zu reden, seine Kälte, die abgewogenen Antworten. Sie erhob sich vom Sofa, unter dem Vorwand, die Programmzeitschrift zu holen, die auf dem Fernseher lag, aber eigentlich tat sie es, um ein Möbelstück zwischen ihn und sich zu bringen. Er stand auch auf und ging um den Tisch herum. Sie wich zur Seite, und er näherte sich. Sie hörte kaum die Geräusche der Soap auf *TV3*. Draußen klingelte eine Straßenbahn, wahrscheinlich hatte wieder einmal jemand auf den Schienen geparkt. Es klang wie eine Warnung von einem anderen Stern. Sie spürte, wie ihre Kopfhaut gefühllos und feucht wurde und ihr Nacken sich versteifte, als er sich neben ihr aufbaute. Er war über einen Kopf größer, und sie spürte den Geruch eines teuren Aftershave und einen maskulinen Geruch nach Körper, Training und Natur.

Er sagte: »Du brauchst keine Angst zu haben.« Aber genau diese Worte und der Ton, in dem sie gesagt wurden, versetzten sie in Panik. Sie hatte sich nicht länger unter Kontrolle.

»Mach, dass du hier rauskommst, du Schmarotzer, du ohrloser Penner!« Die Zeit verhakte sich zwischen zwei Sekunden.

Ein Zauber war zerstört. Ihm war klar, dass er irgendetwas an der Situation falsch eingeschätzt hatte. Wie bei so vielem anderen in diesem neuen und verfluchten Jahr hatte er sich geirrt. Sie spielte nicht, dass sie Angst hatte. Sie wollte nicht genommen und erobert werden. Sie fürchtete ganz einfach, dass er ihr schaden könnte. Er war über eine unsichtbare Grenze getreten. Die Bemerkung über sein Ohr brannte, und instinktiv hob er die Hand, um sie zu ohrfeigen. Aber der Verstand hielt ihn zurück. Gekko musste es ausbaden, wenn er jetzt die Grenzen überschritt. Alle möglichen verletzenden Antworten archivierte er ganz hinten in seinem Gehirn. Er hätte natürlich sagen können, dass er überzeugt davon war, dass sie nicht in einem Verlag arbeitete. Er hätte die Brandnarbe an der Innenseite ihres Oberschenkels erwähnen können, die nicht besonders schön war. Er hätte ihr erzählen können, dass ihr rechtes Auge leicht schielte, wenn sie etwas genau ansehen wollte, und dass ihre Haare strähnig und außerdem in einem Ton gefärbt waren, der weder zu ihrer Haut noch zu ihren Augen passte.

So hätte er sie auszählen können. Aber er zwang sich, den Arm wieder zu senken und den Mund zu halten. Im tiefsten Inneren spottete er über sich selbst, weil er meinte, es sei so einfach, sich zu ändern. Ganz offensichtlich war er davon ausgegangen, dass es eine Art Abschaltknopf gab, der die Aggressionen und Reflexe steuerte. Die Selbstverachtung stieg wie ein Schwall Magensäure in ihm auf und drückte gegen seinen Kehlkopf.

Das bedeutete, er musste eine andere Art finden, seine Probleme zu lösen. Er beschloss, damit leben zu können, wenn er für ein paar Minuten das Gesicht verlor. Es waren ja nur Worte, sagte er sich halsstarrig.

»Okay«, antwortete er auf ihren Ausbruch, zog sich schnell aus ihrem Privatbereich zurück und ging ins Schlafzimmer, wo seine Überlebenstasche stand. Er brauchte genau drei Minuten, um zu packen und den groben Reißverschluss zuzuziehen. Er spürte, dass sie hinter ihm stand und jede seiner Bewegungen verfolgte, und wusste, dass sie das wohl kaum tat, weil sie ihre Worte bereute. Sie hatte Angst, er könnte etwas von ihren Sachen mitnehmen. Er kannte diese Sorte von Mädchen. Als ob er auf die Idee kommen könnte, die perlmuttbeschlagene Haarbürste zu stehlen, den Handspiegel oder den rot lackierten Holzkasten, in dem Ohrringe, Kämme und Haarbänder lagen. Oder vielleicht die Kosmetikfläschchen, die Bettwäsche von Hansen & Dysvik, die Handtücher von Asko oder ihre Unterhosen? Was sollte er wohl mit dem Schrott anfangen, hatte er sie nicht großzügig bezahlt? Er würdigte sie keines Blickes und ging. Die Tür fiel hinter ihm mit einem asthmatischen Fauchen und einem geölten Klick zu. Er konnte hören, wie sie unmittelbar danach das Sicherheitsschloss versperrte, und zeigte dem Türspion einen zitternden Finger, bevor er den Wohnblock in der Stensgate verließ.

Er schnappte sich ein Taxi und fuhr zu *Den Lille Fondue* in der President Harbitzgate. An einem Montagabend direkt nach Neujahr war es kein Problem, hier einen Tisch zu bekommen. Es gab nur noch drei andere Paare im Lokal, und Hoel bestellte sich ein Käsefondue mit allem Zubehör. Er verließ sich auf den guten Geschmack des Kellners, der den Wein dazu aussuchte.

Aber es gelang ihm nicht, das Essen zu genießen. Seine Gedanken wirbelten in unbekannten Regionen herum und suchten nach vertrauten Wegzeichen. Wäre er konzentrierter gewesen, hätte er den französischen Wein genossen. Er hätte den Käsegeschmack auf der Zunge zergehen lassen, dazu die süßsauren Silberzwiebeln, die knackige Paprika, die zwischen den Zähnen zerplatzte. Er hätte die Hitze des Fonduebrenners registriert und sich über die Ruhe im Lokal gefreut. Hierher zu kommen war, als würde man sich für eine kurze Zeit aus der Welt zurückziehen. Aber jetzt hatte er das Gefühl, Zeit zu vergeuden.

Er bezahlte mit Plastik und ließ sich vom Kellner ein Taxi rufen. Die Unruhe trieb ihn in die Bar im obersten Stock des *SAS*-Hotels, einen geschlechtslosen Ort mit einer Einrichtung, die mit keiner anderen Bar zu vergleichen war. Aber sie war perfekt, um ein gewisses Gleichgewicht zu finden. Er setzte sich in eine Nische und schaute auf die Lichter der Stadt, die wie Quallen durch die Wasseroberfläche schimmerten. Hier zu sitzen, hoch über den Häusern, gab Sicherheit und das Gefühl, die Situation zu beherrschen. Er klappte den Deckel seines Handys auf und starrte unbeweglich ein paar Sekunden lang das leuchtende Display an, bevor er die Nummer eintippte. Er konnte ebenso gut den Stier gleich bei den Hörnern packen.

»Ach, Höl«, antwortete eine Stimme, die er nur zu gut kannte. »Einen Augenblick, dann kommt er.« Damit reichte das Braza-Schwein den Telefonhörer weiter an Dragoslaw. Der Mann atmete schwerfällig ein und klang durch die Leitung wie ein mittelschwerer elektronischer Sturm. Ohne ein einziges Mal unterbrochen zu werden, konnte Hoel erklären, dass er eine Idee hatte, wie er das restliche Geld besorgen konnte.

»Was, du hast es noch nicht?«, erklang Dragoslaws Antwort. »Nun ja, die Stunden verrinnen, und meine Geduld ist, wie sagt man doch auf Norwegisch, dabei, sehr klein zu werden.«

Hoel wusste, dass es zwecklos war, zu erwähnen, dass sie erst vor zwei Tagen miteinander geredet hatten. Dragoslaw hatte seine eigene Auffassung von Zeit und dem Zurückzahlen von Geld.

»Ich hoffe, wir müssen dir die Daumenschrauben nicht enger ziehen, mein Freund«, fuhr Dragoslaw ohne einen Funken Humor oder Mitleid in der Stimme fort.

»Ich bin bald so weit«, antwortete Hoel. »Wir hören voneinander.« Er drückte auf den Knopf, der das Gespräch beendete, und legte das Telefon auf den Tisch. Er winkte eine Kellnerin heran und bestellte einen Wodka Martini. »Aber bitte ohne Olive«, bat er lächelnd. Sie erwiderte automatisch sein Lächeln und wippte auf dem Weg zum Tresen mit den Hüften. Nach fünf Minuten kam sie mit einem Martini zurück. Mit Olive. Er bezahlte ohne ein Wort, ohne ein Lächeln oder das kleinste Trinkgeld. Früher hätte er sich beschwert. Er hätte eine Szene gemacht und herumgepöbelt.

Aber mit ihm war etwas geschehen. Er konnte deutlich sein früheres Ich vor sich sehen: ein nur halbguter Eintreiber, der ins neue Jahr hinein auf die Fresse gefallen war und der möglicherweise nicht mehr die richtige Balance hatte, um korrekt zu handeln. Er wusste einfach nicht mehr, wie er sich »ganz normal« verhalten sollte.

Er schaute auf das schmale Telefon, das aufgeschlagen auf dem schwarzen Lacktisch lag. Es ähnelte einem kleinen Tier, das krepiert war und alle Beine von sich gestreckt hatte. Er warf die Olive auf den Boden und zertrat sie im Teppich. Sofort bereute er es. Er musste sich ja nicht gleich wie der letzte Dreck aufführen. Oder machten so genannte »normale« Menschen das so? Wenn er seine kerngesunden, Vollmilch trinkenden Landsleute mit Äpfelchenwangen und reiner Haut ansah, musste er sich fragen, ob die sich eigentlich jemals erlaubten, über die Stränge zu schlagen? War es das, was Normalität ausmachte: nie über die vier Striche zu treten, die man um sich selbst gezogen hatte? Er atmete ein paar Mal tief ein und aus, nippte an seinem Glas und konnte zumindest konstatieren, dass der Martini ausgezeichnet war. Dann hielt er für ein paar Sekunden die Luft in der Lunge, bevor er ausatmete und in Berlin anrief.

»Wodke«, meldete sich die raue, heisere Stimme.

»Alex«, antwortete er und fühlte, wie er rot wurde.

Selbst auf die Entfernung hörte er, dass sie lächelte. »Ich habe mir schon Sorgen gemacht«, sagte sie. »Stimmt was nicht?«

»Es stimmt so ziemlich alles nicht. Aber das wird sich schon zurechtbiegen«, antwortete er und versuchte geschäftsmäßig zu klingen. »Sag mal, glaubst du, die Dürke könnte was für mich haben?« In diesem Augenblick verspürte er unbändige Lust auf eine Zigarre. Eine Gruppe von vier Amerikanern polterte ins Lokal und nahm einen Tisch neben ihm. Er lehnte sich in die andere Richtung, um etwas verstehen zu können.

»Dürke hat immer was«, antwortete sie und versuchte so geschäftsmäßig zu klingen wie er. Im Hintergrund hörte er den Fünfjährigen etwas rufen. Sie entschuldigte sich und sprach mit dem kleinen Sönke, den Mund nur wenig vom Hörer weggedreht. Hoel bestellte ein Glas Highland Park, einen vernünftigen Whisky von den Orkney-Inseln. Er hörte Irina, wie sie ihren Sohn ermahnte, jetzt ins Bett zu gehen. Der Vorschlag stieß nicht auf große Begeisterung. Hoel zupfte am Stoff seiner Jacke und wartete. Ulf hätte gewusst, was man einem Fünfjährigen sagt, der nicht schlafen will, hätte die richtigen Worte und den richtigen Tonfall gefunden. Manchmal hasste Hoel seinen Freund für alle Eigenschaften, die er gehabt hatte und die sich außerhalb seiner Reichweite befanden. Und gleich darauf schämte er sich. Die Amerikaner neben ihm hatten bereits den zweiten Drink in sich gekippt und kamen so richtig in Fahrt.

Er konnte nicht mehr viel mit ihr reden. Der häusliche Konflikt musste gelöst werden, und deshalb musste sie auflegen, nachdem sie ein paar Phrasen ausgetauscht hatten, wie es ihnen denn so ginge. Er konnte hören, dass der Name Dürke sie beunruhigte. Und dazu hat sie auch allen Grund, dachte er bitter. Er blieb noch sitzen und fühlte sich schmutzig in seiner Kleidung. Normalerweise mochte er es ganz und gar nicht, mehrere Tage nacheinander im gleichen Hemd und der gleichen Hose herumzulaufen. Das war ein Tick von ihm. Für gewöhnlich stopfte er alles nach einmaligem Gebrauch in die Waschmaschine. Er meinte zu spüren, wie das Hemd an Schultern und Armen knitterte. Die Hose war um die Knie bereits ausgebeult, aber er musste die Zähne zusammenbeißen und versuchen, das zu vergessen. Er konnte nicht nach Hause fahren. Er konnte nicht wissen, ob die Russen ihm schon auf den Fersen waren. Es gab in dieser Stadt nicht allzu viele Männer mit einem Ohr, die mit Jugoslawen bekannt waren. Es war sicher nicht besonders schwierig, ihn aufzuspüren.

Er bewilligte sich noch einen Highland Park und einen schwarzen Kaffee. Beides kam sofort – zum Glück ohne Olive. Er schaute wieder auf die Lichter der Stadt und durchdachte seine Alternativen. Er konnte beispielsweise ein Postamt in Schweden überfallen. Er hatte gehört, dass die Sicherheitsvorkehrungen dort sehr viel lockerer waren als in Norwegen. Er konnte Geld leihen. Aber der Zinssatz war verdammt hoch. Und schon war er wieder in der Falle. Er konnte spielen. Aber da die Jugoslawen auch dieses Geschäft kontrollierten, war kaum davon auszugehen, dass er irgendwo Kredit bekam. Außerdem war es nicht gewiss, ob es ihnen gefallen würde, wenn er auf diese Art Geld besorgte. Er kannte ein paar Polen, die Autos stahlen und sie nach Osteuropa schafften. Aber ein einzelner Job brachte dabei nicht besonders viel, es war die Masse, die das dicke Geld brachte. Auf diese Weise würde es viel zu lange dauern, dorthin zu gelangen, wo er finanziell hinkommen wollte. Er brauchte schnell eine große Summe.

Dürke … Dürke. Manchmal musste man halt mit dem Teufel selbst Geschäfte machen. Obwohl dieser Deal immer seine Schattenseiten hatte. Warum hatte er sich nur in diese Zwickmühle gebracht? Nein, es hatte keinen Sinn, über verspieltes Geld zu klagen. Er schnappte sich das krepierte Handytier und tippte mit steifen Fingern eine Nummer in Hamburg ein.

Hamburg

Montag, 5. Januar. Abends

Hoel ging am Hotel *Germania* vorbei und kaute eine Bratwurst mit Senf. Die Deutschen konnten mit Fleisch umgehen. Da, wo die Franzosen ihre schnuckeligen Kleinigkeiten servierten, die nur den Appetit anstachelten, servierten die Deutschen riesige Fleischstücke, die einem allein durch ihren Duft, die glänzende Oberfläche und ihre rein barbarische Ausstrahlung das Wasser im Mund zusammenlaufen ließen. Er bog auf die Reeperbahn ein.

Fünf schwergewichtige Harleys standen an der Ecke. Die Besitzer hatten sich rauchend zusammengedrängt, wobei sie sich die Hände rieben, um sich warm zu halten. Eine Menge Leute schlenderten die Straße hoch und runter. Es sah aus wie am 17. Mai vor dem Schloss in Oslo. Hoel hatte sein Gepäck in einem Schließfach im Hauptbahnhof gelassen und war sofort hierher gefahren. Es hatte keinen Sinn, Zeit zu vergeuden. Es war ein gewaltiger Unterschied zwischen dem *SAS*-Hotel, in dem er vor wenigen Stunden gesessen hatte, und der Wirklichkeit, in der er sich jetzt befand. Hier roch es nach großer Welt. Übrigens roch es auch nach Müll und Pisse. Das Neonlicht zeichnete sich scharf auf der Hornhaut ab. Aus den Vergnügungslokalen ertönten Diskorhythmen oder schwere Bässe, die in die Gehörgänge drangen und einen dazu brachten, im Takt mitzugehen. Frauen stolzierten in den Nebenstraßen auf und ab und hakten ihren Blick an jedem Mann fest, der ihnen entgegenkam. Ein junges Mädchen, das auf die Entfernung nicht so verkommen aussah, schmiegte sich an ihn, als er an ihr vorbeigehen wollte. »I want to play with you«, sagte sie und wollte ihn mit sich ziehen. Sie rieb ihren Schenkel an seinem, und ihr Mantel umhüllte ihn fast, als sie ihn öffnete und ihm zeigte, dass sie darunter nackt war. Der Pelz war weder Nerz noch Silberfuchs. Eher wohl Hinterhofkater oder Beutelratte. Er roch nach Bratfett und einem schweren Parfüm, das ihn an gefallene Hollywood-Sterne denken ließ. Sie griff ihm in den Schritt, wobei sie sich die Lippen leckte. »Come with me. I'll show you a good time.« Sie imitierte ein orgiastisches Stöhnen, das so lächerlich ausfiel, dass es in seinen Mundwinkeln zuckte. Aber er wollte keinen Mangel an Respekt zeigen. Er schob sie behutsam zur Seite, während er antwortete: »Perhaps later.«

»I'll wait for you, sailor«, sagte sie und vergaß ihn sofort zugunsten des nächsten potenziellen Kunden, der auf dem Fußweg auf sie zuwankte.

Hoel ging fast bis ans Ende der Straße, vorbei an müden Huren und ihren Zuhältern. Er ignorierte die Autos, die Rufe und die Musik, die einen Samtteppich über das Licht legte. Die Reeperbahn bei Nacht, das war, als sehe man eine achtzigjährige Prostituierte in schlechter Beleuchtung, zugekleistert mit pfannkuchendicker Schminke, vernarbt nach tausend Fettabsaugungen, mit Preisschild dran und in der Unterwäsche eines Teenagers. Hoel steuerte den Eingang zum *Hong Kong Playhouse* an. Rote und gelbe Lampen blinkten nervös um Bilder asiatischer Frauen mit anatomisch unmöglichen Brüsten.

Der Türsteher war ein alter Mann mit Leberflecken im Gesicht. Ernst Packhäuser war in den Gassen hier geboren, ein Kind von Staub und Asphalt. Er hatte früh gelernt, die Kunden einzuschätzen. Allein durch einen Blick auf die Kleidung, ihre Art zu gehen, ihre Frisur, die Schuhe und Hände konnte er sagen, wie viel sie wert waren. Er selbst trug frisch geputzte Mokassins, aber das war auch das Einzige an ihm, was sauber aussah. Bald musste er mal wieder mit seinem einzigen Satz Kleider ins Waschcenter gehen und eine Stunde lang das sich drehende Wasser und den Schaum anstarren, während er alles auf sechzig Grad wusch. Jetzt entdeckte er einen Kunden, der auf ihn zusteuerte. Ein Mann in den Dreißigern, gut gekleidet und mit klaren Vorstellungen darüber, wohin er will. Ein reicher Mann im Verhältnis zu den meisten der Fettwänste von Büroärschen, die sich hier sonst herumtrieben. Eigentlich hatte Ernst heute Abend gar keine Lust, er wollte sich nur verkriechen in dem Zimmer im vierten Stock im Hinterhof, das er sein Zuhause nannte. Ein Zimmer, in dem es durch alle Ritzen gezogen hatte, bis er die Risse in den Wänden mit alten Zeitungen zugeklebt hatte. Das gab den Wänden ein chaotisches Aussehen. Er hatte einfach bunte Fotos draufgeklebt, die er sich in einem Reisebüro gleich beim Hauptbahnhof besorgt hatte. Er hatte schon immer davon geträumt, einmal nach Mallorca zu reisen. Aber er wusste, dass er dazu nie das Geld haben würde. Nicht bei den hohen Preisen, die die schmerzstillenden Mittel kosteten, die er nehmen musste. Gerade im Augenblick wünschte er sich, er könnte sich aufs Bett werfen und eine Flasche Apfelkorn leeren.

Er gab sich Mühe zu lächeln, damit der potenzielle Gast sich willkommen fühlen konnte, und zog seine Mundwinkel so weit er konnte hoch, während er in seinem besten Englisch sagte: »The best live show in town. Just enter. Just enter. Plenty of girls.« Ernst deutete mit einer Geste an, wie groß die Busen waren, und ließ den Gast durch einen Spalt im Vorhang hineinspähen.

Auf dem kleinen Podium, das strategisch so platziert war, dass alle, die an der Tür standen, einen guten Blick hatten, lag ein kränklich aussehender Mann. Er lag auf dem Rücken, nackt bis auf weiße Tennissocken, deren Sohlen schmutzig waren. Über ihm hockte eine Frau, alt genug, um seine Mutter zu sein. Die Fettrollen über ihrem Bauch schwappten aneinander, sobald sie sich bewegte. Sie wirkte auf unbestimmte Art asiatisch und war viel zu stark geschminkt. Sie lutschte und rieb an seinem Schwanz mit einem Eifer, der in keinem Verhältnis zum Interesse des Mannes an dem ganzen Zauber stand. Sein Schwanz lag schlapp wie eine Nacktschnecke in ihrer festen Hand. Also packte sie mit beiden Händen ihre herunterhängenden Brüste und ließ sie über seiner fehlenden Begeisterung schaukeln.

Ernst verdrehte die Augen und schaute heimlich den Gast an. »Zwanzig Mark«, sagte er und rieb die Fingerspitzen vor dessen Augen aneinander.

»Ich bin nicht hier, um mich zu amüsieren«, erwiderte der Mann in fehlerfreiem Deutsch. »Ich habe eine Verabredung mit Dürke.«

»You can't win them all«, meinte Ernst nur resigniert und breitete die Arme aus. Der vermeintliche Gast war nicht länger Freiwild, er war eine Geschäftsverbindung und musste dementsprechend behandelt werden. Ernst hätte das eigentlich gleich sehen müssen. Dieser Mann gehörte zum Milieu, obwohl er sich etwas anders kleidete. Er hatte einen gewissen Stil, der den meisten fehlte. Ernst führte den Mann an der Bar vorbei, durch eine Tür am hinteren Ende des Lokals. Die beiden auf dem Podium entspannten sich. Die Frau legte sich neben den Mann. Sie stützte sich auf einen Ellbogen und kraulte ihn im Schritt, um nebenbei von einer Tasse Kaffee zu nippen, die der Barkeeper ihr reichte. Ernst nickte einem Türsteher in Lederjacke auf nacktem Oberkörper zu, der mit vor der Brust verschränkten Armen vor der Hintertür stand. Der Mann nickte zurück, ohne eine Miene zu verziehen. Es funkelte auf seiner Polaroidbrille. Ernst zog den Gast mit sich durch die Tür in einen halbdunklen Gang. »Ganz bis ans Ende und dann rechts. Da, wo das grüne Notausgangsschild leuchtet«, sagte er und wollte den Mann weiterschieben. Doch der drehte sich um und drückte Ernst einen großen Schein in die Hand. »Genehmige dir einen auf mein Wohl«, sagte er und verschloss Ernsts Hand um den Schein. »Möge es Glück bringen.«

Es kam selten vor, dass jemand Ernst Trinkgeld gab. Es erwärmte ihn auf eine sonderbare Art. Er ging schnurstracks zum Tresen und bestellte sich den besten Schnaps, den das *Hong Kong* zu bieten hatte. »Viel Glück«, murmelte Ernst und kippte den ersten Drink gleich hinunter.

Der Mann auf dem harten Klappstuhl machte sich nicht einmal die Mühe aufzustehen, als Hoel um die Ecke kam. Er schaute nur kurz von seinem zerknitterten Exemplar der *Bild*-Zeitung auf, während Hoel an die Tür hinter ihm klopfte. Nach etwas, das sich für Hoel wie ein undeutliches Gemurmel anhörte, machte der Mann auf und ließ ihn ein, immer noch ohne sich vom Stuhl zu bewegen.

Die Frau lag ausgestreckt auf einer französischen Chaiselongue aus dem achtzehnten Jahrhundert, die mit weinrotem Samt mit goldenen Quasten bezogen war. Das Zimmer sah aus, als wäre es von einem Innenarchitekten auf LSD-Trip eingerichtet worden. Mauerimitationen stießen auf englisches Eichenpanel und gemalte Gipsengel an der Decke. Ein alter Holzofen bollerte in einer Ecke. Die schweren Vorhänge fielen bis auf den Boden herab, bedeckten die Fenster und standen in scharfem Kontrast zu einer Bauhauseinrichtung der minimalistischsten Art. Zwei italienische Designerstühle waren mit einem Chesterfield um einen Intarsientisch gruppiert, der gut und gern afrikanischen Ursprungs sein konnte.

Die Frau auf der Samtchaiselongue trug nur eine Garnitur romantischer, altmodischer Unterwäsche. Ein schwarzes Korsett, einen schwarzen Slip, schwarze Strumpfhalter und Strümpfe mit einem komplizierten Spinnennetzmuster. Das Schwarz stand in hartem Kontrast zu der albinoartigen Blässe ihrer Haut, und ihr Kopf sah aus, als wäre er aus Meißener Porzellan. Ihr Körper strahlte die massige Fruchtbarkeit wie auf Barockgemälden aus, auf denen rundliche Frauen auf Diwanen oder reich geschmückten Betten drapiert sind. Aber dem Gesicht fehlte die madonnenhafte Ruhe. Emilie Dürke war eine rothaarige Frau um die vierzig. Ihre Zähne waren schneeweiß, und zwischen den beiden Vorderzähnen klaffte eine sonderbare Lücke von vielleicht einem halben Zentimeter. Genug, um einen kleinen Finger dazwischenzuschieben, dachte Hoel, falls jemand so dumm war, einen kleinen Finger in diesen Hai-Rachen zu stecken.

Eine thailändische Frau, gekleidet wie ihre Herrin, kniete zu ihrer Rechten und manikürte deren Nägel. Sie hatte breite Bordüren über die Oberarme tätowiert. Sie sahen aus wie dunkelblaue Armreifen. Ihr Haar war zu einem festen Knoten hinten im Nacken zusammengefasst. Aber es war ihr Hinterteil, das Hoel einen langen Blick auf sie werfen ließ. Das war birnenförmig und so perfekt abgerundet, dass es unnatürlich, künstlich geformt wirkte. Außerdem musste die Thaifrau eine Expertin für Maniküre sein. Sie hatte einen kleinen Beistellwagen mit Scheren, Holzstäben, Feilen, Watte und Nagellack in unzähligen Farben neben sich. Solange Hoel im Raum war, blickte sie nicht einmal auf. Wenn die Dürke mit ihr sprach, reagierte sie nur mit Nicken. Dann fuhr sie fort mit ihrer gewissenhaften Arbeit an den Händen, die, soweit Hoel das beurteilen konnte, bereits perfekt waren.

»Lieben Sie Brahms?«, fragte die Dürke ihn als Erstes. »Brahms, den leidenschaftlichsten der deutschen Komponisten. Einst als einer der drei großen Bs gefeiert – Bach, Beethoven und Johannes Brahms. Heutzutage ist er langsam, aber sicher in Vergessenheit geraten. Er ist eine Spur zu pathetisch für das heutige Publikum. Oder was meinen Sie?« Die Dürke rieb genießerisch ihre Schenkel aneinander, während aus der Bang-&-Olufsen-Anlage Brahmssche Geigen ertönten.

Es war nicht die Tatsache, dass sie eine Frau war, die bei Hoel Unwohlsein erzeugte. Auch nicht, dass sie so offensichtlich ihren Körper zur Schau stellte. Nicht das Pikante an der Situation mit den beiden nur in Unterwäsche gekleideten Frauen. Es war die Ausstrahlung der Dürke. Denn auch wenn sie auf eine vulgäre Art schön war, so schien es gleichzeitig, als verdeckte ihre Porzellanhaut eine Hässlichkeit, deren Ausmaß man nur erahnen konnte. Sie erinnerte an eine Spinne im Netz. Hoel hatte sie erst ein Mal getroffen. Und damals war er mit dem Gefühl davongekommen, dass er reichlich Glück gehabt hatte. Ein Freund von ihm hatte mehrere Jobs für sie erledigt, und hinterher war er nach Hause gekommen und hatte Schluss gemacht. Danach hatte er tagelang im *Postcafé* gesessen und mit den anderen Alkis geschluckt, bis die Leber nicht mehr konnte und die Nieren aufgaben. Er hätte

Dinge von der Dürke erzählen können, die man lieber nicht wissen sollte.

»Das muss Brahms' erstes Streichkonzert sein, nicht wahr?«, fragte Hoel und setzte sich erst, als ihm ein Platz angeboten wurde. Auf einen dieser modernen Stühle, bei denen man zehn Minuten lang überlegen muss, um herauszufinden, wo Körper und Beine eigentlich platziert werden sollen.

»Bravo, Hoel! Sie sind ein gebildeter Mann. Ein Mann, der seinen Sinn für Kunst gepflegt hat. Aber wollen wir nicht lieber über Geld reden?« Die Dürke hob einen Zeigefinger und gebot ihm, den Platz zu wechseln und sich auf einen Hocker ihr zu Füßen niederzulassen. Sie benahm sich wie eine Kaiserin des Vulgären in einem Asienbordell. Er war dagegen nur ein Eintreiber mit Ebbe im Portemonnaie.

»Ganz meiner Meinung«, sagte Hoel. Er beschloss, alle Geschichten, die er über sie gehört hatte, beiseite zu schieben: wie sie nach eigenem Gutdünken Leute in Zwickmühlen treiben konnte, aus denen sie nicht wieder herauskamen, es sei denn, sie würden nach guter alter Shakespeare-Manier ihre Schuld mit eigenem Fleisch bezahlen. Gerüchte von Frauen aus der Dritten Welt, die zur Sklavenarbeit in ihren Bordellen eingeschmuggelt wurden. Gerüchte von Vergewaltigungen minderjähriger Frauen. Außerdem gehörte die Dürke zu den Menschen, die mit fester Hand die Kuriertätigkeiten zwischen dem Kontinent und Skandinavien regierten. Keine der anderen Banden, die auf diesem Markt waren, hatte noch Lust, sie herauszufordern. Leute waren deswegen ohne Kopf aus dem Brackwasser im Hamburger Hafen herausgefischt worden. Die Dürke war bekannt dafür, dass sie sehr genau darauf achtete, ihre Geschäfte ohne Kompromisse und Zugeständnisse abzuschließen.

»Alles passt einfach perfekt. Man könnte glauben, der liebe Gott wäre mit mir«, sagte die Dürke und warf einen Blick auf die

Arbeit der Thailänderin. Sie war fast fertig mit beiden Händen und legte jetzt eine königsblaue Lackschicht auf ihr Meisterwerk. »Kurz bevor Sie anriefen, habe ich eine Absage bekommen. Ich brauche gerade einen Mann, der schnell viel Geld verdienen will. Einen Mann, der bereit ist, eine Chance zu ergreifen, und der beim Zoll nie schwitzt. Sind Sie so ein Mann, Hoel?« Sie ließ ihre Frage wie einen unanständigen Vorschlag klingen.

»Solange es sich nicht um Stoff handelt«, antwortete Hoel und hörte selbst, wie scheinheilig das klang. Er hasste es, mit Drogen zu tun zu haben. Alles daran war seiner Meinung nach reinstes Teufelswerk.

»Natürlich handelt es sich nicht um Drogen. Sie wissen doch sicher, dass ich nie solche Geschäfte mache. Nein, ich rede von ganz gewöhnlichen Waren. Schwarze Waren, aber genauso wertvoll. Sind Sie bereit, den Auftrag anzunehmen?«

Hoel konnte nur hoffen, dass es stimmte, was sie sagte. »Ich nehme ihn an«, sagte er und hörte selbst, wie belegt seine Stimme klang.

In dem Moment war auch die Thailänderin fertig. Sie legte die Hände in den Schoß und wartete, was ihre Herrin sagen würde. Die Dürke studierte ihre Hände und Fingernägel eingehend. Sie schnalzte auf eine sehr sinnliche Art und winkte dann die Frau zu sich heran. Dann trafen sich beide in einem intensiven Zungenkuss. Der Atem der Dürke ging dabei schneller, und sie strich der Frau über Hals und Brüste, bevor sie sie losließ. Die thailändische Frau errötete, und Hoel versuchte, unbeeindruckt zu wirken, und schaute in eine andere Richtung.

»Schön«, sagte Emilie Dürke und reichte Hoel die Hand. Zuerst glaubte er, sie wolle ihn auf die Chaiselongue zu sich einladen oder sie brauche Hilfe, um aufzustehen. Aber dann tat er das einzig Richtige. Er platzierte einen halben Zentimeter über ihrem Finger einen Kuss und empfing dafür ein gnädiges Lächeln.

»Ein guter Mann«, sagte sie. Ihre Instruktionen sagten, dass er zu einer Adresse in Blankenese fahren und dort ein Auto abholen sollte. Das Auto musste umgehend nach Oslo, und danach würde er sein Geld kriegen. »Sie können mir vertrauen«, sagte sie. Was er natürlich nicht tat.

Blankenese war der Tummelplatz der Reichen. Hamburg war ihnen zu schmutzig, die Vorstädte zu trivial und zu farblos. Blankenese dagegen war ein weiß gescheuertes Idyll, in dem Männer mit Geld genussvoll andere reiche Männer betrachten und gekaufte Frauen in wohlgepflegten geschlossenen Kreisen leben konnten.

Der Mann, der die Torluke öffnete, ließ seinen bayrischen Dialekt ertönen. Sie gaben sich feierlich die Hand. »Gottfried Prigge«, sagte der Mann und führte Hoel ins Haus hinauf. Im Schein der Lampe über der Eingangstür konnte Hoel sehen, dass er es mit einem Mann um die siebzig zu tun hatte. Seine Haare wucherten schneeweiß in alle Richtungen. Hätte Gottfried Prigge einen Schnurrbart gehabt, hätte er wie Albert Einstein ausgesehen. Sein Gesicht war wie ein Fels, der aus einem Bach geholt worden war. Etwas Ewiges, Unveränderliches, auf das man sich verlassen konnte – bis zum Tod. Er ging mit einem steifen rechten Bein und hielt sich bei jedem Schritt den Schenkel. »Es ist das Kniegelenk«, sagte er entschuldigend und winkte Hoel hinein und nach unten in einen Keller, der früher wohl für die Dienstboten gedacht war. Über dem riesigen weiß gestrichenen Kamin hingen glänzende Messingkellen und Pfannen dicht an dicht. Breite Arbeitsplatten aus rostfreiem Stahl waren an den Wänden entlang montiert, und es gab genügend Küchengeräte und -maschinen, um eine Kantine betreiben zu können. Mitten im Raum stand ein massiver Eichentisch mit einer zehn Zentimeter dicken Tischplatte. Die frisch gescheuerten Holzbohlen rochen nach Salmiak. Hoel konnte sehen, dass sie teilweise noch feucht waren.

»Einen Schnaps?« Der Mann holte eine Tonflasche und zwei kleine Gläser.

»Ich denke, das Auto soll so schnell wie möglich weg ...«, gab Hoel zu bedenken und wollte sich gar nicht erst setzen.

»Doch, doch«, sagte der Mann in seinem gemütlichen Bayrisch. »So ein Kleiner kann nicht schaden. Sie sehen müde aus. Nur ein Schluck für den Weg. Hören Sie auf meinen Rat.« Er schob Hoel freundlich auf die Bank und setzte sich ihm gegenüber.

In der Ecke tickte eine alte Uhr. Es war kurz vor zehn. Hoel setzte sich und merkte dabei erst, wie müde er eigentlich war. Sein Körper sank auf die Ellbogen, die er auf den Tisch gestützt hatte. Er nahm ein Glas, sah seinem Wirt tief in die Augen, während sie sich zuprosteten und austranken. Dann ließen sie die Gläser auf Augenhöhe sinken, nickten einander zu und setzten die Gläser hart auf die Tischplatte.

»Sie müssen einen alten Mann entschuldigen. Aber hören Sie auf mich. Legen Sie sich für eine Stunde hin, und ruhen Sie sich aus. In der Form, in der Sie jetzt sind, wird das Auto auch nicht schneller dort sein, wenn Sie gleich losfahren. Sonst bauen Sie noch einen Unfall. Noch einen Schnaps, und dann eine Stunde aufs Sofa.«

Hoel sah, dass der Mann es ernst meinte. Gottfried Prigge hatte keine Hintergedanken. Er war schlicht und einfach nur freundlich. Hoel nickte, prostete ihm zu und kippte das zweite Glas mit dem brennenden Schnaps hinunter. Danach ließ er sich in eine Schlafnische führen und auf ein Bett drücken. Der Mann hängte seine Jacke und seinen Pullover über einen braun gebeizten Holzstuhl, zog ihm die Schuhe aus und deckte ihn mit einer Wolldecke zu. »Der Koch hat sich immer hier hingelegt, wenn

Seine Herrschaft bis in die Morgenstunden feierte«, sagte er. »Dieses Zimmer hat schon vielen müden Menschen genützt. Sie werden es selbst spüren, Herr Hoel.« Er dämpfte das Licht mit dem Dimmer an der Wand, stolperte hinaus und drehte sich noch einmal in der Tür um: »Nur eine Stunde. Ich verspreche es.«

Hoel hatte das Gefühl, der Mann wäre gerade erst aus der Tür gegangen, als er ihn schon wieder wachrüttelte. Aber es war ein anderer Körper, in dem er sich aufsetzte und die Nacht anging. Prigge hatte frischen Kaffee gebrüht und servierte dazu deftige Butterbrote. Deutsche Wurst, Sprotten und einen Mozzarella mit perfektem Geschmack und der richtigen Konsistenz. Ein Lunchpaket, so riesig, dass es für ein Jahr reichte, lag neben Hoels Teller. Und als krönender Abschluss tauchte er mit Hoels Schuhen auf, frisch geputzt und poliert, sodass Hoel sie kaum wieder erkannte. Niemand kann Schuhe putzen wie die Deutschen.

Fornebu

Dienstag, 6. Januar. 8.30 Uhr morgens

Der Flug aus München wurde auf Fornebu ausgerufen. Der Mann in dem langen Wollmantel sah aus, als sei er es gewohnt, dass man seinen Worten folgte. Er ging mit zielbewusster Eleganz, die Frauen drehten sich nach ihm um. Seinem Gesicht fehlte die Mimik, es sah aus wie eine Maske. Jede Linie war exakt in die Haut gezogen, was ihm eine skulpturartige Prägung verlieh. Seine Haare waren grau und gelockt. Die Augen hatten die Farbe von Kies und waren ebenso hart. Er trug nur eine Ledertasche, die nicht viel beinhalten konnte. Der Zollbeamte Plogås war noch morgenmufflig und zog ihn zur Seite. Der Pass sagte ihm, dass der Mann Pieter van Dante hieß, fünfunddreißig Jahre alt und niederländischer Staatsbürger war, einsdreiundneunzig groß, ehemals mit schwarzem Haar, und dass er in den letzten drei Jahren viel auf dem Kontinent herumgereist war.

In der Ledertasche waren einmal Wechselwäsche, zwei Aktenmappen mit Wirtschaftsberichten, grafischen Darstellungen und Kalkulationen für den Verkauf hydraulischer Pumpen einer niederländischen Firma. Toilettensachen. Ein teurer Reiserasierapparat von Braun und ein flacher Reiseradiowecker machten den Rest des Gepäcks aus. Der Zöllner klopfte missmutig auf die Seiten und den Boden der Tasche. Dann schaute er in die weißen und gelben Plastiktüten mit den zollfreien Waren. Eine kleine Flasche japanisches Herrenparfum, eine Flasche Cognac, eine Stange Marlboros und eine große Schachtel Konfekt. Der Mann sah ihn fast entschuldigend an und sagte: »Ich habe einfach eine Schwäche für Süßigkeiten …«

»Hmmf!«, grunzte der Zöllner nur und ließ den Mann gehen. Er war leider sauber, aber irgendwann einmal würde er einen dieser Jetset-Typen erwischen, mit Drogen, Waffen und anderen Schweinereien. Er durfte nur nicht aufgeben. Er suchte sich ein neues, gut gekleidetes Opfer aus und kreuzte die Finger. Es freute ihn, dass der grau melierte Herr in Anzug, Schlips und mit dem Mantel über dem Arm einen roten Hals bekam.

Milos Stavkovic schob den falschen niederländischen Pass wieder in die Brusttasche hinter sein Handy und klopfte sich auf die Taschen, wie er es immer machte. Die Visacard steckte auf ihrem Platz, und die Goldspange mit den Scheinen war sicher verwahrt in der Hosentasche. Ansonsten trug er keine Papiere oder entlarvende Notizen, Schlüssel oder Visitenkarten bei sich. Alles, was er wissen musste, hatte er in seinem Gedächtnis abgespeichert. Er hatte eine eigene Technik, sich mentale Notizzettel zu machen, die mit der gleichen Zuverlässigkeit pünktlich wieder auftauchten wie bei einem Mailsystem. »Verabredung um 13.30

Uhr.« – »Andros hat nicht bezahlt.« – »Überdenke Sterriks Zukunft.«

Milos war eine Legende unter den gedungenen Mördern. Niemand kannte seinen ursprünglichen Namen. Er lief unter dem Pseudonym »Gepard«, weil er so schnell zuschlug und sofort wieder verschwand. Ursprünglich stammte er aus dem Chaos von Staaten, die früher einmal Jugoslawien hießen. Seine Mutter war Serbin gewesen, sein Vater Kroate. Als Milos vierzehn war, war die Familie nach Italien geflohen und hatte dort herausfinden müssen, dass es sich dabei nicht um das Gelobte Land handelte, das sie erhofft hatten. Langsam hatten sie sich den italienischen Stiefel hinaufbewegt, und innerhalb von vier Jahren hatten sie sowohl in Neapel, in Rom, in Pisa und in La Spezia gewohnt, bevor sie sich endlich in Mailand niederließen. Der Vater hatte eine kleine Autowerkstatt betrieben, und sein Sohn Milos, der älteste von drei Brüdern, hatte es vorgezogen, in der Werkstatt zu arbeiten, statt zur Schule zu gehen. Dort hatte er Falco getroffen, oder Mister Falco, wie der hinkende Mafioso sich lieber nennen ließ. Eigentlich war er nur ein kleines Rädchen im großen Getriebe, aber mehrere Monate lang glaubte Milos, dass Falco einer der großen Bosse im System war. Falco trug einen Anzug, der an den Ellbogen abgeschabt und dessen Innenfutter zerschlissen war, aber für Milos hatte er trotzdem bedeutend reicher ausgesehen als sein Vater, der immer nur im Overall herumlief. Falco rauchte englische Zigaretten. Er hatte ein Feuerzeug aus imitiertem Gold und einen schweren Füller, den er einem amerikanischen Touristen gestohlen hatte. All das fiel Milos auf, und er behielt es im Gedächtnis.

Jeden Freitag kam Falco mit einem riesigen Ford angefahren, einem grünen, breiten Kastenwagen, der vor zehn Jahren seine besten Tage gesehen hatte. Das Beste an ihm war, dass sein Lack noch perfekt war und Falco es geschafft hatte, keine einzige Beule reinzufahren. Jeden Freitag wollte Falco einen Vollcheck für das Auto, der eigentlich völlig unnötig war. Aber Falco war, was den Wagen betraf, ein Hypochonder, also bockte Milos jedes Mal den Ford auf und untersuchte gründlich das Untergestell. Er klopfte leicht gegen die Achsschenkel, zog und drückte ein wenig und murmelte Falco eine Bestätigung zu, während der vor dem Eingang der Werkstatt rauchend auf und ab wanderte. Er wirkte genauso nervös, als warte er auf die Mitteilung, dass er Vater geworden war.

Falco hatte schon die meisten Jobs hinter sich gebracht, die die Mafia anzubieten hatte. Er war als Dieb gescheitert. Er war zu nervös, um Waren zu schmuggeln. Er eignete sich nicht zum Teamwork für Banküberfälle oder größere Einbrüche. Dafür besaß Falco jedoch eine seltene Eigenschaft: Er eignete sich zum Mörder. Er arbeitete allein, machte diskret seine Erkundungen, plante alle Eventualitäten mit ein, wählte die Waffe aus, die er mindestens ein Jahr zuvor gekauft hatte, ließ sie immer hinterher verschwinden und war sorgfältig darauf bedacht, alle Spuren zu entfernen. Und nicht zuletzt tat er nur das, was getan werden musste. Er hatte nicht die irritierende Angewohnheit, fäkale Visitenkarten oder »originelle« Kennzeichen zu hinterlassen. Er vergewaltigte die weiblichen Opfer nie und wählte für jede Hinrichtung eine andere Methode. Falco war ein klinisch sauberer Handwerker, der seine Arbeit schätzte und der von seinen Vorgesetzten mit Achtung angesehen wurde. Er war ein typischer Eigenbrötler, der nie selbst Chef werden würde. Er hatte seinen Platz im Leben gefunden. Das Einzige, was er vermisste, war ein Erbe. Und seit er vor vielen Jahren erfahren hatte, dass er zeugungsunfähig war, war sein Interesse an Frauen vollkommen erloschen. In Milos sah er den Sohn, den er nie würde bekommen können. Deshalb nahm er Milos nach und nach immer häufiger mit in Bars oder zu sich nach Hause, um ihm alles, was er selbst wusste und kannte, beizubringen.

Als Falco an einem heftigen Hirnschlag in seinem Bett starb, war Milos zwanzig Jahre alt und hatte ausgelernt. Er hatte nie geglaubt, dass Falco sterben könnte, zumindest nicht auf diese Art. Er hatte sich vorgestellt, dass sein Lehrmeister selbst der Waffe eines gedungenen Mörders zum Opfer fallen würde. Oder dass er den einen schicksalsschweren Fehler machte, der den Auftrag misslingen ließ. Aber Falco starb, nachdem er drei Tage im Koma gelegen hatte, mit dem Tropf im Arm und unter konstanter Betreuung durch eine Krankenschwester und durch Milos, der nicht von seinem Bett wich. Von dem Tag an hatte Milos keinen anderen Menschen lieben können. Die einzige Person, an der ihm je etwas gelegen hatte, lag nun unter der Erde, und Milos hatte das Gefühl, als wäre sein eigenes Herz zusammen mit Falco begraben worden. Von seinen Eltern hatte er nie etwas anderes als Beschimpfungen und Ermahnungen gehört. Und als er mit einundzwanzig Jahren fortging, vermisste er niemanden von der Familie. Es gab auch niemanden, der ihn vermisste. Alle waren froh, dass es jetzt mehr Platz in der Wohnung gab, die auf die siebenundzwanzig Gleise des Güterbahnhofs hinausging.

Milos hatte sich in den sechzehn Jahren, die seitdem vergangen waren, den Ruf eines perfekten Fachmanns erarbeitet. Er war doppelt so teuer wie andere, aber dafür lieferte er auch Qualität. Wer mit ihm arbeiten wollte, musste einen Vertrag abschließen wie mit einer Primadonna. Er forderte absoluten Gehorsam. Allen seinen Wünschen musste nachgekommen werden. Dragoslaw hatte ihn angeheuert, weil er die Sache nicht Braza oder einem anderen aus seiner Bande überlassen wollte. Milos hatte nur gegrunzt, als Dragoslaw ihm erklärte, was für eine Versammlung von Holzköpfen sie sein konnten, wenn es darum ging, etwas Komplizierteres als das übliche Glücksspiel und die kleinen Diebereien zu organisieren. »Keiner von denen hat das Pulver erfunden«, hatte Dragoslaw höhnisch gesagt. »Aber sie standen nicht weit weg, als es geknallt hat.« Milos war zufrieden damit, alle Vollmachten bekommen zu haben, um das zu tun, was getan werden musste.

Er persönlich hatte nichts gegen die Russen. Milos sah sich nicht mehr als Jugoslawe oder als Serbe. Er war ein Weltbürger, ein Mann, der kein anderes Heimatland als das Geld kannte. Das und der Kitzel trieben ihn an und verliehen ihm eine Rücksichtslosigkeit, die ihresgleichen suchte.

Braza und Kosta holten ihn mit dem neuen Saab ab. Kosta fuhr ruckartig, als hätte er gerade erst mit den Fahrstunden begonnen. Milos und Braza wurden auf dem Rücksitz hin und her geworfen. Milos warf einen wütenden Blick auf Kostas Nacken, während Braza ihn darüber informierte, was passiert war und wo der Feind sich befand.

»Wie du sicher weißt, habe ich Carte blanche«, sagte Milos und schob die Lippen vor. Er holte die neue Gaultier-Sonnenbrille heraus und putzte die Brillengläser sorgfältig mit dem Seidentuch, bevor er sie aufsetzte.

»Natürlich, ein Spezialist wie Sie …«, räusperte Braza sich, und Milos konnte sehen, wie es ihn anstrengte, höflich zu sein.

»Bleiben wir doch beim Du«, sagte Milos und reichte ihm die Hand. Brazas Griff war so feucht, wie er befürchtet hatte. Das war kein Mann, das war ein Meerschweinchen. Kein Wunder, dass Dragoslaw nach ihm geschickt hatte. Milos hatte eine gute Beziehung zu Dragoslaw. Er hatte zwei Jobs für ihn gemacht. Nur einfache Sachen, aber sie waren gut miteinander ausgekommen. Milos konnte sogar so weit gehen und zugeben, dass er Dragoslaw respektierte. Er konnte dieses Unerschütterliche, Granithafte in dem Alten sehen, über das er selbst in großem Maße verfügte. Jetzt brauchte er zwei Minuten, um die neuen Informationen zu verdauen und zu überlegen, ob er bei dem Plan bleiben sollte, den er sich im Flugzeug zurechtgelegt hatte. Je eher man so eine Situation in den Griff bekam, umso besser. »Wo halten sich diese Leute jetzt auf? Haben sie eine Stammkneipe, einen festen Treffpunkt? Etwas in der Art?«, fragte er das Meerschweinchen, das sich offensichtlich das Gehirn zermarterte, um eine Antwort zu finden.

»Da gibt es ein paar Pubs im Zentrum. In denen können wir's mal versuchen«, antwortete Braza. Milos sah, wie sich der Mann wand.

Sie fuhren an Frognerkilen vorbei. Eine Wolkendecke lag über der Stadt und konnte sich nicht entscheiden, ob sie zu Schnee oder Regen werden sollte. Sie bogen vor dem Oslotunnel ab, gleich bei der Aker Brygge, und fuhren in das Viertel zwischen der Festung und der Karl Johan gate.

»Waffen«, sagte Milos plötzlich. »Irgendwelche Waffen? Ganz gleich, was!« Braza hatte nichts, und Kosta konnte nur ein Messer mit breiter Klinge anbieten. Eine schlechte Imitation eines professionellen Jagdmessers. Typisch für einen Amateur, der sich in das schicke Design des Griffs und das elegante Etui verguckt. Milos wog es in der Hand, schaute sich den Firmennamen an und schnaufte verächtlich. Er murmelte einen kroatischen Fluch, vermischt mit italienischen Floskeln, die niemand im Sprachkurs lernt, und schob dann die Waffe in seine Innentasche.

Kosta folgte ihm, während Braza auf der Rückbank sitzen blieb und den Rücken unruhig an der Lehne rieb. Er hatte vorgeschlagen, die Aktion selbst anzuführen, aber Dragoslaw hatte ihn auf höfliche Art abgewehrt. Trotzdem fühlte Braza sich zur Seite geschoben.

Er spürte, wie sein Anzug unangenehm an der Taille drückte. Er musste weniger essen. Und sich auch mehr bewegen. Aber das war nicht so einfach, wenn ihm bei jedem Schritt der Schmerz durch Schenkel und Leiste fuhr. Innerhalb der drei Jahre, die vergangen waren, seit er niedergestochen worden war, war sein Körper um mindestens zehn bis fünfzehn Jahre gealtert. Den gut durchtrainierten Braza gab es schon lange nicht mehr. Jetzt wurde ihm bereits übel, wenn er nur zehn Minuten lang lief. Dann bekam er einen zwiebelartigen Geschmack im Mund und fühlte, wie sich Gallenflüssigkeit hochpresste. Genau wie jetzt. Er kaute ein paar Anissamen aus einer kleinen Tüte, die er immer in der Tasche hatte, und konnte feststellen, dass der Geschmack besser wurde. Er ließ den Stock mit dem Silberknauf in den Händen kreisen. Ein Streifenwagen fuhr langsam vorbei, und er lehnte sich ein paar Zentimeter weiter zurück. Die konnten ihm nichts anhaben, und trotzdem fühlte er sich schuldig und nackt, hier auf dem Rücksitz eines Autos mitten im Zentrum.

Nach der ärztlichen Kontrolluntersuchung vor Weihnachten hatte er das Gefühl, sein Leben sei stehen geblieben. Der Arzt hatte ihm erklärt, dass es nur zwei Möglichkeiten gab. Die eine war eine Operation, die ihn das Leben kosten konnte. Eine Operation, die er für teures Geld im Ausland machen lassen musste und die äußerst schmerzhaft war. Die Alternative war, weitere medizinische Maßnahmen zu überdenken. Der übliche Ärztemist. Der Typ meinte, Braza müsste sich mit dem Gedanken vertraut machen, in nicht allzu langer Zeit im Rollstuhl zu enden, wenn er nicht die Chance nutzen und sich unters Messer legen wollte. Seine Beweglichkeit war stark eingeschränkt und das Gleichgewicht nicht gerade toll. Aber das Schlimmste war, dass sich sein Zustand immer weiter verschlechterte und es eigentlich nur noch der Gedanke an Rache war, der ihn Tag für Tag antrieb.

Brazas Überlegungen wurden unterbrochen, als die Autotür aufgerissen und ein Mann hineingeworfen wurde. Gleichzeitig sprang Kosta auf den Fahrersitz, während der Gepard auf der anderen Seite des Russen Platz nahm. Braza konnte den Gedanken nicht zur Seite schieben, was mit seinem teuren Anzug geschah, den er sich gerade erst zugelegt hatte. Natürlich musste der einiges abkönnen, aber die Leute sprangen ja auf der Rückbank herum, als ob sie ein Trampolin wäre. Ganz zu schweigen von dem Schmutz! Soweit er erkennen konnte, hatte der Kerl sich seit langer Zeit nicht mehr richtig gewaschen.

Valentin Yanov hatte kaum registrieren können, was ihm da eigentlich zugestoßen war. In dem einen Moment hatte er an seinem Tisch in der Ecke gesessen und hatte sich effektivere Möglichkeiten ausgedacht, den russischen Schmuggelschnaps zu verkaufen. Im nächsten Moment kamen ein Hüne von einem Mann und ein Handlanger zu ihm und versperrten ihm den Blick auf den Tresen. Aus der Entfernung mochte es wie ein gemütliches Gespräch aussehen. Aber dann hatte der Hüne mit einem Messer zwischen seine Augenbrauen gezielt. Das war deutlich gewesen, und Valentin war den Männern gefolgt, wohl wissend, dass es sich um Jugoslawen handelte. Solange sie ihn nicht auf der Stelle umbrachten, hatte er immer noch eine Chance, aus der Klemme zu entkommen.

Valentin hatte ein äußerst pragmatisches Verhältnis zu seinem Leben. Nicht umsonst war er ein waschechter Straßenjunge aus Leningrad beziehungsweise St. Petersburg. Zwischen seinem sechzehnten und zwanzigsten Lebensjahr hatte er nie gewusst, wo er am nächsten Tag schlafen oder ob er etwas zu essen finden würde. Er hatte mit Straßenhandel angefangen, Sachen billig eingekauft und etwas teurer verkauft. Es stellte sich heraus, dass er ein Talent für den Handel hatte. Er sah überall Möglichkeiten und hatte wohl nur selten in seinem ganzen Leben einen schlechten Handel gemacht. Nachdem er Isanows Bande kennen lernte, bekam er Dinge in die Hand, von denen er vorher nur geträumt hatte.

Valentin überlegte manchmal, ob es eigentlich gut für ihn war, so schnell reich geworden zu sein. Er war nicht glücklicher geworden, so wie er sich das gedacht hatte. Ganz im Gegenteil, im letzten Jahr hatte er sich häufiger darüber beklagt, dass er nicht schneller Millionär wurde. Aus diesem Grund war er am Abend vor Weihnachten so blau gewesen. Und aus diesem Grund hatte er diesem albanischen Idioten alles Mögliche ausgeplaudert. Zu dem Zeitpunkt hatte er das Gefühl gehabt, Aljoscha hätte ihn reingelegt, und er hatte einen inbrünstigen, tiefen Hass dem Kerl gegenüber gespürt. Deshalb hatte er nicht klar denken können und seinem Mundwerk freien Lauf gelassen.

Natürlich hatte er Mehmed sofort wieder erkannt, als er die Leiche in der alten Fabrik sah. Der kleine Kerl war zwar auf den Betonboden geknallt, aber dennoch war er an seinem schwarzen Haar, den zerknitterten Kleidern und nicht zuletzt an seiner lächerlichen Tweedmütze, die halb aus seiner Tasche lugte, wieder zu erkennen. Da war Valentin klar, dass er ziemlichen Mist gebaut hatte. Er hatte eine unverzeihliche Sünde begangen. Ausplaudern bedeutete den Tod. Als Zogu tot war, überwog in den ersten Minuten die Erleichterung. Bis ihm die Reichweite der Maschinerie klar wurde, die da in Gang gesetzt worden war. Vielleicht war es die Ironie des Schicksals, dass die Jugoslawen ausgerechnet ihn, den Verräter, als Ersten fanden.

Valentin versuchte trübsinnig, sein schütteres Haar auf der Glatze zurechtzuschieben, während sie einstiegen, aber es gelang ihm nicht. Er starrte die drei Männer abwechselnd an. Auf dem Rücksitz legte der Hüne seinen Arm Valentin kameradschaftlich um die Schulter. Aber in der Faust hatte er das Messer versteckt, und Valentin spürte, wie dessen Spitze bei jedem Ruck des Autos seine Nackenhaut punktierte. Er versuchte sich ein winziges bisschen vorzubeugen. Der Hüne merkte das, und das Messer folgte. »Wohin fahren wir?«, fragte er, erwartete jedoch keine Antwort. Diese Männer sagten nie mehr, als unbedingt notwendig war. Es lief ihm eiskalt den Rücken hinunter, als der Hüne so breit grinste, dass sich seine Designerbrille von der Nase hob: »Wir wollen uns nur ein bisschen unterhalten.«

Oslo

Dienstag, 6. Januar. 11.55 Uhr vormittags

Dragoslaw war immer der Überzeugung gewesen, dass ein Mann nur respektiert wird, wenn es ihm gelingt, sich Respekt zu verschaffen. Und das erreichte er nur, indem er nicht zurückwich. Ein Mann von Ehre ließ sich durch nichts unterkriegen oder erschrecken. Dragoslaw war bis jetzt mit der Entwicklung der Dinge zufrieden. Milos war mit einem Russen im Schlepptau ins Hauptquartier gekommen, einem glatzköpfigen Valentin Soundso, der den dunklen Flur mit einem Blick betrat, der deutlicher als alle Worte Angst ausdrückte. Milos hatte einen Griff um seinen Nacken, der ahnen ließ, dass er seinem Gefangenen jeden Moment die Nackenwirbel brechen konnte. Valentin wurde die rutschige Treppe hinuntergeführt, vorbei am Gemüselager und einen langen Gang entlang, in dem man kaum seine eigenen Füße sehen konnte. Ganz hinten im Keller gab es einen Lagerraum ohne Fenster, dessen einzige Beleuchtung von einer nackten Glühbirne in einer rostigen Fassung stammte. An der Decke gab es zwei Haken. Sie waren braun und schmierig und schon eine ganze Weile nicht mehr benutzt worden.

Dragoslaw kümmerte sich nicht darum, was dort unten geschah. Er hatte Milos alle Vollmachten gegeben und reichlich Geld und war nicht daran interessiert, genauere Einzelheiten zu erfahren. Das war eine Arbeit, die einfach notwendig war, wenn man gewinnen und überleben wollte.

Dragoslaw hatte sich in seinen Ohrensessel gesetzt und wartete auf Neuigkeiten. Braza saß ihm gegenüber und schlürfte Kaffee aus der Untertasse. Dragoslaw kam in den Sinn, wie sehr sich Braza doch in letzter Zeit verändert hatte. Aus dem Raubtier, das ganz genau wusste, wie es sich Respekt verschaffen konnte, war ein alter Mann geworden, unkonzentriert und aus dem Gleichgewicht geraten. Dragoslaw konnte sich daran erinnern, wie sein Großvater nach dem Schlaganfall ausgesehen hatte. Ein Vogelblick zitterte in dem Körper des brutalen Mannes, der zuvor einem Feind mit einem einzigen Schlag das Leben hatte nehmen können. Er hatte Großvaters Augen angesehen, dass er plötzlich Angst hatte. Angst zu leben, Angst vor dem schicksalsschweren Pfropf, der mit dem Blut ins Gehirn dringen konnte. Angst, zu einem Stück Möbel zu werden, das weder reden noch sich bewegen konnte. Es war der Blick eines Wesens, das eingesehen hatte, dass es sterblich ist, und auf einen grauen Mann mit einer grauen Mappe wartete, der an der Tür klingeln würde, um ihm seine Rechnung zu präsentieren.

Dragoslaw hatte sich eine Zigarette angezündet und seine Kampffische beobachtet, damit er nicht mehr den Mann ansehen musste, der jetzt nur noch dabei war, weil Dragoslaw einst eine dumme Abmachung mit ihm geschlossen hatte. Das war eine Frage der Ehre. Zumindest solange Braza sich noch aufrecht hielt und zu irgendwas nützlich sein konnte. Aber es war klar, dass die Abmachung neu verhandelt werden musste, wenn nicht bald eine Besserung eintrat, wie Braza immer wieder versprach.

Milos war gegen halb zwölf hochgekommen. Er hatte gesagt, es würde nicht mehr lange dauern, bis der Gefangene anfing zu reden. Dragoslaw hatte ihm anerkennend zugenickt und gesagt, dass das Treffen kurz bevorstehe. Milos hatte sich hingesetzt, und sie hatten besprochen, wie die Sache gehandhabt werden sollte. Milos ging nicht in die Einzelheiten, während Braza im Raum war, und Dragoslaw respektierte das. Er hatte Milos' Art zu denken gegenüber das größte Wohlwollen. Eine militärische, pragmatische Beurteilung der Mittel und des Ziels.

Die Anwälte kamen fünf vor zwölf. Vegard Gjøen war ein magerer Mann. Seine Augen hatten die Farbe von Wasser in schmutzigen Pfützen. Sein Bart war von der Sorte, der im Volksmund

»Pornobart« genannt wurde. Seine Brille hatte eine rote Einfassung, die als Blickfang diente und gleichzeitig irritierte. Seine Hände waren schmal und lang und hätten sehr gepflegt aussehen können, wenn nicht die Nägel abgebissen gewesen wären, wodurch die Fingerspitzen einen betrüblichen Anblick boten. Am Zeigefinger hatte er eine Entzündung an der Nagelwurzel, und Dragoslaw sah, dass Milos etwas fester zudrückte, um zu sehen, ob der Anwalt zusammenzuckte. Aber Gjøen schaute Milos nur fest in die Augen und erwiderte den Händedruck ebenso fest. Außerdem begrüßte er die Gastgeber in perfektem Deutsch. Dragoslaw war sich sicher, den richtigen Mann ausgesucht zu haben. Normalerweise gehörten Anwälte zu der Sorte von Menschen, mit denen er nicht so gern verkehrte. Es waren Menschen, die zwar Beschlüsse fassen konnten, aber nie den Mut hatten, sie auch durchzuführen. Sie sahen allzu viele Schattierungen der Wahrheit und wurden dadurch in ihren Handlungen gelähmt. Aber Dragoslaw wollte versuchen, sich in diesem Krieg den Rücken freizuhalten. Das konnte sich als äußerst nützlich herausstellen. Bis jetzt hatte die norwegische Öffentlichkeit ihnen noch nicht besonders viel Aufmerksamkeit gewidmet, aber der Konflikt, der jetzt vor der Tür stand, konnte die gleiche Wirkung wie eine Anzeige in der Zeitung haben. Er musste wissen, wie sie sich in Bezug auf die geltenden Gesetze verhalten mussten, wie sie sich schützen konnten, welche Schlupflöcher es gab.

Gegenüber der Rechtsanwältin Sigrid Rissa hingegen hegte Dragoslaw große Skepsis. Es war Gjøen gewesen, der darauf bestanden hatte, dass sie dabei sein sollte. Dragoslaw war überzeugt, dass das eine äußerst unglückliche Wahl war. Äußerlich war sie adrett und nett mit einem Plisseerock und einer braunen Bluse und Jacke bekleidet. Ihr Gesicht erschien knöchern und mürrisch, als hätte sie sich jahrelang mit schwierigen Klienten abgeben müssen. Ihr Mund war unsympathisch, um die Lippen zeigten sich dicht an dicht haarfeine Fältchen. Es war der Mund einer alten Frau, obwohl Sigrid Rissa nicht älter als Anfang dreißig sein konnte. Sie hatte weibliche Formen, wusste aber nicht, wie sie sie betonen sollte. Was Dragoslaw jedoch am meisten Sorgen machte, waren ihre Augen. Sie hatte Angst, war vollkommen verschreckt, auch wenn sie versuchte, das zu verbergen. Dragoslaw sah, wie Milos sie begrüßte. Er zog ihre Hand an sich, und sie schnappte atemlos nach Luft. Milos' Augen glitten über sie, und selbst Dragoslaw spürte, wie die Temperatur im Zimmer um fünf Grad sank, solange Milos ihre Hand festhielt. Sigrid Rissa machte sich schließlich aus seinem Griff frei und versuchte zu verbergen, wie hektisch sie danach ihre Hand an ihrem Rock abwischte.

Aljoscha Isanow nahm ein spätes Frühstück zu sich. Die Frau ihm gegenüber hatte endlich den Mund gehalten. Er konnte es nicht ausstehen, vor dem Nachmittag angesprochen zu werden. Das hatte er am Abend zuvor ausdrücklich gesagt. Aber als sie morgens aufwachten, war ihr Maul randvoll mit dummen Fragen und Kommentaren. »Was für ein herrlicher Morgen!« – »Gibt es in deinem Hauptquartier eigentlich keinen Zimmerservice?« – »Ich bin noch nie vorher mit einem osteuropäischen Mann zusammen gewesen« und ähnlicher Scheiß. Er war mit einem Handtuch um die Hüfte auf dem Weg zur Dusche gewesen, als er explodierte. Er hatte sie an den Haaren gepackt und ihren Kopf nach hinten gezogen. Anschließend nahm er ihr Kinn in einen so festen Schraubstockgriff, dass seine Finger in ihrem weichen Fleisch verschwanden und ihr Mund zu einem zerknautschten Loch wurde. »Halt die Fresse!«, erklärte er und warf sie aufs Bett.

Während er duschte, hatte er sie weinen gehört, aber als er fertig war, hatte sie sich bereits geschminkt und lächelte ihn nervös an. Ihm gefiel ihr blonder Haarschopf. Sie hatte ein ausdrucksvolles Gesicht, wie man es in Pornoblättern sehen kann, und dazu einen Knabenkörper. Ihre Brüste, mit Brustwarzen wie Rosinen, waren fast nur Andeutungen. Er hatte sie sich erneut vorgenommen, und sie hatte ihn machen lassen. Fast hätte er glauben können, sie würde es genießen, wenn da nicht die fünf Riesen gewesen wären, die er ihr für die Nacht bezahlt hatte.

Beim Frühstück ignorierte er sie. Stattdessen dachte er voller Sorgen darüber nach, was er früh am Morgen ins Rollen gebracht hatte. Er hatte hoch gepokert, indem er Eduard zu den Jugoslawen geschickt hatte. Ilja hatte herausgekriegt, wo in der Stadt sie ihren Unterschlupf hatten. Es war eine Adresse in Torshov, aber sie hatten das Haus noch nicht näher beobachten und untersuchen können. Die Sache mit Eduard konnte klappen oder auch nicht, und Aljoscha wünschte, er hätte das mit seinem Vater in aller Ruhe besprechen können. Aber es war keine Zeit, zu warten, bis die Leitung in den Osten stand. Er hatte es mehrere Male versucht und war nur ein einziges Mal durchgekommen. Aber da war die Verbindung so schlecht, als ob sein Vater auf dem Mond stehen und von dort sprechen würde.

Aljoscha zupfte am Kragen und registrierte, dass die Qualität der Seide nicht seine Erwartungen erfüllte. Ein loser Faden stand wie ein schlechter Zahn heraus, und wütend zog er daran, sodass er immer länger wurde und Aljoscha schließlich beschloss, den Mist umzutauschen. Er würde persönlich ins Geschäft gehen und dort Putz machen. Er war wütend – und wie. Er warf einen bösen Blick auf die Hure, die ihm gegenüber am Tisch saß und in dem Toastbrot, dem pochierten Ei und der Schale mit Oliven, Mixed Pickles und Cornichons herumstocherte. Offensichtlich nicht gerade ihre übliche Frühstückskost, aber das war ihr Problem. Seine Gedanken wanderten wieder zu Eduard, und er überlegte, wie weit es dem wohl gelingen würde, die Jugoslawen hinters Licht zu führen. Eduard war ein Meister im Lügen. Und er konnte auch unter Folter dichthalten. Der Mann war noch nicht geboren, der ihn brechen konnte. Er war eine fast hundertprozentig sichere Karte. Und danach hieß es nur, sich zu verstecken und darauf zu warten, dass die Beute mit dem »Überläufer« Eduard an der Spitze auftauchen würde. Ein Hinterhalt war eine sichere Methode, um die Anzahl der Jugoslawen zu reduzieren.

Aljoscha beruhigte sich mit dem Gedanken, dass es nur wenig gab, was schief gehen konnte. Er warf seine Damastserviette in die Eireste, stand vom Tisch auf und ging wieder auf die Frau zu, die versuchte, auf ihrem Stuhl zurückzuweichen.

Es gab bestimmte Momente, in denen sie Vegard Gjøen hasste, und der hier war so einer. Gleichzeitig hatte sie ihn ihr ganzes Leben lang geliebt, seitdem sie im Hörsaal in den altehrwürdigen Universitätsräumen an der Karl Johan gate neben ihm Platz genommen hatte. Er hatte geheiratet, sich scheiden lassen, wieder geheiratet und zwei Kinder bekommen, sich wieder scheiden lassen und war ab und zu in den Spalten der Regenbogenpresse zu finden. Sigrid Rissa hatte die Hoffnung aufgegeben, dass er sich in sie verlieben würde. Trotzdem kam sie jedes Mal angelaufen, wenn er pfiff.

Sie wusste, warum er sie gebeten hatte, mit hierher zu kommen. Dahinter steckte sein kindischer Wunsch, immer als der Beste dazustehen. Obwohl sie es gewesen war, die das bessere Examen gemacht hatte, war es Vegard, der die guten Manieren hatte, fotogen war und die Fähigkeit besaß, mit Klienten und Massenmedien in einer Form umzugehen, die an Schauspielerei grenzte. Wenn man sein seriöses Gesicht auf dem Bildschirm sah, ein Gesicht, das urplötzlich in ein Lächeln ausbrechen konnte, ein Lächeln, das direkt in die Herzen der Zuschauer traf, war es klar, dass Gjøen von Kameralinsen und Journalisten geliebt wurde. Heimlich hatte Sigrid ein Fernsehinterview von ihm und die Fernsehdiskussionen, an denen er teilgenommen hatte, auf

Video aufgenommen. Das letzte Mal bei einer konservativen Talkshow zur Frage: »Müssen wir die Einwanderer aus dem Osten fürchten? Versuchen sie, bei uns einen Brückenkopf für die russische Mafia zu bauen – oder sind es einfach nur arme Menschen, die aus einem chaotischen Land fliehen, um ihr Glück im Westen zu suchen?« Die Debatte war zum Ergebnis gekommen, dass die Gerüchte von der russischen Mafia und anderen kriminellen Organisationen in Norwegen stark übertrieben waren. Es waren Gerüchte, die in einigen Redaktionen entstanden waren, die nicht genug Stoff hatten, um ihre Seiten zu füllen. »Aber, und das ist der wichtigste Punkt«, hatte Gjøen behauptet, wobei er wie Carl I. Hagen, der Parteivorsitzende der Nationalisten, direkt in die Kamera blickte, »alle Osteuropäer mit kriminellem Hintergrund sind in ihrem Heimatland natürlich in die jeweilige Mafia verwickelt. Fast alle Russen werden heutzutage von dieser Form der Kriminalität betroffen. Für viele von ihnen ist das die einzige Form gesellschaftlichen Lebens, die in der alten Sowjetunion noch funktioniert. Aber damit ist nicht gesagt, dass sie dieses System auf Norwegen übertragen wollen. Im Gegenteil, wir reden hier über Menschen, die gar keine andere Wahl hatten, wenn sie überleben wollten, und die jetzt hier wieder bei Null in einer Demokratie anfangen. Und darauf sind sie auch eingestellt. Wir dürfen ihnen nicht die helfende Hand verweigern.«

Gjøen hatte ein gutes Bild gemacht in seinem grau-schwarzen, glänzenden Anzug. Der musste eine ganze Stange Geld gekostet haben. Sigrid verstand nicht viel von Kleiderpreisen, aber einen teuren Schnitt erkannte sie doch, wenn er ihr unter die Augen kam.

Nach allzu schrecklichen Tagen kam es vor, dass sie sich mit einem selbst gemixten Singapore Sling oder auch zweien in ihre Sofaecke setzte und die ganze Videokassette durchsah. Sie weinte nicht. Dieses Stadium hatte sie hinter sich. Stattdessen dachte sie daran, wie er sie im Laufe der Jahre benutzt hatte und wie sie trotzdem jedes Mal wieder atemlos angehechelt kam, sobald er an dem Faden zog, der sie mit ihm verband.

Wie auch jetzt. Er wollte diesen Klienten gegenüber einen guten Eindruck machen, und mit ihr als Gegenpart hatte er leichtes Spiel. Es war die Sorte von Klienten, mit denen sie am liebsten nichts zu tun hatte. Alle Anwälte haben einen tief sitzenden Instinkt, der ihnen sagt, wann Leute schuldig sind. Es gab die Unschuldigen, die eine leuchtende positive Aura um sich hatten. Es gab die Zweifelsfälle, die Flecken in ihrer Aura hatten. Und es gab die Schuldigen, die kräftige rote und schwarze Auren hatten. Das waren oft die Faszinierendsten, aber gleichzeitig war ihr immer klar, wer wie war. Bei diesen Menschen, vor allem bei Kis und Stavkovic, hatte sie keine Probleme, die Aura zu lesen. Es knisterte direkt in ihren Pupillen.

Hatte sie eine Wahl? Nein, Sigrid Rissa hatte keine andere Wahl, als zu springen, wenn Gjøen rief: »Spring!« Ihre Finanzen waren im Keller, und das schon seit so langer Zeit, dass sie sich kaum noch daran erinnern konnte, auswärts gegessen, sich neue Kleider oder etwas anderes geleistet zu haben. Im Laufe der Jahre war sie seiner Karriere in dieser Form gefolgt, war seine Handlangerin und ganz offensichtlich nicht sehr gerissene Assistentin gewesen. Anfangs war sie es gewesen, die Termine mit Klienten gemacht und die Gjøen mit hinzugezogen hatte, wenn sie der Meinung war, ihre Mandanten bräuchten mehr Rückendeckung, um sich ihren Weg durch Norwegens Gesetze zu bahnen. Vor drei Jahren hatte sie ihren ersten jugoslawischen Mandanten gehabt. Er war mit ihrer Arbeit zufrieden gewesen und hatte sie im Milieu weiterempfohlen. Nach und nach war Gjøen mit seinem Schwergewicht hinzugekommen, und inzwischen war er der gefragteste Jurist im osteuropäischen Milieu von Oslo. Gemeinsam hatten sie vor einem Jahr die Denko-Brüder verteidigt, und das war eine

Sache, die den Massenmedien gefallen hatte. Es hätte positive Auswirkungen für ihre weitere Arbeit haben müssen. Aber Gjøen hatte den größten Teil an Ehre und Geld an sich gerissen, und es war wohl vor allem sein schlechtes Gewissen, das ihn dazu bewog, ihr den einen oder anderen Knochen hinzuwerfen. Doch die Mandanten heute gehörten in eine ganz andere Klasse als Stefan und Nikola Denko. Das spürte sie sofort, als sie das Haus betrat und das alte Raubtier Dragoslaw ihr die Hand schüttelte. Er war kalt wie eine Eidechse. Und Milos Stavkovic erst. Wenn es einen Mörder auf dieser Welt gab, dann ihn. Sigrid Rissa spürte, wie sie erstarrte. Diese Starre hielt an und wurde nur noch schlimmer, als sie sich zur Beratung zusammensetzten. Es trug nicht gerade zur Entspannung bei, dass Milos halb hinter ihrem Stuhl saß.

Im Grunde genommen war der Tag schon ab dem frühen Morgen schief gelaufen. Ihr Auto, ein Volvo von 1976 mit ausgeleiertem Getriebe, hatte zunächst nicht anspringen wollen. Das war besonders nervig, weil sie einen Termin in der Tagesklinik hatte, um drei Leberflecke entfernen zu lassen. Nur mit Mühe schaffte sie es noch, rechtzeitig dorthin zu kommen. Das heißt, sie kam fünf Minuten zu spät. Dafür war der Arzt bereits nach zehn Minuten fertig mit der Arbeit. Sie hatte das Gefühl, auf einem Fließband zu liegen. Schnell hatte er die örtliche Betäubung gesetzt, die Flecken weggekratzt und noch zwei weitere Leberflecken gefunden, die er gleich mit wegmachen wollte. Sie stimmte dem entscheidungsunfähig zu und ließ ihn machen. Nachdem alles vorbei war, fand sie sich förmlich wie unter Schock draußen auf dem Fußweg wieder und spürte, wie ihre Haut an fünf Stellen brannte. Es juckte höllisch, und sie hatte die ganze Zeit das Gefühl, auf ihrer Bluse zeichneten sich Blutflecken ab.

Das alles ließ ihre Magensäure hochsteigen, und während sie mit den drei Jugoslawen zusammensaß, spürte sie, wie sich der Säurepegel zu einem brennenden Kneifen steigerte. Sie wühlte in ihrer Handtasche und nahm mehrere stumme Anläufe, bis sie schließlich nach der Toilette fragte.

Was hatte sie denn eigentlich erwartet? Hatte sie sich ein Loch im Boden des Hinterhofs vorgestellt? Stattdessen wurde sie zur ersten Tür links auf dem Flur verwiesen, in einen hübschen, luftigen Raum in Größe ihres eigenen Wohnzimmers. Ein säuerliches Blumenaroma beherrschte die Atmosphäre. Die Toilette war aus glänzend geputztem Porzellan, das Papier von der weichsten Sorte. Das Waschbecken aus Marmor mit vergoldeten Wasserhähnen. Der Spiegel hatte ein angenehmes indirektes Licht, dessen Stärke sich regulieren ließ.

Sie setzte ihre Balancid-Flasche an den Mund und schluckte kräftig. Die Flüssigkeit sorgte unmittelbar für Linderung, aber sicherheitshalber nahm sie noch einen zweiten Schluck. Ihre Lippen wurden weiß, und schnell leckte sie sich den Mund ab, bevor sie noch einmal Schminke und Lippenstift nachbesserte. Sie widerstand der Versuchung, alle Pflaster unter der Kleidung zu kontrollieren. Das würde noch mehr Stress bringen.

Kaum hatte sie sich wieder zu den anderen gesetzt, da hörte sie die Außentür ins Schloss fallen und ein leises Murmeln, das in ein Wortgefecht mündete. Milos war sofort von seinem Stuhl aufgesprungen, während Dragoslaw und Braza sitzen blieben. Genau wie Gjøen und sie. Sie lehnte sich auf dem Stuhl zurück und konnte drei Männer am anderen Ende des Flurs sehen. Milos hielt den einen in festem Griff und führte ihn in einer Mischung aus Freundlichkeit und Härte herein.

Ein rascher Wortwechsel folgte zwischen Dragoslaw, Milos und dem Fremden. Sie nahm an, in einer der jugoslawischen Sprachen, in etwas, was sie für Russisch hielt und teilweise in Deutsch. Nur von dem Deutschen verstand sie etwas. Es klang, als bestehe das Gespräch gleichzeitig aus Drohungen und Schmeicheleien. Der Mann, der, wie sie mit der Zeit feststellte, ein Russe war und Eduard hieß, sah die Jugoslawen lächelnd an. Er hatte eine ausgeprägt gutmütige Aura, die die anderen ansteckte.

Eduards Treuherzigkeit und Offenheit änderten die Stimmung. Dragoslaw sagte zu Gjøen und ihr: »Das hier ist unser Freund Eduard. Er ist Russe, aber ihm gefällt deren Stil nicht mehr. Deshalb hat er beschlossen, die Seite zu wechseln. Und nicht zuletzt weiß er alles, was wir über die Vorhaben der Russenbande hier in der Stadt wissen müssen. Lasst uns mit unserem neuen Freund anstoßen.« Danach zwinkerte er scherzhaft, öffnete die unterste Schreibtischschublade und zog eine Literflasche Royal Salute heraus. Es war eine altmodisch geformte Keramikflasche, eingewickelt in einen Samtbeutel mit Goldschnüren.

Gjøen genoss die Situation und nickte den anderen im Raum selbstsicher zu. Sie prosteten, und der Gastgeber plauderte weiter mit dem Gast. Dragoslaw schenkte Glas Nummer zwei und drei ein, und Gjøen spürte, wie seine Wangen heiß wurden. Die Luft war schwül. Ein einsamer Schweißtropfen lief ihm im Slalom den Rücken hinunter, und am liebsten hätte er seinen Schlipsknoten um ein paar Millimeter geöffnet.

Milos beugte sich zu Sigrid und flüsterte ihr etwas ins Ohr, während er ihr über die Schulter strich. Sie starrte ihn schockiert an und wurde tiefrot. Milos ging hinaus, mit dem Lächeln einer Katze, die gerade einen Kanarienvogel verspeist hatte. Kurz darauf kamen zwei neue Männer herein und halfen, die Flasche zu leeren. Milos kam mit einer noch ungeöffneten Flasche zurück, von der er bereits das Siegel abgerissen hatte. Es handelte sich um einen zwölf Jahre alten Glenlivet, und Milos schenkte so großzügig ein, dass der handgeknüpfte Perser Flecken bekam. Eduard nickte, lächelte und erzählte Dragoslaw mit großer Bereitwilligkeit interne Geheimnisse, wie Gjøen annahm. Einer der Männer setzte sich zwischen Sigrid und Eduard, während Milos mit der Flasche herumging.

Milos stellte sich hinter Eduard und forderte alle auf, anzustoßen. Während sie tranken, zog er eine Fahrradkette aus der Tasche und legte sie Eduard um den Hals, dessen Arm mit dem Glas in die Luft schnellte. Der Whisky lief ihm über die Hose. Es sah aus, als hätte er sich bepisst. Der Jugoslawe neben ihm packte seine Beine und hielt sie an den Stuhlbeinen fest. Eduard ruderte mit den Armen und versuchte, seine Finger unter die Kette zu bekommen und gleichzeitig Milos' Gesicht zu erreichen, das er hinter sich durch einen rötlichen Nebel erahnte. Aus seiner Kehle drang ein Gurgeln, das kaum das Geräusch der Kette übertönte, die sich in seine Haut rieb und eine ölige Spur auf Hals und Adamsapfel hinterließ. Eduards Gesichtsfarbe wurde zuerst dunkelrot, dann bläulich und anschließend grau, während aus seiner Kehle kein einziger Schrei drang. Die anderen betrachteten die Szene ungerührt. Sigrid presste das Whiskyglas an die Brust. Gjøen konnte nicht sagen, was er eigentlich fühlte. Er hätte nicht gedacht, dass ihm das passieren könnte. Er wusste, dass er dieses Bild in sich tragen würde. Jeden Tag, bis zu seinem Tod. Aber jetzt war sein Kopf nichts anderes als eine gefühllose Melone.

Währenddessen zog Milos weiter zu, warf Eduard zu Boden und setzte sein Knie auf dessen Nacken. Sie hörten ein knackendes Geräusch, und Eduards Gliedmaßen entspannten sich. Milos ließ die Kette los, und Gjøen sah, dass er aus einer leichten Fleischwunde in der Handfläche blutete. Zwei Männer trugen die Leiche hinaus.

»Ein Spion und Verräter«, sagte Dragoslaw verächtlich und leerte sein Glas mit einem Zug. »Er ist von seinen Leuten geschickt worden, um den Überläufer zu spielen. Eigentlich sollte er sich nur bei uns einschmeicheln, um uns dann in den Rücken zu fallen. Kein einziges Wort von dem, was er gesagt hat, stimmte.«

Dragoslaw schob den Stuhl, auf dem Eduard gesessen hatte, an die Wand und setzte sich, wobei er auch Gjøen aufforderte, wieder Platz zu nehmen. Er legte ihm eine Hand auf die Schulter und erklärte ihm eindringlich, dass das, was Gjøen soeben gesehen hatte, ihre gute Beziehung nicht beeinträchtigen durfte. So etwas war notwendig, wenn Krieg herrschte. Denn was hätte alles Gjøen und Sigrid Rissa zustoßen können, hätte Eduard weitergelebt und seinen Verrat weitergetrieben?

Beide drehten sich um, als sie die lang gezogenen Schluchzer hörten. Sigrid Rissa zitterte und umklammerte immer noch das leere Glas. Ihre Stirn war schweißnass, die Augen traten aus den Höhlen hervor. Milos stellte sich so vor sie, dass er fast ihr gesamtes Blickfeld mit seinem Brustkasten verdeckte. Der unverkennbare starre Ausdruck einer unberührten Statue verließ auch jetzt sein Gesicht nicht, während er ihr zitterndes Kinn packte und in klar verständlichem Englisch murmelte: »Shut up, my little chicken. Or I will practice on your body as well.«

Die Wirkung war durchschlagend. Sie holte wieder Luft und hörte auf zu zittern. Gjøen vermied es sorgfältig, sie anzusehen, während sie auf ihn zustolperte. Er legte nur eine Hand auf die ihre und fragte Dragoslaw mit relativ fester Stimme: »Und was machen wir jetzt?«

Milos war mit der Entwicklung äußerst zufrieden. Alles lief nach seinem Plan. Respekt war schon immer ein Schlüsselwort gewesen. Jetzt hatte er Gjøen eindeutig das Maul gestopft. Auf Anwälte konnte man sich normalerweise nicht verlassen. Die suchten immer nach irgendwelchen Schlupflöchern, durch die sie entwischen konnten, wenn es anfing, brenzlig zu werden. Aber nach dem Mord an Eduard war Gjøens Mund versiegelt. Rissa dagegen machte ihm deutlich mehr Kummer. Er beschloss abzuwarten, bevor er das Problem anpackte. Sie war ein kleiner Fisch. Aber sie war gefährlich, weil sie ein Fisch in Todesangst war.

Zunächst musste Milos telefonieren. Eduard hatte ihnen eine

Nummer gegeben. Er ließ einen der anderen die Auskunft anrufen und Namen und Adresse herausfinden, bevor er das flache Handy ergriff und selbst die Nummer eintippte. Beim siebten Klingeln wurde abgenommen. Milos sprach leise in den Apparat, nachdem sich am anderen Ende ein Mann als Aljoscha gemeldet hatte: »Mein Name ist Milos Stavkovic. Wir haben einen Russen als Geisel im Keller und einen anderen, der tot ist. Vielleicht kannten Sie ihn ja. Er hieß Eduard.«

Danach legte er auf und gestattete sich ein Lächeln. Jetzt würde der Respekt für ihn arbeiten.

Schweden

Dienstag, 6. Januar. Gegen 14.00 Uhr

Es war eine der schrecklichsten Autofahrten, die Hoel je erlebt hatte. Die halbe Nacht hindurch war er durch Deutschland und das südliche Dänemark gefahren. Gottfried hatte ihm zusätzlich zu dem großen Lunchpaket eine Thermoskanne mit Kaffee mitgegeben. Hoel hatte gefühlt, wie sich sein Kopf geklärt hatte und wieder zu einem verlässlichen und vor allem denkenden Organ wurde. Mit dem Geld, das er mit dieser Fahrt verdiente, konnte er alle Ketten abstreifen. Er traute sich kaum, daran zu denken. Gleichzeitig war es dieser Gedanke, der ihn all die Stunden über aufrecht hielt. Er war wie ein Geist über die deutschen Autobahnen gebraust, vorbei an verschlafenen Dörfern. Er hatte am Grenzübergang nach Dänemark nur knapp heruntergeschaltet, war an zwei Lastwagen und einem Bus vorbeigerauscht. Alle schliefen. Die ganze Welt schlief, ausgenommen Hoel.

Das heißt, es gab doch noch einen anderen Menschen, der wach war. Eine Hausfrau aus Åbenrå war auf der Walze gewesen. Dass Hausfrauen beschwipst sind, kann ja vorkommen. Das Problem war nur, dass sie mit dem Auto zum Fest gefahren war und dass sie sich mit ihm nun auch wieder auf dem Heimweg befand. An einer Kreuzung auf einer Fernstraße hatte sie nach rechts geblinkt und war dann auf die linke Spur ausgeschert. Sie war offensichtlich auch davon ausgegangen, dass sie der einzige Mensch auf der Straße war und sie es deshalb nicht so genau nehmen musste. Hoel, der mit hoher Geschwindigkeit herangekommen war, konnte gerade noch in die Bremsen treten, bevor es knallte. Nur der zuverlässige schwedische Stahl verhinderte, dass sich Motorhaube und Kotflügel des Volvos zur Ziehharmonika falteten.

Die Dame aus Åbenrå war aus ihrem Mazda getorkelt und hatte in den Straßengraben gekotzt, während Hoel sich den Schaden besah. Weder er noch die Lady, die sich, nachdem sie fertig war, Bacchus zu opfern, als Lissy vorstellte, hatten andere Blessuren als einen Schock davongetragen. Beide Wagen waren in fahrbarem Zustand, der grüne Mazda wies eine eingedrückte Stoßstange und ein paar Kratzer im Lack auf, während der Volvo eine v-förmige Delle in der Motorhaube hatte. Soweit er sah, sprach nichts dagegen, dass er weiterfahren konnte. Bis er das Leck entdeckte. Die Frau hielt ihn krampfhaft am Arm fest, während sie sich in einer Sprache entschuldigte, die dem Norwegischen nachgeahmt schien.

Unter der Motorhaube tropfte Flüssigkeit heraus. Hoel fluchte leise, tauchte seinen Zeigefinger hinein und probierte. Kühlwasser. Aber es war keine gute Idee, für dieses Auto den Pannendienst zu rufen. Die Frau aus Åbenrå schluchzte, sie habe eine Flasche mit Dichtungsmasse für das Kühlsystem dabei. Wenn der Riss nicht zu groß wäre, würde er es bis zu einer Werkstatt schaffen.

Hoel band die Motorhaube mit einem Seil fest. Er befreite sich von dem weiblichen Wesen, das nicht darauf bestand, einen Schadensbericht auszufüllen und Adressen auszutauschen. Sogar die Dänen, die ein reichlich lockeres Verhältnis zum Alkohol haben, sind nicht besonders begeistert von Leuten, die in betrunkenem Zustand Auto fahren. Er tuckerte langsam davon, bis zu einer Tankstelle, deren Besitzer noch wach war.

Der Mann erschien überraschend freundlich, obwohl er doch von seinem Heizlüfter hinter dem Kassentresen weggeholt wurde. Hoel musste wieder einmal feststellen, dass der Begriff Service außerhalb von Norwegen etwas ganz anderes bedeutete. Der Typ bockte den Wagen auf, zog sich eine schmutzige Schirmmütze und ebensolche Arbeitshandschuhe über und kroch unter den Wagen. Zum Glück war die Achse nicht angeknackst. Die Delle in der Motorhaube konnte der Meister mit einer Winsch richten, und damit passte die Karosserie wieder über Radstände und den Motor. Der Däne schlug vor, er sollte ihn in eine Volvo-Werkstatt bringen, aber dafür hatte Hoel keine Zeit. Stattdessen bekam er weitere Dichtungsmasse und zwanzig Liter destilliertes Wasser zum Nachfüllen des Kühlsystems. Der Meister spendierte ihm noch einen Kaffee vor der Weiterfahrt, und Hoel gab ihm einen Hunderter als Trinkgeld für all seine Mühe.

Den ganzen Morgen und Vormittag war er gefahren, als hätte er Eier auf dem Rücksitz geladen. In regelmäßigen Abständen hatte er angehalten und den Schaden überprüft. Das Leck schloss sich nicht. So tropfte er sich erst durch Dänemark und dann die schwedische Küste entlang. Er füllte Wasser nach und versuchte, Ruhe zu bewahren. Das Wichtigste war, dass der Scheiß nach Hause gebracht wurde. Und wenn es einen Tag länger dauerte. Er versuchte sich bei Laune zu halten, indem er drei Kassetten kaufte. Eric Saties Klavierstücke passten ausgezeichnet zu der Lage, in der er sich befand, und zwischendurch würzte er sie mit Strawinskys *Sacre du Printemps*. Das passte doch besser zu seiner dramatischen Stimmung als der wehmütige Satie. Er hatte ganz impulsiv auch noch zu Mozarts *Requiem* gegriffen, aber sich dem auszusetzen, hatte er momentan nicht die Nerven. Er fuhr mit zusammengebissenen Zähnen und hielt sich an dem Gedanken aufrecht, dass in weiter Ferne eine Dusche, ein vertrautes Bett und die Freiheit winkten, wenn er sein Geld bekommen hatte.

Oslo

Dienstag, 6. Januar. Nachmittags, abends und nachts

Sigrid Rissa verstand jetzt, was der Begriff »ausgebrannt« bedeutete. Sie hatte das Haus gemeinsam mit Gjøen verlassen und gewusst, dass sie nie wieder einen Fuß da hineinsetzen würde. Genau genommen wusste sie überhaupt nicht, wohin sie eigentlich gehen sollte. Zusammen mit sieben anderen hoffnungsvollen Juristen hatte sie vor fünf Jahren eine Kanzlei eröffnet. Sie hatten ihre Räume in der Galleri Oslo gehabt, aber bereits nach zwei Jahren waren sie in die Storgata umgezogen. Die Kanzlei war auseinander gebröckelt. Von den ursprünglichen sieben war nur noch Rissa übrig, und jetzt teilte sie sich die Räume mit zwei Männern mittleren Alters. Die Kanzlei war nicht mehr als eine Bürogemeinschaft. Sie teilten sich die Miete, darüber hinaus gab es keinerlei Absprachen.

Das Fenster ihres Büros ging auf einen Hinterhof, auf dem zwei Container voller Müll von der letzten Renovierung standen. Sie standen dort schon so lange, wie sie denken konnte. Wenn es wenig zu tun gab, fühlte sie sich wie in einer klassischen Privatdetektiv-Geschichte: gelangweilt in einem öden Büro und darauf wartend, dass das Telefon endlich klingelt. Das Bücherregal mit Ordnern, Fachliteratur und einem zerlesenen Exemplar einer norwegischen Gesetzessammlung musste sich an eine Wand anlehnen, um nicht umzufallen. Das kleine Stofftier, ein lächelnder Löwe, den sie vor langer Zeit einmal von einem zufriedenen Mandanten mit Sinn für Humor bekommen hatte, klemmte unzufrieden zwischen Sofarücken und Wand. Der grüne Velourbezug des Sofas war verschlissen, und unter dem kleinen Tisch lag ein Stapel Zeitungen. Es roch in ihrem Büro nach Staub und, aus irgendeinem sonderbaren Grund, nach Mottenkugeln.

In die Kanzlei wollte sie nicht gehen. Auch zu Hause erschien es ihr unerträglich. Sie registrierte, dass Gjøen sie fragte, wie es ihr ging. Er legte sogar seine Hand auf ihren Arm. Früher hätte sie das gleichzeitig erregt und depressiv gemacht, jetzt merkte sie es kaum. »Es geht«, hatte sie ungeduldig geantwortet und sich aus seinem Wagen geschält, als sie noch ganz unten am Maridalsvei waren. Er hatte etwas hinter ihr hergerufen, und sie hatte getan, als hätte sie es verstanden und zurückgewinkt. Dabei hatte sie versucht, ihre Gesichtszüge so weit unter Kontrolle zu bringen, damit der Dummkopf glaubte, sie würde lächeln.

Was hatte sie getan? Wie weit hatte sie es in ihrem Leben gebracht? Es war zum Heulen. Sigrid Rissa fühlte zum ersten Mal, dass sie es satt hatte. Bis ins Mark war sie diese schuldigen Dreckskerle leid, denen sie für Geld half, sich dem zu entziehen, was nach Meinung der Gesellschaft als Gerechtigkeit anzusehen war.

Sigrid bog in die Møllergata ein, dann nach links in die Osterhausgata. Sie landete im *Cordial*, wo sie im ersten Stock einen Tisch mit Blick auf die Storgata bekam und ein Bier und ein Wiener Schnitzel bestellte. Zuerst nippte sie an ihrem Bier. Es schmeckte, und sie kippte es in großen Zügen in sich hinein, sodass sie ein neues bestellen musste, bevor das Essen kam. Das Schnitzel war grau, als wäre es gerade aus Formalin herausgezogen worden. Es war auf beiden Seiten lieblos geschmort und auf den Teller geworfen worden, zusammen mit einer klumpigen Soße und verwelktem Broccoli. Die Pommes frites waren typisch norwegisch: ganz dünn geschnitten und so lange frittiert, bis sie hart waren. Sie stocherte lustlos im Fleisch herum, schnitt ein Stück vom Broccoli ab und versuchte, die harten Kartoffelschnitze in

Ketchup zu ertränken. Das Bier schmeckte jetzt auch nicht mehr. Heimlich schluckte sie eine weitere Dosis Balancid und überprüfte im Taschenspiegel, ob sie weiße Lippen hatte. Sie war froh, dass der Spiegel nicht ihr ganzes Gesicht zeigte. Es war schlimm genug, die Tränensäcke unter den Augen zu sehen, die Falten auf der Stirn, die schlaffen Wangen.

Sie bestellte sich einen halben Liter Rotwein von der teuersten Sorte. Das spielte nun auch keine Rolle mehr. Ein gewisser Stil sollte trotz allem gewahrt werden, wenn man mit Mann und Maus unterging. Aber es gelang ihr nicht, den Rotwein auszutrinken. Ihr Magen sagte resolut stopp. Sie sah, dass es bereits sieben Uhr abends war. Sie bezahlte und wankte mit zitternden Gelenken auf die Straße. Die Storgata war ideal, um ein Taxi zu finden, und schon war sie in einem weißen Mercedes auf dem Weg nach Manglerud. Sie musste fast kichern bei dem Gedanken, wie der Fahrer, ein frisch rasierter Mann Mitte zwanzig, wohl reagieren würde, wenn sie ihn zu sich einlud. Aber sie ließ es lieber, obwohl die Versuchung groß war. Schnell änderte sie ihre Meinung und bat ihn, sie zum *Lompa* zu fahren.

Sie verließ die Kneipe erst, als sie wirklich breit war. Es war fast elf, als sie spürte, dass sie jetzt endlich würde schlafen können. Ein neues Taxi mit einem bedeutend unattraktiveren Fahrer in den Sechzigern brachte sie heim zu ihrem Hochhaus.

Glücklich angekommen in der Zweizimmerwohnung im neunten Stock, ließ sie sich aufs Sofa fallen, ohne Schuhe oder Mantel auszuziehen. Sie machte die Lampe an, und das Licht umhüllte sie mit einem weichen Kegel. Sie betrachtete den runden Holztisch mit der Glasplatte und dem kleinen Läufer, den ihre Großmutter gehäkelt hatte, das Büfett mit den Gläsern und dem Kaffeeservice mit dem Zwiebelmuster, den Hocker mit dem gestrickten Kissen und den verstaubten Lehnstuhl mit Lederklappen auf den Armlehnen. Alles vertraute, liebe Dinge, die sie geerbt hatte. Sie gehörten einem früheren Ich, einer rechtschaffenen, ordentlichen Person.

Den ganzen Abend über war es ihr im Kopf herumgespukt. Sie musste irgendjemandem erzählen, was sie gesehen hatte. Jemand musste es wissen und tun, was getan werden musste. Solche Leute durften nicht frei herumlaufen. »Das sind doch Tiere!«, sagte sie leise zu sich selbst, und das Bild von Milos stand mit einem Mal deutlich vor ihr. »Tiere! Tiere!« Ihre Hand hob den Telefonhörer und ließ ihn wieder fallen, hob ihn erneut ans Ohr, und sie hörte das Signal, das verkündete, dass die Leitung frei war. Sie legte den Hörer wieder auf und schaute sich im Zimmer um, wobei sie vor sich hin murmelte. Dann, mit einer heftigen Bewegung, die zeigte, dass sie sich entschieden hatte, zog sie den Apparat zu sich heran, ließ die Schuhe auf den Boden fallen und zog die Beine unter sich, während sie die Nummer der Polizei wählte.

Die Impulse jagten durch Leitungen und Kabel, sollten aber nie ihren Bestimmungsort erreichen. Eine Hand drückte die Gabel hinunter und unterbrach die Verbindung. Hastig drehte sie den Kopf und blickte in Milos' maskenhaftes Gesicht, der sich über sie beugte und flüsterte: »Was habe ich gesagt, mein kleines Hühnchen?« Das Letzte, was sie registrierte, war sein frischer Duft. Seine Zähne waren weiß und gleichmäßig und ließen sie an Zahnpasta denken.

Oslo

Mittwoch, 7. Januar. Morgens

Dagbladet und *VG* hatten die Nachricht zuerst auf Seite dreizehn, aber so, wie sie sich im Laufe der Stunden entwickelte, wurde sie zur Titelseitensensation. »*Anwältin springt in den Tod*« und »*Mord in Manglerud?*« waren die Schlagzeilen.

Die nackte Leiche wurde entdeckt, kurz nachdem es geschehen war. Die Redaktionen verbuchten es zunächst als Selbstmord unter vielen. Aber als einige Journalisten dem Namen nachgingen und Sigrid Rissa in Verbindung mit dem Prozess gegen die serbischen Brüder Denko vor zwei Jahren brachten, begannen die Alarmglocken zu läuten. Die Journalisten versuchten, die Polizei zum Reden zu bringen, was sich aber als so schwierig herausstellte, dass es wiederum das Misstrauen verstärkte. Die Polizei hatte einen so festen Deckel über die Sache gestülpt, dass selbst die Dümmsten die Lunte riechen mussten. Der Journalist Fredrik Lydersen, der ein gutes Gedächtnis und große Erfahrung in Kriminalsachen hatte, rekapitulierte den Denko-Fall in groben Zügen. Er war seinerzeit am Ball gewesen, und schon damals hatte er sein Steckenpferd geritten: dass die Kriminalität aus Osteuropa früher oder später auch unsere heimischen Ententeiche wie ein Orkan treffen werde. Er trieb die Sache noch auf die Spitze, indem er Behauptungen aufstellte, die nur auf vagen Gerüchten und Vermutungen basierten. Lydersen wusste, dass seine Kollegen in aller Stille davon überzeugt waren, dass er übertrieb.

Selbst der Redakteur Birkelangen hatte ihn gebeten, nicht so dick aufzutragen. Birkelangen glaubte, Lydersens Bemühungen seien ausschließlich darauf aus, Kriminalfälle, in die Ausländer verwickelt waren, zynisch aufzubauschen. Er würde in trübem Wasser fischen, bis die Toleranzgrenze der norwegischen Bevölkerung überschritten war und die Leute nach einer starken Hand und schnellem Eingreifen riefen.

Lydersen war es egal, was der Mann dachte. Hauptsache, er kriegte seine Artikel ins Blatt. Dann lag es an anderen, die Sachen aufzugreifen.

Was die Sache um die Rissa betraf, so witterte er Mord. Zog man die Unwilligkeit der Polizei, Rissas Vorgeschichte und die Umstände des Todes in Betracht, so sagten ihm alle seine journalistischen Instinkte, dass dahinter eine große Geschichte steckte. Er hatte mit ihren Kollegen telefoniert. Und richtig: Sie hatte mehrfach Fälle gehabt, bei denen die Mandanten Osteuropäer waren. In der Denko-Affäre war sie als Unterstützung für den Staranwalt Vegard Gjøen herangezogen worden. Aber Lydersen brauchte Stoff für eine mögliche Sonderausgabe. Er brauchte Fleisch auf den Knochen. Er bedankte sich bei dem Anwalt für das Gespräch und rief unmittelbar danach Gjøen an. Dessen Vorzimmerdame wollte ihn zunächst nicht durchstellen, und er musste all seinen Charme und seine Überzeugungskraft aufwenden, um sie umzustimmen. Erst als Lydersen Andeutungen machte, in welcher Sache er gern Gjøens Kommentar haben wollte, war sie zu erweichen. »Ich bin nur der Erste von vielen, die alle diese Nummer anrufen werden«, sagte er. »Er kann es genauso gut gleich hinter sich bringen.« Die Dame bedankte sich spitz, dass er ihr diese Information zukommen ließ, und bat um seine Nummer. Dann wollte sie sehen, ob Gjøen ihn zurückrief.

Lydersen lehnte sich zurück, betrachtete die druckfrische Schlagzeile »*Anwältin springt in den Tod*« und lächelte. Er zündete sich eine Teddy an und wettete mit sich selbst, dass Gjøen in der Leitung war, bevor er die Zigarette zu Ende geraucht hatte. Birkelangen schlurfte vorbei, und Lydersen dachte, dass es sicher nicht mehr lange dauern würde, bevor auch er einer der üblichen Journalistenkrankheiten zum Opfer fallen würde. Bei Birkelangen tippte er aufs Herz. Der Typ konnte keine Treppe hochsteigen, ohne wie ein Walross zu schnaufen. So sah er übrigens auch aus mit dem zerfransten Bart, dem Kinn, das nahtlos in die Brust überging, dem Stiernacken, der mit dem Rücken verschmolz, und dem Bauch, der über den Gürtel hing. Dass jemand wie Birkelangen, ein Meister darin, elegant zweideutige, hart an der Grenze zum Verleumderischen vorbeischrammende Artikel zu formulieren, so unkritisch sein konnte, wenn es um sein Aussehen und seine Kleidung ging! Er trug immer irgendwelche Jacketts, in Gelb-, Rot- oder Grüntönen. Seine Hosen waren unten weit geschnitten und entlarvten, wie dünn seine Beine im Verhältnis zum Körper waren. Oft trug er eine zugeknöpfte Weste, obwohl Knöpfe und Knopflöcher heftig dagegen protestierten. Seine Hosenträger waren ein Kapitel für sich.

Birkelangen kam zurück und lehnte sich an die Tür. »Hast du was auf der Platte?«, fragte er, und seine Zunge huschte über die fülligen Mick-Jagger-Lippen.

»Die Dinge nehmen ihren Lauf«, erwiderte Lydersen trocken und wurde vom Telefon unterbrochen. Fast hätte er seine Zigarette am Hörer ausgedrückt, weil er vor lauter Eifer vergaß, sie aus dem Mund zu nehmen.

Gjøen war ein Profi, das musste Lydersen zugeben. Während der zehn Minuten, die sie miteinander sprachen, war nie auch nur der geringste Zweifel in seiner Stimme zu hören. Natürlich leugnete er, in letzter Zeit überhaupt etwas mit Rissa zu tun gehabt zu haben. Vollkommen korrekt referierte er den letzten Fall, den die beiden zusammen bearbeitet hatten. Aber der lag jetzt bereits zwei Monate zurück. Ja, er kannte Sigrid Rissa als eine gewissenhafte Anwältin, sonst hätte er sie ja nie als seine Assistentin engagiert. Nein, er wusste nichts über ihr Privatleben. Nur, dass sie allein lebte. Nein, über ihre Finanzen kannte er keine Details. Auch wenn ihre Büroadresse offensichtlich kein allzu rosiges Dasein signalisierte. Aber so war es nun einmal, wenn man sich hocharbeitete. Nein, er wollte nicht darüber spekulieren, inwieweit die Mischung aus finanzieller Notlage, Einsamkeit und Mangel an Erfolg sie dazu hätte bringen können, Selbstmord zu begehen. Lydersen versuchte, die Fragen auf die Denko-Sache und die Mafia zu richten. Aber Gjøen meinte, dadurch würde er nur einen Sturm im Wasserglas erzeugen. Dass Rissas Selbstmord in Verbindung mit möglicherweise unzufriedenen Mandanten, eventuellen Racheakten und einem Versuch, sich einer Person zu entledigen, die eventuell zu viel wusste, stehen könnte – zu diesen Thesen gab er erst gar keinen Kommentar ab. Dazu war nur zu sagen, dass derartige Spekulationen keinerlei Grundlagen hatten.

Lydersen hörte dem Redeschwall des Anwalts nicht mehr zu, als Gjøen sich selbst unterbrach mit der Mitteilung, er hätte jetzt einen wichtigen Termin.

Vegard Gjøen brach mit einem seiner wichtigsten Prinzipien. Er überprüfte, ob die Tür zum Vorzimmer auch geschlossen war, bevor er zu dem alten Bauernschrank ging, der in der Ecke seines Büros stand, einem alten Möbelstück, das er einem Bauern in Vinstra abgeluchst hatte. Aus dem untersten Fach, ganz hinten in der Ecke, zog er einen silbernen Flachmann hervor, der schon seinem Großvater gehört hatte. Er schraubte den Deckel ab, zog den Korken heraus und genehmigte sich einen langen Zug Metaxa. Der griechische Weinbrand durchraste seinen Körper und brachte die flatternden Nervenenden und Zweifel zur Ruhe. Er wollte sich noch einen Schluck gönnen, merkte aber, dass er die Flasche bereits beim ersten Ansatz geleert hatte. Er stellte sich vor sein Panoramafenster, das auf die Aker Brygge zeigte, und spürte, wie der Alkohol durch seinen Körper glitt. Er achtete bewusst darauf, seine Hände nicht in die Hosentaschen zu stecken, um den Stoff nicht auszubeulen. Als er so weit gedacht hatte, wusste er, dass er wieder Land unter den Füßen hatte. Er griff in seine Schreibtischschublade nach dem Mundwasser und setzte dem Metaxa eine Dusche Menthol drauf.

Die Telefonnummer kannte er auswendig. »Verflucht noch mal, was für eine Scheiße, was denkt ihr …«, begann er seine Schimpftirade, die zwei Minuten lang andauerte, bevor Dragoslaw ihn mit folgenden Sätzen in seine Schranken wies: »Wenn wir Ihnen nicht mehr gefallen, Herr Gjøen, ist das in Ordnung. Aber denken Sie daran: Sie sind mitschuldig an einem Mord. Sie sind bereits viel zu sehr darin verstrickt, um das Unschuldslamm zu spielen. Lassen Sie es uns so sagen: Sie arbeiten für uns. Wenn wir sagen: Rede!, dann reden Sie. Wenn wir sagen: Scheiß!, dann scheißen Sie. Aber wenn wir gar nichts sagen, dann laufen Sie mit dem Kot in der Hose rum und halten die Schnauze. Und passen Sie auf, dass es so aussieht, als würde Ihnen das auch noch gefallen!«

Milos verachtete Braza. Wenn es einen schwachen Punkt in der Organisation gab, dann war er es. Zwar zeigte er die passende Rücksichtslosigkeit, aber nur, wenn er sicher war, zu gewinnen. Braza hatte nur ein Ziel in seinem jämmerlichen Leben, das er immer deutlich vor Augen hatte. Und das war, seine dreckige Haut zu retten. Braza war für Milos wie ein offenes Buch.

Vielleicht war Milos ja zu weit gegangen, was das Hühnchen betraf, aber er hatte sie als ein hohes Risiko eingeschätzt. Er glaubte nicht, dass sie mit dem, was sie gesehen hatte, umgehen konnte. Gjøen war da ein anderes Kaliber. Wo andere Leute das Herz hatten, hatte er eine Brieftasche. Von ihm konnten sie Teile seines Körpers oder seiner Seele kaufen, ohne dass es ihm viel ausmachte. Für ihn musste nur der Preis stimmen. Zwar hatte er sich aufgeblasen, nachdem er von der Sache mit der Rissa gehört hatte, aber das war alles nur Theaterdonner. Nach einem Monat würde alles nicht mehr als eine unangenehme Erinnerung für ihn sein. Außerdem wollte Gjøen keinen Streit, der würde nur zu viel Dreck aufwirbeln.

Braza war in sein Zimmer gekommen und hatte sich auf den einzigen Stuhl gesetzt. Also musste Milos auf der Bettkante Platz nehmen. Das vermittelte ihm ein Gefühl, als wäre er ein Schuljunge, dem die Vokabeln abgefragt werden sollen. Und dann begann Braza seine Ansprache auch noch mit dem Satz, Milos solle das Folgende nicht persönlich nehmen. Aber Braza habe aufgrund seines höheren Alters und seiner Erfahrung ein paar Ratschläge für ihn. Und dann hatte er lang und breit ausgeführt, wie durchsichtig die norwegische Gesellschaft doch sei, welche Spielregeln hier galten, warum hier alles anders war als auf dem Kontinent.

Milos hatte zugehört. Er wusste aus Erfahrung, dass man Männer wie Braza ausreden lassen musste, sonst würden sie jedes Mal wieder mit den gleichen Geschichten kommen. Trotzdem konnte er ein Gähnen nicht unterdrücken.

»Und nun kannst du fragen, Milos Stavkovic. Ich bin ganz Ohr.« Braza ließ den Stock zwischen seinen Fingern kreisen.

»Sind wir hier im Krieg? Oder bilde ich mir das nur ein? Irre ich mich, dass wir vor nicht allzu langer Zeit eine Leiche in der Post hatten?«

»Nein, aber ...«

»Glaubst du, wir können einfach so gewinnen? Glaubst du, die Russen sitzen zitternd irgendwo in der Ecke? Nein, vielleicht sind sie etwas beunruhigt, aber glaubst du wirklich, das hindert sie daran, ihren nächsten Zug zu machen? Glaubst du nicht auch, dass sie in diesem Augenblick zusammensitzen und darüber diskutieren, wie sie es anstellen können, uns möglichst wirkungsvoll zu treffen?«

»Ja, natürlich, aber ...«

»Ich dachte, wir würden zuschlagen«, fauchte Milos höhnisch und spuckte auf den Boden. »Aber anscheinend bin ich von Großmüttern umgeben.«

»Nun ja ... wenn du es so sehen willst ... Das sollte nur ein guter Rat von mir sein«, sagte Braza mit abgewandtem Gesicht und hinkte aus dem Zimmer.

Milos verschränkte die Hände hinter dem Kopf und starrte die Gipsrosette an der Decke an. Früchte, Girlanden und Engel wanden sich um den Lampenhaken, an dem früher sicher ein Kronleuchter gehangen hatte. Milos konnte förmlich vor sich sehen, wie Männer und Frauen in diesem Zimmer geschlafen, gebumst, gegessen und gestritten hatten. Die Welt war voll mit Schicksalen, und ab und zu konnte Milos spüren, wie alle diese Geschichten sich ihm aufdrängten.

Aber jetzt war keine Zeit für schöne Spekulationen. Er musste den nächsten Zug planen. Braza war nur ein kleineres Problem, über das er sich nicht den Kopf zerbrechen musste. Ganz gleich, wie die Massenmedien mit ihren Titelseiten protzten, das spielte gar keine Rolle. Am nächsten Tag ist alles vergessen, und die Polizei erinnert sich in einer Woche nicht mehr daran. Kriminelle, die andere Kriminelle ausrotteten, waren immer willkommen. Dann konnten sie ein paar Leute aus ihren Karteien streichen.

Erst vor einer Stunde hatte Milos mit dem Russen Valentin im Keller geredet. Das heißt, der Mann im Keller hatte munter losgeplaudert, nachdem Milos seine Hoden bearbeitet hatte. Der Mann schwankte in den Seilen. Sein nackter Körper hatte vor Schmerzen und Kälte gezittert, und jedes Mal, wenn Milos ihm einen neuen Stoß mit der Autobatterie verpasst hatte, krampfte er zusammen und zog die Beine an. Langsam drehte Milos die Klemmen, die an den Brustwarzen hingen, und der Mann schrie auf. »Ich will alles sagen. Ich werde reden. Ich sage euch alles, was ihr wissen wollt.«

Danach setzte Milos sich neben seinen Kopf und ließ ihn alle Informationen ausspucken. Von außen konnte es den Eindruck erwecken, als würde ein Gefangener einem Priester beichten. Der schwarz gekleidete Milos strich mit einem feuchten Handtuch über Valentins Stirn und hörte ruhig zu, als erteilte er einem Todgeweihten die letzte Absolution. Dessen schütteres Haar hing wie ein nasser Lappen zur Seite.

Der Russe erzählte von Aljoscha und dem Schnapslager. Davon, wie sie sich im Land festgesetzt hatten, von ihren Zukunftsplänen, er nannte die Adresse des Chefs und der Fabrik. Er erzählte, wie viele sie waren und was sie für die nächsten Tage geplant hatten. Milos war direkt gerührt. Er wusste, wann Valentin alles gesagt hatte, was er zu sagen hatte. Als letzte Gnade nahm Milos den Kopf des Russen voller Zärtlichkeit zwischen seine Hände. Ein schneller Dreh, und der Nacken brach wie ein trockener Ast. Der Mann erschlaffte, und Milos stand von der Bank auf und pfiff seinen Assistenten zu sich. Der Assistent holte Axt, Messer, Säcke und einen Spaten. Es war mal wieder Zeit für einen Ausflug ins Grüne.

An der Grenze

Mittwoch, 7. Januar. Vormittags

Wenige Kilometer vor Svinesund fuhr er eine Tankstelle an. Zuerst füllte er so viel destilliertes Wasser nach, dass es einen halben Zentimeter über der Markierung im Kühlwasserbehälter stand, dann band er die Motorhaube noch einmal besser fest und wischte den Dreck ab. Er putzte auch die Scheiben sauber. Das Auto war nun, abgesehen von dem offensichtlichen Schaden vorn und der Delle in der Motorhaube, ganz präsentabel. Zum Schluss nahm er seinen Kulturbeutel und einen Plastiksack mit Kleidung und ging zur Toilette auf der Rückseite der Tankstelle. Dort roch es säuerlich nach Seife. Boden, Wände und Armaturen waren so sauber, dass man hier drinnen essen konnte. Ganz offensichtlich legte der Tankstellenpächter seinen ganzen Ehrgeiz darein, die Räume sauber und ordentlich zu halten; die Spender für Seife und Papier waren gefüllt, es gab heißes Wasser aus der Leitung, und der Spiegel war frisch geputzt. Hoel machte seinen Oberkörper frei, und in dem angenehmen Licht konnte er nicht widerstehen: Er spannte die Oberarmmuskeln vor dem Spiegel an. Er zuckte zusammen, als ein ältlicher Herr in Dufflecoat und Überschuhen hereinkam. Der Mann erschrak genauso über die halb nackte Gestalt, die da posierte. Mit einer kaum hörbaren Bemerkung, die die Worte »… blöde Schwule …« enthielt, floh der Mann in die einzige abschließbare Kabine. Zuerst blieb es ganz still, nachdem der Mann seine Hose runtergelassen hatte, dann erklang ein Zischen, als er die Luft entweichen ließ. Und schließlich klatschte es mehrere Male in die Toilettenschüssel, während der Mann schwer schnaubte vor Wohlbehagen und sich seiner schwedischen Frikadellen entledigte.

Hoel verdrehte die Augen und griff nach seinen Rasiersachen. Er ließ Wasser ins Waschbecken laufen und ging sorgfältig ans Werk. Trotzdem schnitt er sich am Kinn, als der Schwede aus seinem Verschlag herauskam. Die Tür sprang zu schwungvoll auf und traf Hoel am Hosenbein. Dadurch rutschte er mit dem Messer aus. Er warf dem Kerl einen wütenden Blick zu und riss sich dann ein fingernagelgroßes Stück vom Papierhandtuch ab, das er unter seinem Kinn festklebte. Dann beendete er seine Arbeit und achtete darauf, dass die Koteletten auf beiden Seiten auch gleich lang wurden. Er kümmerte sich nicht um den starren Blick des Schweden, als der Mann die Narbe und das fehlende Ohr entdeckte. »Verdammt noch m…«, entfuhr es dem Alten, als er hinausstürmte.

Schnell zog Hoel andere Kleider an. Er nahm sich ein schneeweißes T-Shirt, eine italienische Designerjeans und ein blaues Freizeithemd, das gut zu seiner Hautfarbe passte. Ganz unten in der Tasche fand er außerdem einen Pullover mit V-Ausschnitt und ein Seidentuch. Er betrachtete sich noch einmal im Spiegel und war zufrieden. Er konnte als neureicher Tourist durchgehen, der von den Weihnachtsferien zurückkam. Vorsichtig zupfte er das Papierstückchen vom Hals und stellte zufrieden fest, dass der Schnitt nicht mehr blutete.

Erst als er wieder zurück zum Auto kam, ließ sein gutes Gefühl nach. Er wusste, warum er eigentlich nicht taugte für diese Art Jobs. Er dachte nie an die Gefahr, wenn er einen Eintreiberauftrag übernommen hatte oder wenn die Leute, denen er gegenüberstand, größer oder besser trainiert waren als er. Dann fand sein Gehirn immer eine Lösung, damit er zum Schluss als Sieger dastand. Aber er hasste Grenzübergänge. Er hatte mit ihnen schlechte Erfahrungen, seit er als langhaariger Teenager mit einem Interrailticket in Europa herumgestrolcht war. Er wusste aus Erfahrung, dass immer er derjenige war, dem der Zöllner am Fährkai ein Kreuz auf den Rucksack malte und der anschließend zur Seite gewinkt wurde. Dass die deutschen Zugzöllner ihn jedes Mal gründlich über seine Reisepläne ausfragten und nicht nur sein Gepäck überprüften, sondern auch noch den Sitz, auf dem er saß. Er hasste die Visagen der italienischen und spanischen Zöllner, die ihm den Weg auf Machoart versperrten, mit wuchernden Bärten, spiegelnden Sonnenbrillen und Uniformmützen, mit denen sie ein Loch in die Decke bohren konnten. In gewisser Weise hatte er resigniert und war davon ausgegangen, dass das nun einmal sein Schicksal war. Aber er konnte nie eine Grenze passieren, ohne dass ihm ein Kribbeln das Rückgrat entlanglief. Und im Augenblick spürte er dieses Kribbeln in jedem einzelnen Rückenwirbel. Es war immer noch Zeit, umzukehren. Oder den Wagen zurückzulassen und auf andere Art über die Grenze zu kommen. Aber Hoel wusste, dass es keinen Weg mehr zurück gab. Von diesem Punkt an führten alle Wege nur nach vorn. Zurück nach Norwegen und in die Freiheit oder aber in ein Schicksal im Ausland, das höchst ungewiss war.

Die Vibrationen in der Karosserie mussten eigentlich bis Oslo zu hören gewesen sein, als er den letzten leichten Hügel hinauffuhr, der zur Svinesundbrücke und damit zur norwegischen Seite führte. Auf der schwedischen Seite war alles tot. Er fuhr über den

Brückenbogen und sah die Rettung bereits vor sich – die breite Straße, die weiter hinten in einer Kurve verschwand. Auch wenn er es jetzt fast geschafft hatte, fühlte er, wie sich der Schweiß im Nacken sammelte, zunächst als ein feuchtes Gefühl in den Nackenhärchen. Dann bildeten sich Tropfen, die in den Kragen hineinliefen und an der Haut scheuerten. Er kurbelte das Fenster einen Zentimeter weit auf, um den Geruch hinauszulassen. Er war überzeugt, dass ein aufmerksamer Inspektor ihn wittern konnte.

Er war so beschäftigt mit dem Fenster, dass er nicht sofort auf den Mann reagierte, der ihn an die Seite winkte. »Shit … shit …«, fluchte er und machte sich nicht einmal die Mühe, auch nur zu überlegen, ob er aufs Gas treten sollte, um durchzuschlüpfen. Hier entwischte niemand. Diese Leute ließen es nicht drauf ankommen. Sie hatten Verstärkung weiter hinten, die ihn wie einen Säugling schnappen würde. Und wenn er einfach das Auto stehen lassen und zu Fuß verschwinden würde, hätten sie ihn auch innerhalb kürzester Zeit geschnappt. Er fuhr an die Seite und wurde anschließend in eine Garage gewinkt, deren Tür hinter ihm zuging. Sein Herz machte ein paar Tanzschritte.

»Und wen haben wir denn da?«, fragte der Mann. Hoel reichte ihm seine Papiere, während er gebeten wurde, aus dem Wagen zu steigen. Zwei Männer in Overalls und eine Zollbeamtin standen an der Tür neben dem Mann, der ihn angesprochen hatte. Es waren nicht die Grenzen, die Hoel ins Schwitzen brachten. Es waren diese Leute. Seit Jesu Zeiten waren Zöllner gefürchtet. Ihre Art, sich zu benehmen, ihre Art zu reden, das musste Teil ihrer Ausbildung sein. Man bekam nicht nur sofort das Gefühl, dass man etwas falsch gemacht hat, man war überzeugt davon, dass man sowieso schuldig war. Der Zöllner hatte helle Pigmentflecken auf den Händen und um die Augen herum. Auf den ersten Blick sah es aus, als hätte er sich nur merkwürdig gesonnt, aber Hoel merkte schnell, dass er an einer Hautkrankheit litt. Der Zöllner fragte ihn eingehend, was mit dem Auto passiert sei, und Hoel hatte Probleme, sein Schwitzen unter Kontrolle zu halten. Auch der Mann merkte das. Hoel sah, wie er einen Blick mit der Beamtin wechselte. Das war ein Signal dafür, dass der Mann glaubte, er hätte den Jackpot gewonnen. Die Frau zog sich Gummihandschuhe über.

Hoel spürte, wie er resignierte. Er dachte nur: »Nein! Das darf doch nicht wahr sein. Ich bin zu alt für diese Art von Untersuchungen.« Der Zöllner winkte ihn in einen kleinen, zellenartigen Raum, der nach dem schlechten Gewissen früherer Verdächtiger roch. Die Tür wurde geschlossen, doch vorher konnte Hoel noch sehen, wie ein Schäferhund in die Garage geführt wurde, während die Frau alle Sitze, das Handschuhfach und alle Nähte im Innenraum des Wagens durchging. Der Zöllner drehte und wendete Hoels Papiere und warf ihm Blicke zu, die Hoel nur dahin gehend interpretieren konnte, dass der Mann ihm so ziemlich alles zutraute und nur darauf wartete, dass er gestehen würde. Aber als Hoel auf alle Fragen nur oberflächlich antwortete, wuchs die Wut des Beamten. Sein Mund zuckte unbeherrscht, und plötzlich kläffte er los: »Und was werden wir wohl in dem Wagen finden, Herr Hoel?«

»Sicher nicht besonders viel«, antwortete Hoel und hoffte, dass der Koffer, den er am Hamburger Hauptbahnhof gekauft hatte, zusammen mit drei Sätzen relativ brauchbarer Kleidung, als Touristengepäck durchgehen würde. Er hatte nicht zu viel Bargeld bei sich und hatte eigenhändig alle möglichen und unmöglichen Stellen im Wagen überprüft, ohne das Geringste zu finden.

Der Zöllner stürmte hinaus und warf die Tür hinter sich zu. Hoel konnte nicht wissen, ob er beobachtet wurde, und kontrollierte deshalb sorgfältig seinen Gesichtsausdruck. Mit halb geschlossenen Augen spähte er umher, ohne eine Kamera oder ein

Guckloch zu finden. Trotzdem gab er sich alle Mühe, einfach nur ein müdes Gesicht zu machen. Sie ließen ihn eine ganze Weile braten. Lange genug, dass Hoels Nerven erneut zu flackern begannen. Er wusste, wie dünn das Seil war, auf dem er balancierte, und wie wenig ihn von der falschen Seite des Gitters trennte. Sein naiver Silvesterwunsch hatte eine idiotisch paradoxe Situation ergeben. Eigentlich wollte er doch nur noch ein paar dumme Jobs erledigen, das notwendige Geld beschaffen, seine Schulden bezahlen und dann ganz von vorn anfangen. Stattdessen hatte er ganz offensichtlich das Schicksal herausgefordert. Vom ersten Moment an war alles schief gegangen. Und je krampfhafter er versuchte, nach dem braven, normalen Leben zu greifen, umso ferner rückte es. Er musste sich langsam fragen, ob es überhaupt möglich war, sein Leben zu ändern, ob er nicht nach all diesen Jahren so fest in den Mustern verfangen war, dass es unmöglich war, aus ihnen auszubrechen. Und damit nicht genug: Jetzt kam auch noch die Vergangenheit wie ein Dampfhammer herabgesaust und versetzte ihm einen betäubenden Schlag auf den Hinterkopf. Er musste mit Irina darüber reden. Im Augenblick hatte er das Gefühl, dass allein sie die Verwicklungen in seinem Gehirn glätten konnte. Hoel hatte die Zöllner auf der anderen Seite der Wand ganz vergessen, und er sprang fast auf seinem Stuhl hoch, als der Mann wieder hereinkam und verkündete, er könnte weiterfahren.

Er hatte kaum die Zollstation verlassen, als er schon zum Handy griff. Aber bevor er Irina anrief, hörte er den Anrufbeantworter ab. Wieder Kristo. Scheiße! Er hatte vergessen, ihn beim letzten Mal zurückzurufen. Es war so viel passiert. Außerdem gab es noch fünf kurze Mitteilungen von Bønna. Der Tonfall des heruntergekommenen, schleppenden Oslodialekts brachte Hoel unwillkürlich zum Lächeln. Bønna hatte etwas Unschuldiges an sich, für das Hoel immer schon eine Schwäche gehabt hatte. Aber jetzt konnte er einen gepressten Tonfall hören. Und das gab den Ausschlag.

Bønna hätte sich nie auf das Geschäft des Geldeintreibens einlassen sollen. Er hatte nicht die richtige Einstellung dafür. Sein Fluch war zum einen sein Temperament, das ihm schon mehr als einmal einen Strich durch die Rechnung gemacht hatte. Zum anderen seine aufmüpfige Miene, die schnell Ärger brachte. Seine Augenbrauen wuchsen fast zusammen, und die Augen lagen tief in den Höhlen. Er hatte eingefallene Wangen und hohe Geheimratsecken. Bei einer bestimmten Beleuchtung bekam er ein geradezu teuflisches Aussehen. Nachdem er einmal geschnappt und für drei Jahre eingebuchtet worden war, hatte er genug Zeit gehabt, um nachzudenken. Und als er endlich rauskam, schmiss er alle Geldgeschäfte hin. Er wollte so gern etwas anderes machen. Er hatte sich mit Hoel getroffen, mit dem er früher zusammengearbeitet hatte, und ihm das gesagt. Hoel wollte ihn nicht unter Druck setzen. Und Bønna begriff, dass das geschah, weil er die Tour vermasselt hatte. Hoel war sein Freund, aber er wollte ihn nie, niemals wieder bei einem Job dabeihaben. Bønna bedeutete ein zu großes Risiko, selbst wenn er normalerweise die Schäfchen ins Trockene brachte. Er war hinter Gittern gelandet, weil er einen Kerl verprügelt hatte. Wie sich herausstellte, den falschen. Das Opfer war ein Zahnarzt und nicht der Sonderangebot-Drücker, den Bønna vor sich zu haben glaubte. Er hatte dem Dentisten zu einer umfassenden Zahnrenovierung für runde fünfzig Riesen verholfen – ganz zu schweigen von den beiden Armbrüchen. Die Brüder des Zahnarztes waren hinzugekommen und hatten Bønna lächerlich problemlos überwältigt und festgehalten, bis die Bullen kamen. Onkel Polizist hatte ihm nur einen Blick zugeworfen, und Bønna wusste, dass der reichlich nach Knast roch.

Bønna nahm es, wie es kam. Als er nach Verbüßen seiner Strafe wieder herauskam, hatte er sich in die Seele eintätowiert, sofort mit diesem Teufelszeug aufzuhören. Aber sich zu ändern erwies sich als schwierig, als verdammt schwierig. Mit der Zeit legte er die Latte niedriger. Mit kleinen Einbrüchen, einfachen Diebstählen und ein paar falschen Angaben bei der Stütze hielt er sich über Wasser. Er beschloss, von den Almosen von Vater Staat zu leben, die Schnauze zu halten und ein so braver Junge zu sein, wie er nur konnte. Er hatte sich mit einer Frau zusammengetan, die er seit fast zehn Jahren kannte. Sie war im horizontalen Gewerbe, seit sie fünfzehn war, und hatte ihren Platz in der Stenersgate gehabt. Nachdem sie ein paar Mal fast von den Bullen eingelocht worden war, hatte sie sich zunächst mit einer Freundin zusammengetan, mit dieser eine Wohnung geteilt, in der jede ihr Schlafzimmer hatte, und die Freier in Kneipen im Zentrum angeworben. Später machte sie sich allein selbstständig und hatte jetzt zwei Fotoanzeigen unter »Bekanntschaften«, in denen sie Französisch, Spanisch und Griechisch anbot. Er hatte sich mit ihr zusammengetan, weil er eine Basis haben wollte. Etwas, das einem Zuhause ähnlich sah, und etwas, das man für eine Beziehung halten konnte. Und für sie war es gut zu wissen, dass jemand im Zimmer neben ihr war. Nach ein paar brutalen Morden an Prostituierten hatte sie reichlich Angst bekommen, zusammengeschlagen oder erstochen zu werden. Deshalb saß Bønna mucksmäuschenstill in dem anderen Schlafzimmer, rauchte bei offenem Fenster und legte eine Patience. Die Wand war so dünn, dass er das meiste von Französisch, Spanisch oder Griechisch hörte. Aber das störte ihn nicht. Auch wenn er manchmal ein Zucken im Unterleib verspürte. Es war nicht der Sex, der die beiden zusammenhielt. Es waren die schlaffen Abende, an denen sie zusammen Fernsehen guckten, eine Fertigpizza aßen, die Dagny mit Zwiebeln, Schinken, Tomaten und Käse aufgepeppt hatte. Oder wenn sie ausgingen und sich ein bis fünf Biere genehmigten. Obwohl Dagny normalerweise nicht mitkam. Sie hatte immer Angst, von alten Kunden erkannt zu werden. Das war einmal vorgekommen, und daraus war eine reichlich peinliche Situation entstanden.

In letzter Zeit war sie besonders nervös geworden und hatte sich Abend für Abend eingemauert. Sie schluckte Valium und kippte einen extragroßen Southern Comfort in ihrer Sofaecke in sich hinein, während Bønna am anderen Ende des Zimmers saß, die Atmosphäre einschätzte und fühlte, wie sich ein Tiefdruckgebiet aufbaute. Das verbreitete sich im ganzen Zimmer, und er musste sich auch reichlich einen genehmigen, um den Juckreiz zu unterdrücken. Das erinnerte allzu sehr an die Zelle. Und zum Schluss lief es immer darauf hinaus, dass er »noch eine Runde machte«, wie er es nannte. Er schaute bei allen bekannten Zapfsäulen der Stadt rein und unterhielt sich mit den Typen, die an dem Tag gerade keinen Dienst hatten. Das gab ihm das Gefühl, noch mitzumischen. Gleichzeitig schnappte er allerlei Gerüchte auf. Er hatte von den Reibereien zwischen den Jugoslawen und den Russen bereits seit mehreren Tagen gehört. Aber welche Rolle Hoel dabei spielte, das wusste er nicht. Es gab nur Gerüchte in der Stadt, dass einige von der Russenbande sich nach einem Typen mit einer Narbe auf der Wange und einem fehlenden Ohr erkundigten. Und das konnte nur Alex sein. Die meisten Kumpel hielten dicht, aber in so einer Versammlung von Chaoten gab es immer einen, der irgendwann anfing zu quatschen. Die Russen wussten inzwischen garantiert, wer Hoel war und wo er wohnte. Und Bønna konnte sich schwer vorstellen, dass diese Typen ihm nur einen Neujahrsbesuch abstatten wollten.

Bønna hatte immer noch so etwas wie Ehre. Er musste zugeben, dass vieles andere bei ihm nicht mehr so recht funktionierte. Doch sein Ehrgefühl alten Kameraden gegenüber saß tief. Hoel war ein gerissener Kerl, aber ob er wusste, dass es draußen in der Stadt Angler gab, die nur darauf warteten, ihn an Land zu ziehen? Auch alte Hechte gehen irgendwann mal an den Haken.

Zwei Tage lang hatte Bønna versucht, ihn unter der üblichen Handynummer anzurufen, hatte aber jedes Mal entweder Bescheid bekommen, die Nummer sei »out of radio range. Please try again later«, oder er hatte Hoels Anrufbeantworter dran. Bønna ließ sich weder von der Computerstimme noch von anderen Hindernissen aufhalten. Er hinterließ mehrere Nachrichten, um Hoel zu warnen. Aber erst am Mittwochvormittag rief Hoel zurück. Bønna hatte so zittrige Hände, dass er fast das Telefon auf den Boden fallen ließ. Dagny lag neben ihm in dem breiten Doppelbett, das sie gerade gekauft hatten, und drehte sich schnarchend um.

Als Hoel anfing zu reden, erkannte Bønna sofort, dass er in einem Auto saß. Das war ein merkwürdiges Wagengeräusch, fast als hätte Hoel eine Ladung Mülltonnen dabei oder als lenke er einen Lastwagen mit Bierkisten. Deshalb gestattete Bønna sich erst einmal einen Schluck von dem abgestandenen Pils, das neben dem Bett stand. Danach kam er gleich zur Sache, was bei Hoel auch angebracht war. Der mochte keine langen Gespräche und Höflichkeitsphrasen. Deshalb nahm Bønna allen Mut zusammen und erzählte, was er gehört hatte.

»Das dachte ich mir«, erklärte Hoel danach. »Dann ist die Stadt im Augenblick also heiß für mich? Es warten nette Überraschungen auf den, der in die Falle tappt?«

»Nette Überraschungen sind sicher nur der Anfang«, erwiderte Bønna und schlürfte den Rest des Biers. »Sag mal, fährst du da einen Möbelwagen? Das hört sich ja an, als würdest du aus einem Container reden.«

»Ich bin ganz normal unterwegs«, sagte Hoel, und Bønna konnte ein kurzes Zögern in seiner Stimme hören. »Vor kurzem sah es noch aus, als würde alles den Bach runtergehen. Aber das hat sich jetzt geklärt.«

Bønna war klar, dass Hoel am Telefon nicht mehr sagen würde. Dagny lag jetzt so still da, dass er einen Blick hinüberwarf. Sie hatte die Augen weit offen und beobachtete ihn. Sie lächelte schelmisch und fing an, mit einer Hand unter der Decke herumzutasten. »Sag Bescheid, wenn du Hilfe brauchst. Denk dran, dass ich auf dem letzten Loch pfeife«, sagte Bønna und konnte selbst nicht sagen, wie er auf diese Idee kam.

»Ich werde dran denken, Kumpel«, antwortete Hoel, und die Verbindung wurde unterbrochen. Bønna wusste genau, dass Hoel nie auf sein Angebot zurückkommen würde. Aber er wusste, dass Hoel es zu schätzen wusste. Und das allein gab ihm das Gefühl eines Pfadfinders, der die tägliche gute Tat vollbracht hatte. Dagny hatte seinen Pimmel gefunden, der sich zögerlich reckte. Er rollte sich auf sie, und sie gluckste bereitwillig, während sie die Beine spreizte und ihm Platz machte. Es sah aus, als würde das ein guter Tag für Bønna werden. Eine gute Tat und ein guter Fick. Das hieß: Jeder Fick war mittlerweile gut. Sie hatten es seit fünf Wochen nicht mehr gemacht.

Stockholm

Mittwoch, 7. Januar. Vormittags

Zuerst hatten sie einige Zeit gebraucht, um herauszufinden, wo der Eintreiber eigentlich wohnte. Es hieß, Norwegen sei eine offene Gesellschaft. Da konnte Aljoscha nur lachen. Derartige Informationen konnte man in Russland auf der Straße kaufen, während man hier in Oslo eine ganze Bürokratie durchlaufen muss, wenn man die Adresse zu einer geheimen Telefonnummer rauskriegen wollte. Erst am Montag fanden sie heraus, dass der Mann in der Niels Juels gate wohnte. Danach hatte Aljoscha Andrej und Ilja den ganzen Montag und auch noch den Dienstag in einem funkelnagelneuen Audi warten lassen beziehungsweise sie auf vorsichtige Erkundungstouren die Straße entlang geschickt. Immer mit dem Hauseingang in Sichtweite. Falls der Mann ohne Ohr auftauchen sollte, hatten sie klare Order, ihn sich zu schnappen. Das heißt: Schnappen bedeutete in diesem Zusammenhang, dass sie ihn gern erst einmal windelweich schlagen durften, um ihn mürbe zu machen. Wenn sie ihn nur nicht umbrachten. Aljoscha legte großen Wert darauf, selbst mit ihm zu reden.

Jetzt, wo Aljoscha nur noch Ilja und Andrej zur Verfügung hatte, war Eile geboten. Aljoscha brauchte Verstärkung. Sein Vater hatte ihm eine Nummer in Stockholm gegeben, und Aljoscha hatte gleich dort angerufen und erfahren, dass es eine Woche dauern konnte. Er hatte es auf drei Tage runtergehandelt. Dabei hatte er all seine Autorität und seinen Einfluss geltend gemacht, der in dem Namen Isanow steckte. Er hatte sich für den ersten Flieger am Mittwoch Vormittag ein Ticket besorgt, und fünfzig Minuten später landete er auf dem Stockholmer Flughafen Arlanda. Er vergeudete keine Zeit und nahm sich ein Taxi zum Hauptbahnhof, wo er sich einen Stadtplan besorgte und schnell herausfand, wo der Mann wohnte. Aljoscha lief ein paar Straßen entlang und ging dann in eine Konditorei, in der er eine Tasse Kaffee, ein frisches Schokoladencroissant und einen Fensterplatz bekam. Er musterte jeden Einzelnen genau, der das Café betrat, und beobachtete, ob jemand draußen stand und sich verdächtig aufführte. Wieder auf der Straße winkte er ein Taxi heran, das in voller Fahrt die Straße entlangpreschte. Er fuhr mit ihm an der Riddarholmskyrkan und an Slussen vorbei, ließ den Fahrer dann halten und gab ihm reichlich Trinkgeld. Auch jetzt konnte er keinerlei Anzeichen für irgendwelche Verfolger entdecken. Aljoscha durfte also davon ausgehen, dass er wirklich unerkannt geblieben war. Er versuchte so gut er konnte, mit seiner Umgebung zu verschmelzen. Er hatte sich ganz gewöhnlich angezogen. Er war nur ein normaler junger Mann, der einkaufen wollte. Er ging mit normalem Tempo, als wüsste er, wohin er wollte. Den Stadtplan hatte er im Kopf. Er brauchte gut zwanzig Minuten, um das Mietshaus in der Södermannagatan zu erreichen.

»Sturesson« stand am Klingelknopf. Ohne eine Frage wurde er mit einem unangenehmen Schnarren des Türschließers hereingelassen. Er drückte die Tür auf und kam in ein Treppenhaus, das nach grüner Seife roch. Alles war äußerst ordentlich und sauber. An der Haustafel hing ein Papier, das über den Hausmeister und die Hausordnung informierte. Alle Namenszettel an den Briefkästen waren gleich. Es gab unter den Kästen einen Extrapapierkorb für die Reklame, und sogar das Geländer war gewienert und poliert, als würde hier von Soldaten geputzt. Aljoscha betrat den klapprigen Fahrstuhl, der bereits während des Krieges altertümlich gewirkt haben musste. Die Kabine sackte ein paar Zentimeter, als er die erste und dann die zweite Gittertür zuzog. Er musste zweimal auf den abgegriffenen Knopf für den sechsten Stock drücken, bevor der Fahrstuhl seufzte und sich wie ein alter Mann erhob, der aus dem Lehnstuhl aufsteht. Er wackelte und quietschte die Stockwerke hinauf. Aljoscha hatte das Gefühl, dass es sicherer und schneller gewesen wäre, wenn er zu Fuß gegangen wäre.

Die Tür von Sturesson trug die Nummer 607. Aljoscha suchte nach einem Klingelknopf, fand aber nur einen vergoldeten Türklopfer. Eine Art Wasserspeier von der Sorte wie an Notre-Dame, mit einem fauchend aufgerissenen Maul, das ihn auf unangenehme Weise willkommen hieß. Aljoscha klopfte zweimal, dann viermal und dann einmal, wie verabredet. Er war zu früh, aber das durfte kaum eine Rolle spielen.

Die Tür wurde aufgerissen, und er starrte direkt in die Mündung einer Taurus, die ihm gegen die Nasenwurzel gedrückt wurde. »Ich schieße, wenn ich muss«, sagte der Mann mit dem Bart, der ihn wie einen russischen orthodoxen Priester aussehen ließ. »Glaube mir. Ich habe keine Probleme damit, dein Gedächtnis auf Teppich und Wände zu verteilen. Klar?« Der Revolver wurde gegen seinen Kopf gedrückt, dass er Kopfschmerzen bekam. Aljoscha nickte und folgte der Mündung ins Zimmer.

Nach außen hin war Edwin Klimov ein bescheidener Geschäftsmann mit einer gut laufenden Werkstatt. Er hatte drei Angestellte, die den Laden führten, während er selbst im Hinterzimmer saß und nur gerufen wurde, wenn es um schwierige Geschäfte ging. Spezielle Kunden, unzufriedene Kunden und Kunden, die eine Spezialbehandlung wünschten, da sie ja nun einmal seine Dienste mit ihrem Herzblut bezahlten. Edwin Klimov war der Sohn eines Exilrussen, der während des Krieges nach Schweden desertiert war. Der Vater war bei der russischen Marine gewesen und war von Bord gesprungen. Danach war er zufällig von einem schwedischen Fischerboot aufgegriffen worden, weshalb er Schweden als neues Heimatland erwählt hatte. Zunächst war der Vater mit Leib und Seele für sein neues Vaterland entbrannt, hatte in Rekordzeit die Sprache gelernt, ein dralles Bauernmädchen in Schonen gefunden, das fröhlich in die Welt schaute und einen freigebigen Körper besaß. Ihren Frohsinn brauchte sie im Laufe der Jahre allerdings auch, denn ihr russischer Ehemann wurde bald depressiv und sehnte sich nach seiner Familie, die er niemals wieder sehen sollte. So manchen Abend bereute er bitter seinen Sprung und war überzeugt davon, dass Stalin seine gesamte Familie in den Gulag hatte deportieren lassen, weil er Russland und die Seinen verraten hatte. Er lernte schnell, dass es für einen Ausländer nicht einfach ist, in Skandinavien Fuß zu fassen. Und dass es sowieso nie einfach ist, die Kultur zu wechseln. Der Vater starb 1954 an Dickdarmkrebs und hatte zumindest noch die Freude, Stalin ins Mausoleum verschwinden zu sehen.

Das Bauernmädchen nahm den kleinen Edwin mit sich nach

Stockholm, in ein modernes Mietshaus in Norrmalm, und gab ihm eine Kindheit, in der Edwin lernte, sich durchzuprügeln, weil er nun einmal anders aussah als die schwedischen kleinen Jungs. Er hatte dunkle Haare, eine dunkle Haut und einen behaarten Körper. Er war auch der Erste in der Schule, dem etwas Bartähnliches wuchs. Er bekam als erster Haare um den Penis und lernte mühelos die ungefähr hundert russischen Sprüche, die seine Mutter von dem Verstorbenen aufgeschnappt hatte. Er verschlang Bücher über russische und sowjetische Geschichte. Er spuckte nur verächtlich aus, wenn er die Namen der kommunistischen Führer hörte, und er verkehrte mit den wenigen Exilrussen, die es in der schwedischen Hauptstadt gab. Ende der Achtziger und Anfang der Neunziger wurden es immer mehr, die mit der Fähre über Helsinki und aus dem Baltikum kamen. Zu der Zeit hatte Edwin sich als Importeur von Spezialwerkzeug für Autowerkstätten niedergelassen. Eine Zeit lang machte er hervorragende Geschäfte, aber als eine der großen Handelsketten ihre Preise drastisch senkte, um seine Firma auszubooten, wurden die Gewinnspannen immer kleiner. Seine Finanzen gerieten zu einem Balanceakt, bei dem er zeitweise jede Rechnung abwägen musste. Deshalb war er zu so ziemlich allem bereit, als ihm einer seiner exilrussischen Freunde einen Vorschlag machte.

Edwin Klimov war nie besonders von moralischen Skrupeln geplagt worden und wollte gern seinen Freunden in St. Petersburg einen Dienst erweisen. Er hatte bereits einige Waren aus Osteuropa importiert, auch wenn der größte Teil aus Deutschland, Italien und den USA gekommen war. Von nun an kam fast alles aus dem Osten. Und jeder Lieferung aus Tallinn, Riga oder der ehrwürdigen russischen Hafenstadt lagen ein oder mehrere Extrapakete bei. Entweder unter den anderen Waren versteckt oder zwischen hunderte anderer kleinerer Frachtstücke geschoben.

Klimov fragte nie, was in diesen Paketen war. Er nahm die anonymen Umschläge mit Geld in Empfang und kümmerte sich nicht um die nächtlichen Gäste, die ihren eigenen Schlüssel zur Werkstatt hatten. Sie wussten, wonach sie suchten, und sie hinterließen nie irgendwelche Spuren an den Kästen oder den Verpackungen. Er steckte bis über beide Ohren in der Sache und nahm jede Öre entgegen, die ihm über den Weg rollte. Ja, er war inzwischen abhängig von dem Geld. Nach einer Weile stellte er einige seiner neuen Freunde in der Werkstatt ein. Bald waren alle Angestellten frühere Sowjetbürger. Die Jobs wurden gemacht, die Einkünfte waren gut, aber mittlerweile fungierte die Werkstatt nur noch als Vorwand für andere Geschäfte, über die ihn niemand informierte. Edwin Klimov gefiel das nicht. Auch wenn er nichts anderes zu tun hatte, als im Hinterzimmer zu sitzen, Däumchen zu drehen, schwarzes Geld zu zählen und seine Kunden zu pflegen. Wenn er feststellte, dass ein Gesicht ausgetauscht worden war, fragte er gar nicht erst nach. Er nickte nur, als wäre er einverstanden mit diesem Austausch, der ohne störende Einmischung von Gewerkschaften, Finanz- oder Arbeitsamt vor sich ging.

Edwin hatte sich lange über dieses Problem den Kopf zerbrochen. Er spürte, wie ihm die Firma aus den Händen glitt, und er war nicht gewillt, sein Baby wegzugeben. Aber was konnte er machen? In aller Frühe hatte ihn an diesem Mittwochmorgen einer seiner Angestellten angerufen und ihn gefragt, ob er einen länglichen Karton ganz hinten aus dem Lager holen könnte. Er lag in einer Partie von Bodlumms Werkstätten in St. Petersburg. Auf dem Karton sollte »Mercedes« stehen.

Irgendwie hatte es sich eher nach einer Drohung als einer Frage angehört. Aber Edwin kannte »seine Freunde« sowieso gut genug, um zu tun, was sie sagten. Er hatte also den Karton ins Auto gelegt und sie um Punkt zehn Uhr in der genannten Wohnung in der Södermannagatan aufgesucht. Hier wurde er von einem bärtigen Mann instruiert, der mit feierlicher Miene sprach. Michail Pawlow, den die fünf anderen Russen Mike nannten, erinnerte Edwin an den Priester, zu dem seine Mutter in seiner Kindheit so aufgesehen hatte. Nur die beiden Eckzähne, die unnatürlich spitz wirkten, passten nicht zu seinem frommen Erscheinungsbild. Er konnte als Graf Draculas frommer Bruder durchgehen, dachte Edwin. Dann entdeckte er, dass an der linken Hand des Mannes Zeige- und kleiner Finger fehlten, während der Daumen der rechten nur ein Glied hatte. Um die Aufmerksamkeit noch mehr darauf zu lenken, trug Mike an jedem der noch vorhandenen Finger einen Ring. Auch am Daumenstumpf. Er gestikulierte so gut wie gar nicht. Seine Hände lagen wie tote Vögel gespreizt im Schoß.

Als Edwin mit dem Karton ankam, lief Mike rastlos in der Wohnung auf und ab. In der Hand hatte er ein Schlüsselbund, das er um den Finger sausen ließ und gegen seinen Schenkel schlug, während er Kreise in den Teppich trat. Edwin hatte sich aufs Sofa gesetzt und eine Tasse Kaffee von den anderen bekommen, während er wie gebannt auf den großen Mann starrte, der Unruhe und Nervosität im Zimmer verbreitete. Schließlich hatte Mike sich hingesetzt und mit ihm gesprochen, ihm erzählt, dass sie ihren Freunden in Norwegen helfen mussten. Diese verdammten Jugoslawen rasselten mit den Säbeln. Sie wollten das Territorium übernehmen, das die Russen für sich erobert hatten. Dann stand er wieder auf, wanderte mehrere Runden im Raum, kippte Kaffee in sich und jonglierte mit dem Schlüsselbund.

Es ging auf elf Uhr zu. Mike öffnete den Karton und holte einen grünen Samsonite-Koffer heraus. Er kippte den Inhalt auf den niedrigen Wohnzimmertisch. Edwin hatte noch nie so viele Waffen gesehen. Aber irgendwie wirkten sie beruhigend auf ihn. Browning, Colt, Walther, Taurus, Heckler & Koch, Glock und eine Sig Sauer. Methodisch ging Mike die Sammlung durch, hielt jedes Stück gegen das Licht, überprüfte, ob es geladen war, und untersuchte Kratzer im Lauf. Er zielte auf einen fernen Punkt durch die Scheiben hindurch und sortierte sie eine nach der anderen auf einem schwarzen Filztuch, das er auf den Tisch gelegt hatte. Nur der Colt lag noch im Koffer. Aus einer Brusttasche fischte er ein flaches Päckchen mit roten und grünen Tabletten. Er verteilte sie zwischen sich und den anderen. »Boler«, erklärte Mike Edwin. »Anabolika. Halten dich frisch und bereit zur Action.« Dann spülte er zwei Tabletten hinunter und wanderte weiter zwischen Tür und Fenster hin und her. Diese ganze Vorstellung fand statt, ohne dass viele Worte fielen. Die sechs Russen tranken Kaffee, und Edwin überlegte, ob er lieber wieder gehen sollte. Er hatte sich gerade dazu entschlossen, als es klingelte. Mike schaute auf die Uhr, schüttelte den Kopf und gab den anderen ein Zeichen, worauf diese zu ihren Waffen griffen. Alle entsicherten, und während Mike zur Gegensprechanlage ging und die Haustür öffnete, nahmen die anderen ihre Stellung zu beiden Seiten der Tür ein.

Edwin überlegte einen Augenblick, ob auch er eine der Waffen vom Tisch nehmen sollte. Aber er wusste nicht, wie sie benutzen. Vater hatte eine deutsche Luger gehabt, mit der er als Kind gespielt hatte. Aber das genügte sicher nicht als Eignungstest. Edwin ging hinter einem Bücherbord in Deckung und fluchte, dass er in so was mit hineingerissen worden war. Er hörte, wie der Türklopfer gegen die Tür schlug und dass die Scharniere kaum ein Geräusch von sich gaben, als Mike öffnete. Mikes Stimme war eindringlich, und gleich darauf klappte die Tür wieder zu.

Edwin kam aus seinem Versteck hervor und sah Mike, die Taurus an die Stirn eines jungen Mannes gedrückt. Dessen Gesicht sah aus, als hätte er zu lange in der Sonne gelegen. »Wir hatten doch halb zwölf abgemacht«, sagte Mike auf Russisch und drückte den Lauf hart gegen die Stirn des anderen.

»Na ja, ich bin etwas zu früh. Zehn Minuten früher oder später, was macht das schon unter Freunden?« Der Mann sah unbeeindruckt aus und bohrte seinen blassen Blick zunächst in die Augen von Mike, ließ ihn dann weiter durch das Zimmer wandern. Er zog leicht die Brauen hoch, als er Edwin hinter dem Regal entdeckte. Aber immer noch schien es, als würde ihm die Waffe, die einen weißen Kreis auf seine Stirn zeichnete, nicht das Geringste ausmachen.

»Woher weiß ich, wer du bist?« Mike hielt die Taurus unverändert und ließ sich durch die Ruhe des Besuchers nicht erschüttern.

»Du kennst meinen Vater, Isanow. Er hat gesagt, ich soll dir erzählen, dass er einen antiken Colt Lightning in seiner linken Schreibtischschublade liegen hat. Und können wir damit diese Farce beenden? Es gibt ja wohl Grenzen für die Sicherheitsmaßnahmen.«

»Alte Gewohnheiten sind nur schwer auszurotten«, erwiderte Mike und sicherte den Revolver. »Altes russisches Sprichwort«, fügte er entschuldigend hinzu.

Oslo

Mittwoch, 7. Januar. Nachmittags

Ilja und Andrej drangen am Mittwochnachmittag in die Wohnung ein. Es herrschte zu diesem Zeitpunkt so viel Betrieb auf den Straßen, und so viele Menschen waren beim Einkaufen, dass niemand auf die beiden Männer achtete, die einen Hauseingang in Oslos bestem Wohnviertel betraten. Andrej weckte sowieso nie besonders viel Aufmerksamkeit. Seine Ausbildung bei den russischen Spezialeinheiten hatte dafür gesorgt, dass er die Kunst beherrschte, sich in ein Milieu einzufügen. Bereits nach wenigen

Wochen in Norwegen hatte er die norwegische Körpersprache aufgenommen, die öffentliche Höflichkeit (oder eher den Mangel daran), die Art, wie die Norweger mit Frauen sprachen, wie die Norweger im Restaurant essen und wie sie ihre Zeitung tragen. Andrej hatte sich Kleidung und Schuhe gekauft, wie sie die Norweger tragen. Er persönlich hasste Mokassins, aber wenn man mit den Wölfen heulen will, dann heult man eben. Er hatte seine Zigarettensorte gewechselt, seine Lieblingsgetränke und sein Shampoo. Ja, selbst für Details wie Taschentuch und Kamm hatte er das norwegische Pendant gefunden. Allein die Sprache war noch nicht, wie sie sein sollte. Ansonsten verschmolz er mit der norwegischen Wirklichkeit, wie er sie sah. Andrej hatte die Seele eines Chamäleons. »Du solltest die wirklich einmal versuchen«, sagte er zu Ilja und reichte ihm eine Tafel Freia-Vollmilchschokolade. Die beiden saßen im Auto und warteten auf den passenden Zeitpunkt, um Aljoschas Auftrag auszuführen.

»Bloß nicht. Mein Verdauungsapparat verträgt das nicht. Dann muss ich die ganze Zeit scheißen.« Ilja bleckte die Zähne und drehte sich demonstrativ weg, während er ziellos im *Dagbladet* blätterte.

»Aber die ist gut … wirklich gute Schokolade. So was hast du in Russland nicht gekriegt …« Andrej stieß ihn kameradschaftlich in die Seite. Er glaubte immer noch, er könne Ilja ändern, auch wenn er in letzter Zeit so seine Zweifel bekommen hatte. Ilja war so negativ. Aber Andrej musste zugeben, dass er wahrscheinlich auch etwas mürrisch gewesen wäre, wenn er so ein Gesicht wie Ilja gehabt hätte. Es sah so aus, als hätte Ilja ein für alle Mal beschlossen, alles abzulehnen, was sich ihm an Neuem bot. Ob es nun etwas zu essen, Kleidung oder etwas zu trinken war. Selbst wenn man Ilja eine der reinsten Lebensfreuden dargereicht hätte, hätte er sicher dankend abgelehnt und sich damit entschuldigt, dass es nicht gut für ihn sei. Andrej war der Meinung, dass eine solche

Haltung direkt in die geistige Versumpfung führte. Aber vielleicht hatten ja die achtzehn Monate in Afghanistan ihn gelehrt, so zu denken. Zumindest hatte er Ilja dazu überreden können, für diesen Job moderne, westliche Kleidung anzuziehen. Die russische Hose mit dem schlechten Schnitt lag auf dem Bett, stattdessen hatte Ilja lange norwegische Unterhosen mit einem Paar beigefarbener Chinos darüber an, dazu ein ordinäres weißes Hemd und einen norwegischen Strickpullover. Außerdem einen beigefarbenen, modisch geschnittenen Wollmantel. Er gehörte eigentlich Andrej, aber er hatte ihn dem Auftrag zuliebe ausgeliehen. Er selbst trug eine Wildlederjacke und Jeans.

Er hielt die Schokolade Ilja fast unter die Nase und wollte ihn zumindest daran schnuppern lassen.

Ilja schnaubte nur und betrachtete demonstrativ die Uhr. »Es ist halb zwei«, sagte er und griff hinter sich. Er zog einen schwarzen Nylonbeutel hervor. Wie auf Kommando stiegen die beiden aus dem Wagen, überquerten die Straße und gingen ohne zu zögern auf Hoels Hauseingang zu. Andrej bekam die Tür in einer Minute und zwanzig Sekunden auf. Ilja stand vor ihm und verdeckte ihn, während er so tat, als läse er eingehend die Namen auf den Klingelschildern.

Das Treppenhaus war angenehm still nach dem Verkehrslärm draußen. Die Decke war hoch, und Ilja bekreuzigte sich automatisch, als würde er eine Kirche betreten. Sie wussten, in welchem Stockwerk Hoel wohnte, und nach so vielen Stunden Beobachtung waren sie sicher, dass er nicht zu Hause war. Nach weiteren fünfundfünfzig Sekunden Fingerfertigkeit von Andrej konnten sie die Wohnung betreten. Andrej lächelte stolz und bekam zur Belohnung ein Schulterklopfen von Ilja. Andrej betrat den Flur und dann das Wohnzimmer, während Ilja sich über den Bauch strich und geradewegs aufs Bad zusteuerte. Andrej hatte die Handschuhe ausgezogen, als er an den Schlössern gearbeitet hatte. Ein Dietrich brauchte besonderes Fingerspitzengefühl, das sich nicht durch Leder übertragen ließ. Ebenso gut konnte er versuchen, mit Fäustlingen Essen zu kochen. Aber jetzt zog er sie wieder an. Er ging von Zimmer zu Zimmer, fasste nichts an, schaute sich nur um und sog alle Eindrücke in sich auf, während sich in ihm ein Bild von Hoel aufbaute. Es gab keine Fotos an den Wänden, kein Fotoalbum auf den Regalen oder unter dem Tisch. Er öffnete ein paar Schubladen, ohne irgendwas darin zu finden, das zeigte, wie der Geldeintreiber aussah. Hinter sich hörte er, wie gespült wurde und die Badezimmertür aufging.

Ilja nahm den Nylonbeutel und ging ans Werk. Er verband die Bombe mit dem Telefon. Sie hatten darüber diskutiert, ob sie eine Bombe legen sollten oder nicht. Andrej hatte gemeint, dass dadurch nur die norwegische Polizei auf sie aufmerksam würde. Wie man es auch betrachtete, die norwegischen Gangster arbeiteten nun einmal mit anderen Mitteln. Ilja hatte abgewinkt und solche Bedenken als »Jungferngehabe« bezeichnet. Aljoscha hatte hin und her überlegt und schließlich gesagt, Ilja solle eine kleine Ladung anbringen. Ausreichend, um dem zu schaden, der am Telefon stand, aber nicht genug, um die Wohnung zu verwüsten. Plastiksprengstoff war leicht zu verarbeiten und eignete sich perfekt für einen Auftrag wie diesen. Ilja platzierte die Ladung so, dass jeder, der sich einen Meter vom Telefon entfernt befand, eine tödliche Ladung von Holzsplittern, Glas und kleinen Stahlkugeln abbekommen würde. Es musste bloß jemand den Hörer abnehmen, auf das Freizeichen warten und dann die Nummer 2 wählen. Damit war die 110 aus dem Spiel und eine weitere Seele auf dem Weg in die Hölle.

In aller Heimlichkeit, während Andrej überall herumschnüffelte, machte Ilja die Ladung viermal so stark wie abgesprochen. Damit wollte er einen getöteten Freund rächen. Außerdem war Ilja fest davon überzeugt, dass man ab und zu einfach ein Exempel statuieren musste. Man musste diesen westlichen Schokoladenjungs zeigen, wer die wirklichen Krieger waren. Zum Teufel mit der Vorsicht.

Andrej hatte seine Durchsuchung fortgesetzt, ohne etwas zu finden. Er bewunderte den Mann, nicht nur wegen seines guten Geschmacks, was Essen und Wein betraf – der Kühlschrank und das Weinregal waren die reinste Augenweide –, sondern auch, wenn es um Kleidung, Schuhe, Gläser, Möbel, die Musikanlage und die Wäsche ging. Alles war von hoher Qualität und bewies, dass der Wohnungsinhaber nie Geld für Plunder rausgeworfen hatte. Er suchte sich immer das Beste heraus, was das Leben zu bieten hatte, und abgesehen davon war er ein Profi, wenn es darum ging, seine Persönlichkeit zu tarnen. Denn auch wenn die gesamte Wohnung einen durchdachten Geschmack und Charakter bewies, so gab es keinerlei persönliche Papiere. Nicht die geringste Notiz, keinen Einkaufszettel, keinen Kontoauszug, keine Taufurkunde. Das war auffällig, und daran konnte Andrej sehen, dass es sich hier um einen Profi handelte. Er war gefährlich. Er berücksichtigte und plante das kleinste Detail.

Bevor sie die Wohnung verließen, gingen sie noch einmal durch alle Zimmer, um nachzusehen, ob sie vielleicht irgendwo eine Spur hinterlassen hatten. Aber alles war clean. Sie schlossen die Tür und schlichen hinaus.

Oslo

Mittwoch, 7. Januar. Abends

Der Lieferwagen mit den schwedischen Nummernschildern fuhr vor dem Lagerhaus in Alnabru vor. Aljoscha war zuerst draußen. Sein Blick huschte über die beiden Straßenlaternen, die Straße und die Nachbarhäuser. Alles war still und ausgestorben. Kein

Norweger arbeitete noch am Abend. Das gelbe Licht der Straßenbeleuchtung gab der ganzen Szene einen ländlichen Touch. Eine Harmonie, die in einem sonderbaren Kontrast dazu stand, wie er sich innerlich fühlte. Es gab so viel, was gemacht werden musste, und dabei so wenig Zeit. Er wünschte, er wäre wieder in St. Petersburg. Dort kannte er alle Kniffe, dort wusste er in groben Zügen, was der Gegner dachte und was sich zu tun überhaupt lohnte. Er verwarf diese Gedanken schnell mit dem Argument, dass jemand schließlich den Job im Westen übernehmen musste. Und für die Zukunft der Familie musste er das so gut wie möglich machen. Seine Ehre stand auf dem Spiel. Und jetzt hatte er sich fünf neue Männer besorgt, neue Waffen und einen Stützpunkt, der einfach zu verteidigen war, falls notwendig.

Er ließ Mike hinein, und drei der Russen kamen mit. Sie rümpften die Nase, als sie die Schlafmöglichkeiten sahen. Aber es hatte keinen Sinn, sich über die Einquartierung zu beschweren. Sie hatten vom alten Isanow strengen Bescheid bekommen, das zu tun, was Aljoscha ihnen sagte. Außerdem herrschte im Augenblick Krieg. Im Krieg tun die Soldaten, was die Generäle ihnen sagen. Aljoscha sah ihnen an, dass sie sich nicht auf ihn verlassen wollten. Sie glaubten, er wäre zu jung und zu unerfahren. Aber er würde es ihnen schon zeigen. Es war nur eine Frage der Zeit, wann er diesen verfluchten Eintreiber zu fassen kriegte und mit den Jugoslawen abrechnen konnte. Er besprach die letzten Details mit Mike, bevor er mit den zwei übrigen Russen in die Wohnung in Tøyen fuhr, in der Ilja und Andrej warteten.

Hoel fuhr zu einer Adresse in Søndre Nordstrand. Es war ein unscheinbares Holzhaus aus den Fünfzigern. Später hatte der Besitzer einen eingeschossigen Flügel an dem einen Ende und eine Garage vor dem Haus angebaut. So ergab sich ein versteckter kleiner Platz zwischen den Anbauten und dem Haus.

Hoel las »Hermansen« am Briefkasten, aber der Mann, der die Autoschlüssel in Empfang nahm, ähnelte keiner Ausgabe eines Hermansen, die Hoel je gesehen hatte. Er hatte etwas an sich, das auf das Mittelmeer und den Nahen Osten hindeutete. Sein Gesicht war oval, und ein Doppelkinn hing bis auf die Spitzen seines Hemdkragens hinunter. Der Schlipsknoten hing schief, das schmale Ende der Krawatte war länger als das obere. Er sprach perfekt Norwegisch und hatte eine Narbe auf dem Handrücken. Jetzt im Januar war sie durch das Blau der Wundränder zu erkennen. Der Arzt, der sie zusammengenäht hatte, hatte schlecht gearbeitet. Die Narbe hatte unebene Ränder, und die Stiche wirkten wie weiße Scharten in der Haut. Der Mann roch leicht nach Kardamom. »Du kommst spät«, sagte er, als er öffnete, und streckte die Hand aus.

»Ein kleiner Zwischenfall unterwegs«, erwiderte Hoel und gab ihm die Autoschlüssel.

Der Mann ging mit ihm zum Wagen und erstarrte, als er die Motorhaube sah und das Leck entdeckte. »Ein kleiner Zwischenfall?«, wiederholte er und ging um den Wagen herum. »Ein kleiner?«

»Es hätte schlimmer kommen können«, bemerkte Hoel und erklärte, was passiert war und warum er so langsam hatte fahren müssen. Über sich hörte er ein fast unmerkliches Sausen.

»Fledermäuse«, sagte der Mann, als er Hoels Blick sah. »Aber das verringert natürlich den Wert. Sagen wir zehn Prozent Abzug vom Honorar?«

Hoel merkte, dass der Mann nicht zu den Leuten gehörte, mit denen man handeln konnte. Er war auch nicht mehr in der Lage dazu. Sich mit dem Kerl anzulegen, das hatte keinen Sinn. Er seufzte genervt und rieb den Daumen am Zeigefinger. »Okay«, sagte er. »Dann bezahl jetzt.«

Der Mann zog ein Bündel Scheine aus der Gesäßtasche. Es

wurde von einer eindrücklichen Goldklammer zusammengehalten. Ein paar einzelne Fünfhunderter waren mit einer imponierenden Menge von Tausendern zusammengeklemmt.

Hoel bekam 90000 auf die Hand. Er zählte sie nach, und sie schüttelten sich die Hände als Zeichen, dass die Abmachung galt. Es interessierte Hoel nicht, was er transportiert hatte oder wo es sich eigentlich befand. Er wollte nichts mehr von der Sache wissen. Wenn jemand ihn fragte, dann hatte er einem deutschen Freund einen Gefallen getan. Die Koffer ließ er auch zurück. Der Araber konnte sie behalten, sie hatten nicht viel gekostet. Er nahm nur seine Überlebenstasche mit.

Die Summe reichte nicht aus, ihn wirklich freizukaufen. Aber es war auf jeden Fall genug, damit Dragoslaw wieder freundlich wurde, sehr freundlich. 20000 auf der Seite, nachdem die Schulden bezahlt waren, das war nicht schlecht. Trotzdem wollte Hoel ihn nicht sofort treffen, er brauchte zuerst einmal etwas Ruhe und Frieden. Zuallererst aber musste er etwas überprüfen. Er nahm sich ein Taxi und fuhr Richtung Zentrum, stieg am Skillebekk aus und machte einen Umweg über den Solli Plass und Frogner, bevor er zu sich nach Hause ging. Er holte das Schlüsselbund heraus, das den ganzen Weg durch Schweden gegen sein Bein gedrückt hatte, und schloss eine Tür auf, die ihn zunächst in den Hinterhof führte. Danach ging er durch den Hintereingang. Seine Wohnung gehörte zu der alten Sorte, bei der die Herrschaft sich verbat, dass die Dienstboten den gleichen Eingang benutzten wie sie. Der Koch und das Kindermädchen hatten in einem Verschlag hinter der Küche geschlafen. Dieses Zimmer hatte Hoel gleich umgebaut, als er die Wohnung kaufte. Er riss die Wand ein, vergrößerte die Küche, strich sie in altmodischen Bauernfarben, restaurierte den Kamin und dekorierte die Wände mit Messingtöpfen, einer rosenbemalten Holzschüssel, Rührlöffeln und ein paar originellen Kupferstichen, die Szenen aus dem Leben in einer Küche im alten Christiania zeigten. Von der Innenseite hatte er den Küchenausgang getarnt, indem er ein größeres Tellerregal daranhängte und ein morsches Butterfass davorstellte.

Jetzt war er sehr froh darüber, dass er sich die Mühe gemacht hatte, einen versteckten Notaus- und Eingang zu bauen. Eigentlich war er hereingekommen, um zu überprüfen, ob jemand drinnen gewesen war. Sein Instinkt hatte ihn gewarnt. Er stand draußen vor der Tür zur Küche und lauschte, das Ohr an die Tür gepresst. Zwei Stockwerke über sich hörte er leise Musik und ein Paar, das diskutierte. In seiner Wohnung war es so still, wie er gehofft hatte. Er drehte den Yale-Schlüssel im Schloss um. Schloss und Scharniere waren geölt. Die Tür ließ sich lautlos aufschieben, bis sie gegen das Butterfass stieß und gerade genug Platz bot, um sich durchzuzwängen.

Nur von den Fenstern zum Hinterhof fiel Licht herein. Er ging vorsichtig durch die Küche, in den Flur. Es roch … irgendwie anders. Er ging am Bad vorbei und stellte fest, dass der Geruch, oder besser gesagt: der Gestank, von dort kam. Er spähte durch einen Spalt ins Bad, den einzigen Raum, in dem er immer das Licht eingeschaltet ließ. Aber auch hier konnte er keine lebendige Seele entdecken. So ging er von Zimmer zu Zimmer. Er war sich vollkommen sicher: Es war jemand hier gewesen. Aber er konnte keine anderen Beweise dafür finden als den mysteriösen Geruch und ein Zittern im Körper, das ihm sagte, dass jemand auf seine Duftmarken getrampelt war.

Er beschloss, lieber kein Licht zu machen. Sie konnten draußen in einem Auto sitzen oder hinter den Bäumen versteckt stehen. Ihm kam in den Sinn, Irina anzurufen, die er nach dem Gespräch mit Bønna ganz vergessen hatte. Er nahm den Hörer vom Telefon und wählte 0049 für Deutschland, 30 für Berlin, dann 345, die ersten drei Ziffern ihrer Nummer. Sein Finger hing über der Zwei, aber dann legte er auf. Schließlich konnten sie eine

Wanze eingebaut haben. Er gestattete sich das Vergnügen, die schmutzigen Kleider gegen saubere umzutauschen.

Er ging noch einmal durch alle Räume, als wollte er sich von ihnen verabschieden. Danach schlich er sich auf dem gleichen Weg wieder hinaus, auf dem er gekommen war. Er brauchte mal wieder einen Ort, wo er schlafen konnte. Er schlenderte an den Kastanien auf der Bygdøy Allé vorbei, überquerte den Solli Plass, ging an der Universitätsbibliothek vorbei, über den Skillebekk und über den Rådhusplass, um dann dem Akershusstranda zu folgen. Über ihm hing das grelle, goldartige Flutlicht, das die Festung bestrahlte und die Illusion weckte, sie wäre schön. Aber eigentlich war Akershus das Düsterste, das Hoel sich denken konnte. Er sah immer dunkle Zellen und unterirdische Gänge vor sich, wenn er mit einem frisch gezapften Bier auf der Aker Brygge saß und über das Hafenbecken schaute. Seiner Meinung nach war der Hafen ein weit überschätzter Teil von Oslo. Er brachte ihn nie in gute Laune und versetzte ihm auch kein Prickeln. Schon gar nicht, wenn er den Festungswall und den architektonischen Wirrwarr auf der anderen Seite anstarrte. Da gab es nur noch das Rathaus, auf dem sich die Augen ausruhen konnten. Manche Leute behaupteten, die beiden Türme würden ein Tor ins Land symbolisieren. Aber seiner Meinung nach ähnelten sie eher zwei rotbraunen Torfhaufen, die sich sehr effektiv mitten in die Einfahrt platziert hatten und somit Zugang und Ausblick versperrten.

Er folgte der Akershusspitze eine Weile und bog dann in die Kongens gate, die an der Festungsmauer entlanglief. Ein scharfer kalter Wind fegte durch die Straßen. Er hielt schützend eine Hand vor die Wange, während er am Rathaus vorbeiging. In dieser Ecke gab es keine anderen Passanten. Er zog einen Schokoladenriegel aus der Tasche, den er der Energiezufuhr zuliebe kaute. Er kam auf den menschenleeren Bankplass. Das Einzige, was sich hier bewegte, waren die rastlosen Autos mit Männern, die hin und her fuhren, bis sie gefunden hatten, was sie suchten.

Hoel hielt sich im Schatten und wandte sich jedes Mal ab, wenn Scheinwerfer ihn einzufangen versuchten. Myntgata, Nedre Slottsgate, Rådhusgate bis zur Øvre Vollgate. Die reinste Traummeile. Die Autos und ihre Fahrer folgten immer den gleichen Straßen in leichten Kurven bei langsamer Fahrt. Da es mitten in der Woche war, herrschte Hochbetrieb, und es standen nur wenige Mädchen zur Auswahl. Die meisten Autos kamen von außerhalb. Aus dem Distrikt Akershus, aber auch der eine oder andere von weiter her aus Østfolding oder eine Karre aus Hedmark. Alle waren sie auf der Jagd nach Fleisch, das für fünf Hunderter extra alles ohne Präser in sich aufnahm.

Erst nachdem er die Tollbugata hinuntergegangen, nach rechts in die Dronningens gate abgebogen und in die Revierstredet gekommen war, fand Hoel sie. Katja gehörte zu den fünf, sechs Mädchen, auf die er sich verlassen konnte. Sie machte jeden Deal mit, solange er dafür bezahlte. »Wie schön, dass ich dich gefunden habe«, sagte er und lehnte sich an die Wand.

»Ich hab keine Zeit zum Quatschen, Alex«, sagte sie. »Ich brauche den Kies heute Nacht wirklich. Also mach bitte die Fliege.«

»Ich brauche heute Nacht dein Bett, Katja«, sagte er und wedelte mit den Scheinen.

»Wow, das sind ja schwere Kaliber«, erwiderte sie und schaute misstrauisch seine halbdunkle Silhouette an. »Was ist denn mit dir los? Damen meiner Klasse sind doch normalerweise nicht dein Stil. Und außerdem, seit wann musst du bei mir bezahlen?«

»Na ja, im Augenblick brauche ich einfach eine Unterkunft für eine Nacht. Keine anderen Bedingungen. Etwas zu essen, ein Bett, Schlaf, und schon hast du fünf Riesen.« Hoel drehte die Scheine zu einem festen Zylinder und klopfte mit ihnen auf ihren Handrücken.

»Geil«, sagte sie und wollte das Geld schnappen.

»Die Hälfte jetzt, die andere Hälfte morgen«, schlug Hoel vor.

»Drei sofort, denn ich brauche jetzt den Schuss. Den vierten, wenn wir nach Hause kommen, und den letzten morgen«, entgegnete Katja als die gerissene Geschäftsfrau, die sie geworden war.

»Deal«, sagte Alex Hoel und legte drei Riesen in ihre Hand, auf die sie vor langer Zeit einmal »Gunnar My Love« hatte tätowieren lassen.

Katja Anker Sommersteen Wold stammte ursprünglich aus dem besten Westkant-Viertel. Inzwischen war sie zweiundzwanzig Jahre alt, und es war schon eine Ewigkeit her, seit ihre Familie sie hatte fallen lassen. Das war passiert, als sie fünfzehn war und mit zwei Silberkandelabern, dem kompletten Silberbesteck für zwölf Personen und Mutters goldener Uhr in einer Plastiktüte vom Lorentzen-Supermarkt aus dem Elternhaus spaziert war. Die Familie wollte sie nicht anzeigen, aber seitdem war sie eine Persona non grata. Nicht, dass sie ihre Familie vermisste. Sie hatte das Gefühl, dass sie eigentlich nie dorthin gepasst hatte. Ihr ganzes Leben lang hatte ihr das Gefühl dafür gefehlt, was sich schickte, was man unter den Begriffen »gute Manieren« und »guter Geschmack« wohl zu verstehen hatte. Sie und Gunnar hatten ihr gesamtes Geld in Dope und Schnaps sowie einer Fahrt nach Kopenhagen angelegt, wo Gunnar fast eingebuchtet worden wäre, nachdem er mit den Taschen voll Gras aus Christiania kam. Aber er rannte so schnell, dass der dänische Bulle ihn nicht mehr erwischte. »Er hat wohl zu viele Bierchen gezischt«, hatte Gunnar hinterher in der Pension in der Istedsgate getönt, in der sie ein Zimmer hatten.

Es war auch in Kopenhagen, dass sie zum ersten Mal auf die Straße ging. Das geschah zwei Jahre später, als Gunnar und sie abgehauen waren, weil daheim eine Gefängnisstrafe auf ihn wartete. Sie hockten in einem braunfleckigen Hotelzimmer, wieder in der Istedsgate, abgebrannt wie die Ratten, und wollten am liebsten gar nicht an die Zukunft denken. Gunnar hatte sich ans Fenster gestellt und auf die grellen Sexreklamen geguckt und sie dann gefragt, ob sie sich nur für dieses eine Mal vorstellen könnte, auf den Strich zu gehen. Das würde ihnen aus der Klemme helfen. Katja hatte in der letzten Stunde schon den gleichen Gedanken gehabt und nur mürrisch genickt, während sie sich anzog.

Innerhalb von zehn Minuten hatte sie ihren ersten Fang und machte den Job in einem Hofeingang. Es war eklig, aber Katja besaß genügend Selbstbeherrschung, um mehr als den ersten Kunden zu überleben. Die ganze Woche lang arbeitete sie in dem Hofeingang, während Gunnar versteckt aufpasste. Sie gingen jedes Mal still zurück in ihr Hotelzimmer, ohne darüber zu reden, ohne es überhaupt zu erwähnen. Von dem Geld lebten sie neun Wochen lang, bis sie wieder pleite waren. Dann wollte Katja nach Hause. Gunnar beschloss zu bleiben, und sie hörte nur noch von ihm, dass er unter einen Lastwagen geraten war, als er, breit wie eine Flunder, am Rådhusplass auf die Straße gelaufen war. Sie ging nicht zur Beerdigung. Zu der Zeit war sie mit einem neuen Gunnar zusammen, der sie gar nicht erst fragte, ob sie sich vorstellen konnte, auf die Straße zu gehen. Stattdessen verprügelte er sie nach Strich und Faden, bis sie tat, was er sagte.

Danach kamen andere schlagkräftige Typen, die aber nie länger als ein paar Monate blieben. Die einzige Art zu arbeiten, die sie kannte, war, auf die Straße zu gehen. Und das hasste sie jede einzelne Minute. Wenn ihre Freier gewusst hätten, wie groß ihre Lust war, sie lieber umzubringen – sie wären abgehauen. Man braucht eine Fassade aus Stahl, um das durchzustehen. Und im Laufe der Jahre spürte sie, wie ihre Fassade bröckelte. Sie brauchte etwas, um weitermachen zu können, um sich selbst ertragen zu können. Etwas Schönes, auf das sie sich freuen konnte. Vom Alkohol wurde ihr nur schlecht. Deshalb fing sie mit dem Pulver an, und eine Spirale begann sich zu drehen, die unaufhaltsam nach unten führte. Jetzt war sie nur noch ein Schatten ihres alten Ichs. Ein Junkie ohne andere Wünsche, als den nach der nächsten Spritze. Die Tage trotteten einer nach dem anderen dahin, wie müde Gefangene an einer Kette. Das Heroin wischte viel von dem Unbehagen weg, das entstand, wenn sie von Männern bezahlt, als Hure beschimpft oder von unzufriedenen Kunden verprügelt wurde.

Sie kannte Hoel noch von früher. Er war nett, sah gut aus, ein Traum, wenn er so einer gewesen wäre, der sich mit einer Frau wie ihr einließ. Aber sie hatte nie erlebt, dass Hoel es auf eine der Frauen aus der Szene anlegte. Nicht, dass er sich dafür zu gut oder dass er schwul war. Sie hatte den Verdacht, er könnte irgendwo insgeheim eine Frau haben, einen fernen Traum, der ihn dazu veranlasste, immer einen gewissen Abstand zu den Mädchen zu wahren, die zu aufdringlich wurden.

Als er jetzt mit ihr in einem Taxi zu ihr nach Hause fuhr, konnte sie zwei und zwei zusammenzählen und sich ausrechnen, dass er ziemlich in der Klemme stecken musste. Was das für sie bedeutete, das konnte sie noch nicht sagen. Das Wichtigste war erst einmal das Geld, das wartete und bereits in der Tasche knisterte. Hoel bestand darauf, dass das Taxi nicht direkt vor ihrer Haustür hielt. Stattdessen fuhren sie vorbei und stiegen am Taxistand auf dem Carl Berner Plass aus. Er ging dort in den Tag und Nacht geöffneten Kiosk, kaufte etwas zu essen, und dann gingen sie das kleine Stück zurück zu ihrem Hauseingang, der am Trondheimsvei lag. Es roch nach Pizza, als sie ins Haus traten, und sicher hatte niemand das Treppenhaus gewischt, seit es in den Fünfzigern gebaut worden war.

Im zweiten Stock schloss sie auf und bemerkte, wie er kurz zurückwich. Es war schon möglich, dass es stank, aber ihr persönlich war das scheißegal. Sie zog ihn am Ärmel hinein, wobei sie murmelte: »Ich weiß, es ist nicht besonders ordentlich hier, aber komm nur rein.« Sie schlüpfte ins Bad und legte Schminke auf. Die Wimperntusche war verwischt, das Rouge zu dick aufgetragen. Nichts konnte darüber hinwegtäuschen, dass sie aussah, als wäre sie Ende dreißig. Ihr Körper war mager, die Arme dünn wie Stricknadeln, die Hände knöchern, und die Gesichtshaut spannte sich hart über die Schädelknochen. Sie zog den Lippenstift nach und rieb sich einen Tropfen Supermarktparfüm über Hals und Handgelenke.

Hoel wusch in der Küche zwei Gläser aus und öffnete eine kleine Flasche Brandy. Katja rollte herumliegende Wäsche zu einem Knäuel zusammen und warf es in eine Ecke, krempelte einen Ärmel hoch, machte Licht und sich selbst bereit für den ersten Schuss. Der einzige klare Gedanke, der ihr die ganze Zeit im Kopf herumging, war, dass sie herauskriegen musste, in was für einen Mist er sich da verstrickt hatte. Sie berechnete die Zeit in Abständen zwischen den Spritzen. Das war wie ein Spiel, bei dem es darum ging, eine bestimmte Anzahl von Stunden mit heiler Haut zu überstehen und dann dafür eine Belohnung zu bekommen. Hoels Unglück konnte ihr Glück sein, und sie konnte es sich nicht leisten, noch länger besondere Rücksichten zu nehmen.

Oslo

Donnerstag, 8. Januar. 2.57 Uhr nachts

Seine Reflexe waren nicht gut genug. Sein Körper hatte mehrere Tage lang unter Hochdruck gearbeitet, und sein Nervensystem hatte sich für ein paar Stunden verabschiedet, während er glaubte, sicher schlafen zu können. Hoel war benommen, als ihn eine harte Faust am Kragen packte und auf dem Sofa in eine sitzende Position zog. Seine Hand umklammerte die Faust, die seinen Kragen gepackt hatte, und bog sie, bis der Stoff riss. Mit der anderen Hand schlug er nach einem diffusen Schatten in dem halbdunklen Zimmer. Hoel merkte, dass noch ein Mann hinter ihm war, denn er spürte, wie sich ein Arm um seinen Hals legte. Er drehte sich zur Seite und konnte sich beinahe aus dem Griff befreien. Er bekam den Ellbogen frei und stieß nach rechts, spürte, dass er eine Wange traf. Der Mann knurrte und lockerte seinen Griff an Hoels Kragen so weit, dass er loskam. Der andere Mann trat ihm in den Rücken und traf seine linke Pobacke, dass Hoel Monde und Planeten vorbeirauschen sah. Er rollte herum und kam auf die Beine, gerade rechtzeitig, um Mann Nummer eins entgegentreten zu können, der mit zwei Baggerschaufeln von Fäusten auf ihn losging. Hoel wich zurück und platzierte einen Schwinger in dem Gesicht, das, wie er jetzt in dem schwachen Lampenschein vom Flur her sehen konnte, von unzähligen Narben entstellt war. Außerdem blutete der Kerl aus einem Riss direkt unter dem Auge. Der Mann mit den Narben fiel auf den Couchtisch, der unter ihm zusammenbrach.

Da beugte sich Mann Nummer zwei hinunter und landete direkt unter Hoels Brustbein einen Aufwärtsschwinger. Die Luft wich aus Hoel, und er hatte das Gefühl, sich übergeben zu müssen. Der Mann stieß noch einmal von unten nach, aber jetzt wich Hoel zur Seite aus und stellte ihm ein Bein. Mann Nummer zwei stolperte ins Bücherregal und riss den billigen Nippes, ein leeres Goldfischglas und drei Bücher mit zu Boden. Gleichzeitig begann einer der Nachbarn, gegen das Heizungsrohr zu klopfen. Der Mann mit den Narben erhob sich schwerfällig aus dem zertrümmerten Möbelstück, suchte nach einer Waffe und zog ein Tischbein heraus. Aus dem ragte an dem einen Ende eine verdrehte Schraube. Hoel ging in die Knie. Der andere lag stöhnend unter dem Bücherregal, während er sich von Glas und Holzteilen befreite. Der Mann mit dem Tischbein umkreiste Hoel und wartete auf eine Blöße. Er machte ein paar Finten, denen Hoel elegant auswich. In der Ecke, in der Tür zur Küche, stand Katja, die Hände vor dem Gesicht. Sie trug Mantel und Stiefel. Der Mann mit dem Tischbein sagte etwas auf Russisch. »Nun komm schon, du narbiger Dreckskerl!«, entgegnete er und winkte ihn mit erhobenen Handflächen heran. Wieder versuchte der Mann ein paar schnelle Schläge auf Hoels Brust. Das Tischbein sauste durch die Luft und zerriss seine Kleidung. Katja zog sich in die Küche zurück und schloss die Tür. Es wurde noch dunkler im Zimmer. Der andere musste eine außergewöhnlich gute Nachtsicht haben, denn er passte die ganze Zeit auf, dass Hoel keine Möglichkeit hatte, in den Flur zu entwischen. Hoel sah sich nach etwas um, mit dem er sich verteidigen konnte. Von dem Goldfischglas waren nur noch Glassplitter übrig, und eine Holzplatte, die er sich von dem zertrümmerten Regal hätte holen können, lag nicht in seiner Reichweite. Er stieß vor dem vernarbten Teufel einen Stuhl um, worauf dieser zur Seite sprang.

Jetzt war auch der andere Mann wieder auf die Beine gekommen, und es war nur noch eine Frage der Zeit, wann Hoel klein beigeben musste. Er wurde von zwei Seiten bedrängt. Die beiden Männer warfen sich Blicke zu, und beide mussten falsch verstanden haben, was der andere gemeint hatte, denn der Mann mit dem Tischbein schlug im gleichen Moment zu, als der andere sich nach vorn warf, um Hoel zum dritten Mal die Luft abzudrücken. Die Schraube aus dem Tischbein bohrte sich in den Schädel des Russen. Der Mann stand auf allen vieren und jammerte, während seine Arme unkontrolliert zuckten. Sein Kumpel und Hoel standen sprachlos da und sahen, wie er starb, während er zu Boden ging und sich bepisste. Der Urin lief in den Teppich.

Der Mann mit dem Tischbein starrte Hoel mit wildem Blick an und sprang mit einem Schrei nach vorn. Hoel gelang es nicht mehr, auszuweichen oder sich zu verteidigen, als der Mann ihm einen Kopfstoß versetzte, sodass sein Bewusstsein einen steilen Abhang hinabsauste.

Ilja schaute auf den gefallenen Feind. Hoel atmete, und Ilja drehte ihn auf den Rücken. Aljoscha sollte mit dem Schwein reden, solange es noch in gutem Zustand war. Für Andrej dagegen gab es keine Hoffnung mehr. Iljas Gesicht verzog sich. Dann kratzte er leicht an der wackligen Tür zur Küche, hinter der Katja etwas Unverständliches auf Norwegisch von sich gab. In der Wohnung darunter war der Nachbar immer noch dabei, seine Beschwerde übers Rohr zu morsen. Jetzt wollte er zumindest von dort Ruhe haben, dachte Ilja und trommelte ungeduldig auf den Holzboden.

Das Schloss wurde geöffnet, und die jämmerliche Hure, die Hoel denunziert hatte, öffnete mit zitternden Händen und einem glasigen Blick die Tür. Sie schaute über Iljas Schulter auf die beiden, die am Boden lagen. »Aber er ist doch nicht tot, oder? Er war ein guter Kumpel von mir und …«

»Hast du geglaubt, ich komme her, um ihn zu fragen, ob er mit mir spielen will?«, fauchte Ilja sie in gebrochenem Englisch an und verpasste ihr ein paar Ohrfeigen. Er hatte gelernt, dass man das mit Frauen so machen musste, die zu viele Fragen stellten oder hysterisch wurden.

Katja weinte leise. »Gib mir mein Geld. Ich brauche es.« Sie klammerte sich an Iljas Jackenrevers und hängte sich daran.

»Einen Augenblick, meine Kleine«, erwiderte er und befreite sich aus ihrem Griff. »Von wo hast du angerufen, als du uns gewarnt hast? Das ist wichtig, weißt du.« Er wedelte onkelhaft mit einem blutigen Zeigefinger vor ihrer Nase herum.

»Aus einer Telefonzelle. Mein Anschluss ist seit zwei Monaten abgestellt«, erklärte sie verwundert. »Es gibt eine oben am Carl Berner Plass und …«

»Braves Mädchen«, knurrte Ilja und streichelte ihr die Wange. Mit der einen Hand packte er ihre beiden Handgelenke. Dann schob er sie an die Wand und legte ihr die andere Hand um den Hals. Sie wehrte sich, bekam aber ihre Arme nicht frei, um ihn zu kratzen, und konnte auch nicht mit den Beinen treten, die er einklemmte. Ihr Körper zuckte spastisch, und sogar in dem spärlichen Licht konnte Ilja sehen, wie ihre Haut die Farbe änderte. Sie starb lautlos, und er ließ ihren Körper auf den Boden sinken, als es vorbei war.

Ilja öffnete das Fenster und gab Aljoscha und den fünf neuen Männern ein Zeichen. Zusammen trugen sie Hoel, der an Händen und Füßen gebunden war, hinunter in das wartende Auto. Da hörten sie Sirenen den Trondheimsveien heraufkommen. Sie sahen einander an, aber es gab keine Zeit mehr, sich um die Leichen von Andrej und der Hure zu kümmern. »Fuck! Fuck!«, fluchte Mike in einer Art Englisch, während sie mit dem Geldeintreiber zwischen sich über den Innenhof gingen.

Es roch nach Kreide. Hoel wachte mit der Nase auf einem staubigen Boden auf. Er versuchte aufzustehen, aber das war nicht so einfach mit Händen, die auf dem Rücken zusammengebunden waren. Sofort packte ihn eine Faust in den Haaren und zog ihn in eine kniende Stellung. Die Kopfhaut brannte. Eine trockene Hand ohrfeigte ihn, dass sein Schädel zur Seite flog, und ein neuer Schlag beförderte ihn in die andere Richtung. Die drei Männer gingen systematisch vor. Handfeste Ohrfeigen auf die Backen, Tritte gegen den Brustkasten, Schläge in den Magen, spitze Stöße in den Arsch, Stöße, Kniffe. Alles, was man hörte, war ein Stöhnen, wenn sie all ihre Kraft in die Schläge legten. Hoel ließ nicht einen einzigen Laut über die Lippen kommen und spürte immer weniger, nachdem die Nervenenden es nicht mehr schafften, die einzelnen Schläge zu registrieren.

Ein Mann kam in den Raum und beendete das Spiel. Hoel hörte, wie er sich eine Zigarette anzündete, und schaute in das junge, aber gleichzeitig schrecklich alte Gesicht eines Mannes, der es gewohnt war, zu befehlen. Der Mann stand mit vor der Brust gekreuzten Armen da und betrachtete ihn, wie ein Züchter die Stärken und Schwächen eines Zuchtstiers betrachtet. Der Atem der drei Männer ging schwer, sie hörten sich an wie Ochsen in einem Stall. Hoel hätte fast um eine Zigarette gebeten, als der Chef anfing zu reden: »Mit dir will ich schon seit einer ganzen Weile reden.«

»Freue mich, Ihre Bekanntschaft zu machen«, erwiderte Hoel und musste sich räuspern, um seine Kehle von der Kotze zu säubern. Seine Nerven waren wieder aufgewacht und machten jetzt Überstunden, um ihm zu erzählen, wo überall es wehtat.

»Du kennst jemanden, den wir gern ein wenig näher kennen lernen möchten«, sagte Aljoscha und rauchte mit offensichtlichem Wohlbehagen. Er kaute auf der Zigarette und verteilte den Rauch in sanften Ringen um sich herum.

»Was Sie nicht sagen«, antwortete Hoel und spuckte einen blutigen Schleimklumpen aus. Er landete zehn Zentimeter vor dem Mann, der sich nicht rührte. Mit keiner Miene zeigte er, dass ihn die verächtliche Geste getroffen hatte.

»Herr Kis – Dragoslaw Kis, genauer gesagt. Ich habe ein gewisses Interesse, mehr über deine Verbindungen zu ihm zu erfahren.« Der Mann ließ seine Kippe in den blutigen Schleimkloß fallen. Die Glut zischte, ohne auszugehen. Es stank eklig.

Hoel überlegte, warum er eigentlich nicht alles erzählte, was er wusste. Er kam zu dem Schluss, dass das wohl eine Frage der Ehre war. Nicht, dass er Dragoslaw irgendwas schuldig war, es hatte eher etwas mit dem norwegischen Ehrbegriff zu tun, der ihm seit seiner Kindheit eingeimpft worden war: Du petzt nicht. Ums Verrecken nicht. Und das ihm, der er doch heimlich immer unter diesem osteuropäischen Ehrenkodex gelitten hatte, der dazu führte, dass ein Russe oder ein Jugoslawe lieber vor die Hunde ging, als seine Regeln zu brechen.

»Er ist noch nicht weich«, sagte der Chef und verschwand. Hoel hörte, wie sich seine Schritte eine Treppe nach unten entfernten, während sich die Männer um ihn aufbauten. Der Mann mit den Narben belferte irgendwelche Befehle, und das systematische Verprügeln begann von neuem.

Diesmal gingen sie härter vor. Hoel konnte sich nur noch daran erinnern, dass sie ihm die Hose auszogen und seine Arschbacken mit einer flachen Holzlatte bearbeiteten. Sie sprachen kein Wort, verwandelten ihn nur in ein Stück geklopftes Beefsteak mit mehr blauen Flecken als normaler Haut. Seinen Kopf und seine Geschlechtsteile sparten sie aus. Er war überzeugt davon, dass auch die an die Reihe kommen würden, wenn er lange genug schwieg. Aber noch gehörte mehr dazu, ihn zu Fall zu bringen. Endlich kam die Bewusstlosigkeit wie eine rettende Nachtschwester und stopfte Berge von Kissen unter seinen Kopf.

Oslo

Donnerstag, 8 Januar. Frühmorgens

Einer der Nachbarn hatte die Polizei gerufen. Ein Auto mit zwei müden uniformierten Männern hielt immerhin dreißig Minuten, nachdem der Krach gemeldet worden war, vor dem Hauseingang im Trondheimsveien. Sie stellten schnell fest, was los gewesen war, und sperrten die Wohnung ab, bevor sie Verstärkung anforderten. Kurz darauf kamen Journalisten, die den Polizeifunk abgehört hatten. Dass die Frau drogenabhängig und im Milieu bekannt, während der Mann bisher nicht vorbestraft und ein unbekannter Ausländer war, steigerte das Interesse. Ein pfiffiger Journalist von *TV2* fragte sofort, ob die Sache vielleicht etwas mit dem Mord in Manglerud zu tun haben könnte. Stammte der Tote möglicherweise aus dem kriminellen jugoslawischen Milieu? Damit waren die Jagdinstinkte der anderen Journalisten geweckt. Sie witterten hohe Auflagen in dieser Sache, die »der Jugoslawen-Fall« getauft wurde. Und es nützte gar nichts, dass die Polizei später betonte, es gebe keinerlei Anhaltspunkte dafür, dass der Mann den jugoslawischen oder anderen Kreisen angehörte. Man ging zwar davon aus, dass der Mann wohl aus Osteuropa stammte, aber eine Bestätigung gab es dafür nicht.

Katjas Vergangenheit, das heißt: das wenige, das bekannt war, wurde hervorgezerrt und ausgebreitet. Weder ihre Familie noch frühere Freunde waren bereit, Kommentare abzugeben. Man fand nur heraus, dass sie bei den wenigen Freundinnen, die sie unter den Mädchen, die auf den Straßenstrich gingen, hatte, sehr beliebt gewesen war.

Das *Dagbladet* brachte sieben Seiten mit Artikeln und Hintergrundmaterial über den Doppelmord, den Rissa-Fall und organisierte Kriminalität überhaupt, daneben aber auch einen Leitartikel, in dem davor gewarnt wurde, eine ganze Volksgruppe nur aufgrund einiger schwarzer Schafe abzustempeln. Die Zeitung forderte dazu auf, die ganze Problematik von Einwanderern und Kriminalität zu untersuchen, und sah schon voraus, dass man nur sehr wenig oder gar nichts herausbekommen würde.

Diesmal war es nicht der Geruch nach Kreide, der ihn weckte, sondern sein Körper, der so schmerzte, dass sein Gehirn sich nicht länger mit Bewusstlosigkeit dagegen schützen konnte. Hoel wusste gleich, wo er war, blieb mit geschlossenen Augen liegen und konzentrierte sich auf sein Gehör. Er brauchte nur eine Minute, um festzustellen, dass niemand sonst im Raum war. In der Ferne hörte er ein Rauschen und begriff, dass es sich dabei um Regen handelte. Die Tropfen trommelten leise auf das Dach. Er öffnete die Augen und rollte sich auf die Seite. Seine Schulter schmerzte wie verrückt, und wenn er sich auf die eine Pobacke drehte, konnte er spüren, wie hart sie zugeschlagen hatten.

»Ist es das wert?«, dachte er. Und schlagartig wurde ihm bewusst, dass er sich die ganze Zeit etwas vorgemacht hatte. Es war nicht seine Entscheidung, ob er einen neuen Kurs einschlagen konnte oder nicht. Das System, dessen Teil er war, hatte ihn wie einen Fisch am Haken. Mit einiger Anstrengung warf er die Bilder von Irina und Sönke in einen verschlossenen Raum ganz tief hinten in seinem Gehirnkasten und knallte die Tür zu. Ein kleiner Teil von ihm hätte am liebsten wie ein Kind geheult und sich in sein Schicksal gefügt. Aber der andere, härtere Teil zwang die Tränen zurück und schluckte den Klumpen von Selbstmitleid. Hiermit gab er den blöden Silvestervorsatz auf. Er schaute sich um, ob er nicht einen Weg aus diesem Rattenloch finden konnte.

Der Raum war ein längliches Dachgeschosszimmer mit großen Holzbalken in der Decke und grauen Mauern an den Schmalseiten. Ein IKEA-Stuhl mit weißen Farbflecken, eine schubladenlose Kommode mit Maltopf und Beize und ein Weckglas mit Pinseln, ein Stapel dunkelroter Dachziegel und eine Kehrichtschaufel machten das ganze Inventar aus. Seine Hände waren auf dem Rücken gefesselt, aber die Blutzirkulation in den Fingern war noch intakt. Er konnte alle bis auf den linken Ringfinger bewegen, der taub war. Er stand auf und lief in dem zehn mal drei Meter langen Raum auf und ab. Dass die Tür abgeschlossen war, konnte man sogar von drinnen sehen. Beide Dachluken waren mit Hängeschlössern versehen. Er checkte Stück für Stück seinen

Körper durch und musste feststellen, dass eine Herde Elefanten über ihn getrampelt war.

Er drehte sich mit dem Rücken zur Kommode und leerte das Glas mit den Pinseln. Er setzte sich vorsichtig auf den Glasrand und zerbrach es, ohne sich dabei zu schneiden. Da hörte er Männer mit zielsicherem Schritt die Treppe hinaufkommen. Sie hatten es nicht eilig. Er fummelte hinter sich nach einer passenden Scherbe, fand sie und versuchte das Seil durchzuschneiden. Stattdessen schnitt er sich am Daumen. Es brannte wie verrückt, und der Handrücken wurde schmierig vom Blut. Die Männer murmelten hinter der Tür, und einer schob einen Schlüssel ins Schloss. Hoel suchte hektisch nach der Glasscherbe, fand sie wieder und schnitt. Diesmal ins Seil, und er fühlte, wie es nachgab, aber immer noch nicht so weit, dass er hätte loskommen können. Das Schloss glitt langsam und widerwillig auf, die Klinke wurde niedergedrückt, die Tür schwang auf und stieß gegen den Boden. Es gab zu wenig Spiel zwischen Tür und Fußboden. Hoel rannte zur Türöffnung und trat in das Gesicht des Mannes, der sich noch auf den niedrigeren Treppenstufen befand.

Der Stiefel traf den Mann direkt im Mund. Offenbar zog der Mann die anderen beim Fallen mit sich, denn es polterte die Stufen hinunter. Die Männer fluchten laut. Hoel hatte keine Zeit, nachzusehen, wie geglückt die Aktion gewesen war. Er lehnte sich an die Tür, dass sie wieder zufiel, lief zur Kommode, zog sie, so gut er es mit den Händen auf dem Rücken konnte, an sich heran und kippte sie vor die Tür. Sie kamen immer noch nicht die Treppe hoch. Er suchte fieberhaft nach einer neuen Glasscherbe und schnitt sich wieder in die Hand. Endlich konnte er das Seil kappen. Ohne zu zögern, holte er den Stuhl und stellte ihn unter die Dachluke, die sich im schlechtesten Zustand befand.

Ein Stockwerk tiefer war der Teufel los. Offenbar war der Chef gekommen. Hoel packte eine schwere Farbdose, schlug mit ihr ein Loch in das Glas und zertrümmerte die Fenstersprossen, die die Scheibe unterteilten. Jemand versuchte, die Tür zu öffnen, aber ohne Erfolg. Der Fensterrahmen war noch voller Glassplitter. Aber er hatte keine Zeit für solche Feinheiten. Er zog sich in den feinen Schneeregen hoch und spürte, wie sein durchgeprügelter Körper protestierte. Es pfiff in Bizeps, Trizeps und Schultern. Er zog sich über den Rand, wobei seine Kleidung von den rasiermesserscharfen Scherben, die wie Reißzähne vorstanden, zerschnitten wurde. Als er sich auf den Rand setzte und seine Beine nachzog, sah er, dass zwei neue Schnitte in den Handflächen die Sammlung vervollständigten. Wenn er jetzt zu einem Notarzt gebracht würde, wäre er sicher als interessante Aufgabe angesehen worden.

Von unten wurde die Tür langsam, aber sicher aufgedrückt. Hoel überlegte, welche Richtung er einschlagen sollte. Das Dach fiel auf beiden Seiten steil nach unten, und der Dachfirst wurde nur von zwei Schornsteinen unterbrochen, aus denen Rauch aufstieg. Der saure Geruch von verbranntem Holz und Zeitungen stach ihm in die Nase. Er rutschte auf dem spiegelglatten Hausfirst mehr, als dass er ging. Drei Dachziegel sausten nach unten und verschwanden. Das nächste Haus war höher. Hinter ihm ertönten Rufe. Jemand warf ein Schlagholz nach ihm. Hoel duckte sich, und das Schlagholz knallte gegen die Wand vor ihm. Er schnappte es und behielt es in der Hand, während er hochsprang und sich die Wand hochzog, die nur ein paar Meter hinaufragte.

Er schwang sich über den Rand. Das folgende Dach war nicht so steil, und er lief, so schnell er konnte. Ein Sprung von zwei Metern brachte ihn auf ein niedrigeres, moderneres Bürogebäude. Natürlich war die Tür zum Treppenhaus verschlossen und verriegelt. Er zerrte an der Kette. Hinter sich hörte er leise Stimmen und zögernde Schritte. Er umklammerte das Schlagholz und sah sich nach Alternativen um – zwei Seiten des Gebäudes gingen auf die Straße oder auf einen Hinterhof. Die letzte Möglichkeit war das nächste Haus, aber aus dem ragte ein zwei Stockwerke hoher Giebel vor. Dessen Mauer war so verwittert, dass der Putz abblätterte. An mehreren Stellen konnte er Spalten zwischen den Ziegeln sehen, und damit hatte er die Möglichkeit, sich die sechs Meter hochzuziehen.

In dem schwachen Licht der Straßenbeleuchtung stellte er sich an die Mauer und tastete sie ab, bis er einen viel versprechenden Punkt fand. Jetzt konnte er sich vorstellen, wie das mit Steilwandkletterei in der Halle ablief. Nur gab es hier keine Sicherung, und der Feind war ihm auf den Hacken. Er nahm das Schlagholz zwischen die Zähne, klammerte die Finger in einen Spalt und zog sich dreißig Zentimeter hoch. Die andere Hand fand neuen Halt weiter oben, und eine weitere Kraftanstrengung ließ ihn ein gutes Stück höher kommen. Hinter sich hörte er Flüstern. Er warf einen schnellen Blick nach hinten. Die Gestalten zeichneten sich als zwei schwache Silhouetten vor dem helleren Hintergrund ab.

Hoel suchte nach einem Halt. Seine rechte Hand tastete über die raue Mauer, ohne einen Spalt zu finden, in den er seine Finger hätte hineinpressen können. Sein linker Daumen tat weh, und der Ringfinger, der taub gewesen war, schien jetzt gefühllos. Plötzlich fand er einen höheren Halt für den Fuß und stieg fast einen halben Meter weiter hoch. Von hier aus war es einfacher, einen Griff zu finden. Ein paar schnelle, akrobatische Sekunden später war er nur noch einen halben Meter vom Dach entfernt. Das Flüstern seiner Verfolger wurde zu einem hitzigen Fauchen, und jemand warf irgendwas aus Metall nach ihm. Hoel dankte Göttern und Teufeln, dass die Jungs nicht weitsichtig genug gewesen waren, ihre Schusswaffen mitzunehmen. Der eine Mann begann, hinter ihm herzuklettern. Er musste Erfahrungen haben, denn er kam schneller voran als Hoel. Seine Finger waren nur noch zwanzig Zentimeter unter Hoels Stiefelabsatz, als er das Schlagholz warf, das er zwischen den Zähnen gehabt hatte. Es war nicht einfach, einen soliden, vernichtenden Schlag zu landen, aber auf jeden Fall traf das Holz den Mann mit einem dumpfen Klatschen seitlich am Kopf. Der Kletterer knurrte und fiel schräg aufs Dach hinunter, blieb liegen und wand sich krampfartig. Der andere starrte zu ihm hinauf, und Hoel konnte das Weiße in seinen Augen sehen. Dann erreichte er die Spitze des Giebels und zog sich über den Rand.

Er warf einen letzten Blick auf die beiden und sah, dass der Kletterer wieder auf die Beine gekommen war. Er stand vorgebeugt und schüttelte heftig den Kopf. Der andere murmelte etwas und versuchte ihm das Blut abzuwischen, das die Wange hinunterlief. Aber der Mann schob die Hand weg und konzentrierte sich erneut auf die Wand.

Hoel rannte über die Dachstuhlpfette. Im schwachen Licht sah er die Dachluke erst, als es zu spät war und er schon bis zum Knie drinsteckte und vornüberfiel. Hätten seine amerikanischen Stiefel nicht so dickes Leder gehabt, wäre es übel ausgegangen. Aber so konnte er sein Bein vorsichtig aus dem Loch ziehen und hörte, wie die Glassplitter ins Dunkel des Dachbodens fielen. Vom Hosenbein waren nur noch Fetzen übrig. Er stand auf und lief eine Spur vorsichtiger weiter. Als er ans Ende des Daches kam, musste er einsehen, dass er diesmal wohl einen Fehler gemacht hatte. Hier ging es sieben Stockwerke nach unten zu einem wackligen Holzschuppen im Hinterhof. Das nächste Haus war zu weit weg. Nicht einmal der Weltmeister im Weitsprung hätte den Abgrund überwinden können, der sich auftat. Es roch verbrannt von den Schornsteinen. So fühlte Hoel sich auch. Er war durchgeprügelt, zerschlagen, verwundet, lahm, hatte Schnitte an Händen und Füßen und blaue Flecken am ganzen Körper. Es war nur noch eine Frage der Zeit, wann der Wahnsinnige hinter ihm ihn einholen würde. Und sich hier, sieben Stockwerke über der Erde, zu prügeln, das war keine verlockende Aussicht.

Er beugte sich übers Dach und sah, dass die Straßenlaterne nicht weit von der Hauswand entfernt stand. Wenn es ihm gelang, sich am Regenrohr hinunterzuhangeln, konnte er vielleicht den Laternenmast erreichen. Hoel krabbelte rückwärts das glatte Dach hinunter, bis seine Füße sich in einer Schneesicherung verhakten, dort, wo das Schrägdach aufhörte. Er umklammerte den Rand und überprüfte die Regenrinne. Sie war solide befestigt, und außerdem wollte er sich ja auch nur kurz an ihr festhalten, bis er das senkrecht herabfallende Regenrohr zu fassen bekam.

Vorsichtig kletterte er über den Rand, packte das Metallgitter und verlagerte sein Gewicht, während er langsam seine Beine über den Rand in die Luft schob. Dann wechselte er ruhig erst eine Hand, dann die andere zur Dachrinne. Ein leichtes Zittern durchlief die Befestigung, aber sie hielt. Er tastete mit den Beinen unter sich und suchte das Rohr. Er schaukelte langsam hin und her, um Schwung zu holen. Manchmal berührte er die Wand, manchmal nicht. Er konnte fühlen, wie die Schrauben sich aus der Befestigung arbeiteten. Ein scharfer Knall, dann neigte sich die Regenrinne drei Meter zur Seite. Und er fühlte, dass die nächste Befestigung sich löste. Er suchte weiter nach dem Rohr. Plötzlich fand er es. Er umklammerte es mit den Beinen, um das Gewicht zu verlagern. Währenddessen rutschte die zweite Halterung weiter heraus, und es hing am seidenen Fliegenmösenhaar, dass er es noch schaffte, das ganze Gewicht auf das Regenrohr zu verlagern und sich daran festzuklammern.

Über sich hörte er, wie der Mann über das Dach herankam, aber jetzt war er in Sicherheit. Unter ihm war der Boden noch Schwindel erregend weit weg. Langsam rutschte er am Rohr entlang, bis er auf die erste Wandbefestigung traf. An der blieb sein Hemd hängen, und er musste sich eine Ewigkeit lang abmühen, bis er loskam, wobei er feststellen musste, dass auch diese Befestigungen nicht dazu gedacht waren, sein Körpergewicht zu halten. Der Laternenmast näherte sich langsam, während vor Anstrengung sein Körper und das Rohr, das dagegen protestierte, fünfundneunzig Kilo aushalten zu müssen, gleichzeitig zitterten.

Endlich hatte er die halbe Strecke hinter sich gebracht. Er blieb eine halbe Minute ruhig hängen, um Kräfte für die letzte Anstrengung zu sammeln. Dann warf er sich nach vorne und fing den obersten Teil des Mastes ein. Ein schwaches Klopfen erklang, dann rutschte er das kühle, blaugraue Metall so schnell nach unten, dass ihm die Handflächen brannten. Unten angekommen sprang er ein paar Mal auf und ab, um zu spüren, dass er wirklich auf dem Boden angekommen war. Schließlich lief er durch das Tor hinaus, bevor die Verfolger ihn erreichen konnten.

Fornebu

Donnerstag, 8. Januar. 8.01 Uhr morgens

Sobald Maria und Ramon genug Geld gespart hatten, wollten sie dieses kalte Land verlassen. Maria freute sich, endlich wieder zurück auf die Philippinen zu kommen, nach Manila. In dem Vorort, aus dem sie stammte, herrschten ein anderer Rhythmus und andere Temperaturen als in dieser europäischen Stadt hoch im Norden. Hier gab es andere Gerüche als die, die sie aus Manila kannte. Aber in ihrem Heimatland, in dem Vater und die Brüder für einen Hungerlohn im Akkord in der Zuckerraffinerie und der Ölmühle arbeiteten, herrschte auch ein ganz anderer Druck. Ramon und sie hatten eine Einzimmerwohnung in einem Haus bei Sandvika gemietet. Jeden Morgen mühten sie sich um fünf Uhr hoch, um im Restaurant in Fornebu zu sein, das um sechs Uhr öffnete. Sie saßen mit mürrischen Gesichtern nebeneinander im Bus und sprachen kein Wort miteinander bis weit in den Vormittag hinein. Ramon war meistens schlecht gelaunt, während sie dazu neigte, über alles, was er sagte, zu streiten.

Aber trotzdem liebte sie ihn über alles auf der Welt – nur nicht morgens. Dieser Donnerstagmorgen war besonders schlimm gewesen, und er hatte etwas in der Richtung gemurmelt, dass es ihnen gut tun würde, Urlaub zu machen. Und dann hatte er noch hinzugefügt: »Jeder für sich.« Maria hatte nichts gesagt. Sie hatte sich nicht einmal über das, was er gesagt hatte, aufgeregt, sondern nur gespürt, wie sich alles in ihrem schmächtigen Körper verkrampfte. Stattdessen hatte sie ihr rundes Gesicht mit der weichen Stupsnase der kalten Glasscheibe des Busses zugedreht. Kurz darauf kam seine Hand herangeschlichen und wollte sich auf ihre legen. Sie hatte die Hand zurückgezogen und nachdrücklich geschnauft, als wäre sie ernstlich erkältet.

Morgenfröstelnd waren sie nebeneinander zum Flugplatz gegangen. Sie war sofort auf die Toilette geeilt und dort geblieben, bis sie hörte, dass er wegging. Sie hatte sich im Spiegel betrachtet und überlegt, ob sie wirklich so schlimm aussah, dass man keinen Urlaub mit ihr verbringen konnte. Sicher, sie stritten miteinander, wie es alle Ehepaare tun. Oder stritt sie mehr als andere? Wollte er sie nicht mehr haben? Ihr Körper war fest. Sie schob die Brust vor. Weder damit noch mit ihrem Po stimmte etwas nicht. Konnte es eine andere Frau sein?

Plötzlich fühlte Maria Palma sich müde. Müder als sonst. Das war etwas anderes als das übliche Es-ist-noch-zu-früh-am-Morgen-Gefühl. Sie sank auf den Mülleimer und weinte mehrere Minuten lang. In dieser Stimmung ordnete sie ihr Äußeres und machte sich bereit, den ersten Gästen gegenüberzutreten. Von ihrem Platz an der Kasse aus konnte sie jeden einzelnen sehen. Ein endloser, monotoner Strom an Kaffee, Tee, Milch, kaltem Frühstück, warmem Frühstück, Joghurt und Obst wurde in die

Kasse eingetippt. Diese nordischen Gesichter am Morgen ähnelten aufgegangenem Teig. Graue, verrutschte Visagen mit Säcken unter den Augen, mit zu wenig Farbe, mit zitternden Körpern unter den dicken Kleidungsschichten und mit Fingern, die steif waren vom Frost.

Es war kurz nach acht und das Restaurant halb gefüllt, als ein Mann um die Dreißig sich eine ganze Kanne Kaffee kaufte, eine doppelte Portion Eier und Schinken und ein Glas frisch gepressten Orangensaft. Er fiel ihr auf. Nicht, weil er besonders chic war. Das war er auch. Sondern weil er aussah, als hätte man ihn unter einen Bagger geworfen. Am Hals und im Gesicht war er gelb und blau. Das eine Auge war blutunterlaufen, und die Hand, mit der er bezahlte, voller Pflaster. Er lächelte müde, als er das Geld gab. Sie bemerkte, dass er leicht hinkte, als er zu einem Tisch in dem Teil des Restaurants ging, der am weitesten vom Eingang entfernt lag.

Sie überlegte, ob sie etwas melden sollte. Vielleicht war er ja ein gesuchter Verbrecher. Aber etwas war in seinem Lächeln gewesen, das einen Eisklumpen zum Schmelzen gebracht hätte. Geistesabwesend blieb sie ein paar Sekunden sitzen, bis der nächste Gast sich auf die aufdringliche Art und Weise räusperte, wie es nur Europäer können, die augenblicklich Aufmerksamkeit und Service verlangen.

Hoel schlürfte den glühend heißen Kaffee in sich hinein. Er hatte noch nicht so lange auf der Platte gestanden, dass die Gerbsäure sich hätte ausbreiten können. Er war frisch und so gut, wie ein Restaurantkaffee in Norwegen nur sein konnte. Das gefiel ihm an Fornebu. Hier wussten sie, was die Leute brauchten, und servierten richtigen Kaffee statt des üblichen Spülwassers. Der Kaffee weckte nicht nur seine Lebensgeister, er veranlasste den Körper auch dazu, all die Stellen zu melden, an denen es schmerzte oder die einen Stoß abbekommen hatten.

In seiner Jackentasche hatte er ein Ticket nach Trondheim. Er war für den früheren Flug zu spät gekommen, und jetzt dauerte es noch eine Stunde bis zum nächsten Start. Hoel sah ein, dass die Schlacht verloren war. Es waren zu viele. Und mit dieser Erkenntnis im Hinterkopf musste er zugeben, dass er gebrochen war. Er würde Irina und Sönke nie wieder sehen, nachdem er sie angerufen und gewarnt hatte. Von dem normalen Leben in einem normalen Land mit einer normalen Liebe konnte er sich verabschieden. Und zugleich hasste er sich für diese Entscheidung. War er denn nicht ein Gewinner? Natürlich, aber auch einer, der es immer schafft, weiß, wann es absolut keine Aussicht auf Erfolg mehr gibt.

Sonderbarerweise hatten die Russen das Geld nicht gefunden, das er für seinen Kurierjob gekriegt hatte. Das war eigentlich mehr als sonderbar, da er es nicht besonders gut versteckt hatte. Er hatte eine extra eingenähte Tasche mit Klettverschluss ganz unten im Innenfutter einer Seite der Jacke. Die war eigentlich nur als ein Backup gedacht, wenn etwas aus den normalen Innentaschen verschwinden sollte. Aber die Russen waren offenbar stärker daran interessiert gewesen, ihn zusammenzuschlagen und zu verhören, als zu überprüfen, was er denn außer seiner Brieftasche noch so bei sich hatte.

Er hatte sich für das Flugzeug nach Trondheim entschieden, weil das ein Schachzug war, mit dem sicher niemand rechnete. Wenn man von Fornebu abhaut, dann fliegt man natürlich direkt ins Ausland. Das Ticket hatte er im Automaten im Erdgeschoss gekauft, also brauchte er sich nicht in die Ticketschlange zu stellen und lief nicht Gefahr, von zu vielen Flughafenangestellten gesehen zu werden. Er wusste selbst, wie übel zugerichtet er aussah, und am allerwenigsten wünschte er sich, von irgendwelchen misstrauischen Beamten zurückgehalten zu werden. Um nach Trondheim zu kommen, brauchte er weder Pass noch andere Papiere.

Und nicht zuletzt: Von Trondheim war es nicht weit nach Schweden. Er plante, erst mal auf diesem Weg zu »verschwinden«. Danach würde er seinen Instinkten vertrauen und versuchen, den Kopf über Wasser zu halten.

»Ach Hoel«, schmatzte eine Stimme bedauernd neben ihm.

Das konnte nicht wahr sein. »Guten Morgen, Braza«, sagte er dann und trank seine Tasse aus. »Welch nette Überraschung.«

»Die Freude ist ganz auf meiner Seite, mein Lieber«, erwiderte Braza und setzte sich neben ihn. Ein anderer Jugoslawe setzte sich auf die andere Seite, und der dritte Mann setzte sich auf den Stuhl ihm direkt gegenüber und naschte ganz schamlos von seinem Frühstücksteller. Braza schlug dem Kerl gutmütig auf die Finger und sagte: »Manieren, Manieren, junger Mann.« Dann wandte er sich wieder Hoel zu und legte eine frisch manikürte Hand auf die seine. »Ich bin so schnell wie möglich gekommen, nachdem unsere Freunde mir erzählt haben, dass du hier gesehen wurdest.«

»Das ist ja schön«, erklärte Hoel und nippte an dem Saft. »Hier servieren sie das beste Frühstück der Stadt, und ich brauchte ...«

»Keine Ausreden, mein Lieber.« Braza zog ihm das Ticket aus der Innentasche. »Trondheim, aha. Ja, es heißt, das ist eine schöne Stadt.«

»Nur eine kurze Geschäftsreise.« Hoel zuckte gleichgültig mit den Schultern. »Ich bin abends wieder zurück.«

»Von Trondheim ist es ja auch nicht mehr so weit zur Grenze«, entgegnete Braza, zerriss das Ticket in kleine Fetzen und warf sie in den Aschenbecher.

Hoel spürte einen Stich und registrierte überrascht, dass der Mann auf der anderen Seite ihm eine Spritze bis zum Anschlag in den Hintern gejagt hatte. »Scheiße«, sagte er und fühlte, wie sich ihm ein roter Schleier über die Augen legte. Sein Wille wurde zu Grütze, träge dahinfließend. Alles, worum sie ihn baten, war in Ordnung.

»Wir können uns doch nicht so trennen, nach allem, was wir miteinander durchgemacht haben«, sagte Braza und sah zu, wie einer seiner Männer Hoel zum Rollstuhl brachte, der gleich hinter ihrem Tisch stand. Hoel lächelte und war froh, solche Freunde zu haben.

Oslo

Donnerstag, 8. Januar. 9.27 Uhr morgens

Dragoslaw reagierte genau so, wie Braza es erwartet hatte. »Abhauen wollte er! Dieser Hurensohn!«, sagte er und ohrfeigte Hoel, der schlaff im Sessel hing. Hoels Körper kippte über eine Armlehne und war kurz davor, ganz aus dem Sessel zu fallen. »Das ist unser Geld, verdammt noch mal. Du verfluchter Fotzenlecker! Wie viel hatte er bei sich?«

Braza reichte ihm das Geldbündel, und Dragoslaw zählte eifrig. »Immer noch nicht genug. Es fehlen noch zwanzig Riesen«, erklärte Dragoslaw und ohrfeigte Hoel noch einmal. »Habe ich ihm nicht gesagt, dass es Konsequenzen hat, wenn er versucht, uns reinzulegen? Braza, war ich nicht geradezu überwältigend großzügig zu ihm?« Dragoslaw sah beinahe ehrlich bekümmert aus. Er klang wie ein Vater, der über seinen ungehorsamen Sohn sprach.

»Mehr als großzügig«, antwortete Braza. »Wenn es nach mir gegangen wäre …« Er ließ den Satz in der Luft hängen.

»Und jetzt schuldet dieses Schwein mir noch immer Geld. Wenn ich nicht ein Mann von Ehre wäre, würde ich ihn ja an die Scheißrussen verkaufen. Wenn er nicht bald das Geld heranschafft, habe ich keine Skrupel und werde mich an diese türkische Hure und ihren Sohn halten.« Dragoslaw riss Hoel am Kragen aus dem Sessel. Aber Hoel wackelte nur mit dem Kopf. Seine

Augen zeigten einen zufriedenen, gläsernen Blick. »Wie viel habt ihr in ihn reingepumpt?« Dragoslaw schubste ihn brutal wieder auf seinen Platz.

»Eine passende Dosis, kein Problem. Aber lohnt es sich wirklich, ihn noch zu schonen?«

»Du würdest ihn schrecklich gern umbringen, nicht wahr?« Dragoslaw lächelte mit schmalen Lippen. »Ich kenne dich, mein Freund. Aber geben wir ihm noch eine letzte Chance. Hast du ein gutes Rezept, wie man so einen Mann überreden kann?« Dragoslaw setzte sich auf den Schreibtischrand und zündete eine seiner ewigen Zigaretten an.

»Das beste«, antwortete Braza und zog ein perlmuttbesetztes Taschenmesser heraus. Nicht gerade ein Armeemesser, aber solide genug. Er zog die größte der drei Klingen heraus und nahm Hoels linke Hand. Er hielt sie über dessen Schoß, um nichts schmutzig zu machen. Hoel war kaum bei sich. Mit einem viel sagenden Blick zu Dragoslaw und den drei anderen Jugoslawen zog Braza das äußerste Glied von Hoels kleinem Finger mit seiner linken Hand heraus und schnitt den Finger entschlossen mit dem Messer ab. Das Blut spritzte in Hoels Schoß, der trotz der Spritze zusammenzuckte und ein welpenartiges Jaulen von sich gab. Braza wickelte ihm die Hand in ein Taschentuch, das schnell durchgeblutet war. »Das wird ihm eine Lehre sein«, sagte er zufrieden und schob den kleinen Finger in eine Plastiktüte. »Er kann den Finger wiederhaben, wenn er mit dem Geld kommt.« Alle brachen in Gelächter aus, selbst Dragoslaw kicherte.

Braza befahl den Männern, den lallenden Hoel in den isolierten Raum im Keller zu schaffen. In den Raum ohne Fenster, dessen einziges Inventar aus einer Bank und zwei Haken in der Decke bestand. Dort wollten sie ihn aufbewahren, bis der Krieg mit den Russen beendet war. Bei der Geschwindigkeit, die Milos an den Tag legte, würde es nicht mehr lange dauern. Braza überlegte, ob er Dragoslaw Hoels Leben abkaufen konnte. Vierzigtausend war der Spaß wert, den Kerl in kleine Häppchen zu schneiden.

Oslo

Donnerstag, 8. Januar. Nachmittags und abends

Oslo ist ein Furz auf der Landkarte von Europas Kriminalität. Aber ab und zu kann selbst diese kalte Ecke einen Platz bei den internationalen Nachrichtenagenturen erhaschen. Die *Dagsrevy* und die *TV2*-Nachrichten wurden jeweils um zwanzig Minuten verlängert, sogar *TvNorge* war zur Stelle. *Dagbladet* schrieb rasch entschlossen von einem »Krieg zwischen rivalisierenden Banden«. Andere Redaktionen nahmen es gemächlicher und nannten die Vorfälle »interne osteuropäische Streitereien mit äußerst brutalem Erscheinungsbild«.

Es begann damit, dass ein Wohnhaus in Tøyen um 16.05 Uhr in Brand geriet. Sowohl Feuerwehr als auch Polizei waren im Laufe von 2 Minuten und 57 Sekunden zur Stelle und konnten schnell feststellen, dass das Feuer wahrscheinlich gelegt worden war. Als die Polizei anrückte, fand sie keine Toten. Dafür jedoch Drogen und Waffen, Sprengstoff sowie drei Plastiktüten mit norwegischem und ausländischem Geld. Im Keller zusätzlich noch eine Ladung Trester. Zwei handgeschriebene Zettel, die am Tatort gefunden wurden, wiesen auf Russen hin. Diese Information gab man der Presse nicht. Die Polizei wollte die Stimmung nicht noch weiter anheizen.

Um 16.37 Uhr wurden die Bewohner von Alnabru von vier Salven aus einem Lagerhaus aufgeschreckt. Die Polizei brauchte zehn Minuten, um zur Stelle zu sein. Diesmal fand sie Spuren eines Blutbads sowie ein Schnapslager von solchen Dimensionen, dass es sofort als norwegischer Rekord galt. Die Spuren ließen den Schluss zu, dass es sich um eine regelrechte Hinrichtung gehandelt haben musste. Eine oder zwei Personen hatten höchstwahrscheinlich an der Wand gestanden. Sie hatten ganz offensichtlich nicht überlebt, denn mehrere Salven waren aus automatischen Waffen abgeschossen worden. Aus dem Fund einer leeren Patronenhülse war zu schließen, dass eine der Waffen eine Uzi gewesen sein musste. Die Leiche (oder die Leichen) sowie die anderen Hülsen waren entfernt worden, sodass man nicht allzu viel sagen konnte, solange die Techniker den Tatort noch nicht untersucht hatten. Eine russische Tageszeitung, vor drei Tagen im Narvesen-Kiosk gekauft, lag auf einem Schlafsack. Aber man musste in Betracht ziehen, dass es sich hierbei um eine Spur handeln konnte, die die Polizei bewusst auf eine falsche Fährte führen sollte. Andere offensichtliche Spuren, die irgendetwas über die Identität der Opfer hätten aussagen können, gab es nicht.

Die Mörder hatten außerdem versucht, einen Brand zu legen, der den größten Teil der Spuren vernichtet hätte, wenn er funktioniert hätte. Aber entweder hatten sie sich dumm angestellt, oder sie hatten Pech. Jedenfalls hatten die Flammen nur eine der Schlafdecken angekokelt, die immer noch vor sich hin glimmte, als die Polizei eintraf. Es war vollkommen unverständlich, warum die Täter nicht den brennbaren Schnaps benutzt hatten, wenn sie gründlich aufräumen wollten.

Um 17.10 Uhr fing eine alte Holzvilla von 1895 auf dem Holmenkollåsen Feuer. Hier wurde die Polizei von der Feuerwehr um fast siebzehn Minuten geschlagen und konnte nichts anderes mehr tun, als in sicherem Abstand zu der in hellen Flammen stehenden Villa zu warten. Es gab nichts mehr zu retten. Die einzige Aufgabe der Feuerwehr bestand darin, dafür zu sorgen, dass der Brand nicht auf andere Häuser übergriff. Die Nachbarn konnten auf die Fragen der Polizei hin nur sagen, dass sie den Besitzer kaum kannten. Er war erst vor einem halben Jahr eingezogen. Sie wussten nur, dass er aus dem Ausland stammte, oft Feste veranstaltete und ständig Frauen zu Besuch hatte. Einer der Nachbarn, Herr Trondstad, benutzte das Wort »unsittlich« bei seiner Beschreibung. Aber als er gefragt wurde, ob er das denn näher erklären könne, wurde er rot bis zu den Ohrläppchen und behauptete, dass man das schon an den Frauen sehen konnte. Seine Frau starrte ihn verärgert an und schnaubte verächtlich. Das Paar war sich einig darüber, dass der Mann zu Hause gewesen war, als das Feuer ausbrach.

Die Polizei bedankte sich für die Informationen und ging weiter zur nächsten Nachbarin, die sicher war, dass dort ein Tscheche gewohnt hätte. Er hatte so eine Nase, die ganz typisch für alle Tschechen sei. Als der Ermittlungsleiter sie fragte, woher sie das wisse, erklärte sie, dass sie schon dreimal in Prag gewesen sei und die Menschen dort kenne. »Eine typisch tschechische Nase!«, sagte sie und klopfte bekräftigend mit dem Zeigefinger auf den Block des Beamten. »Da gibt es gar keinen Zweifel.«

Alles deutete darauf hin, dass der Mann wirklich zu Hause gewesen war. Sein Auto stand in der Einfahrt, und Zeugen meinten ihn vor weniger als einer Stunde nach Hause kommen gehört zu haben.

Fast gleichzeitig wurde einem Russen in einer Kneipe im Zentrum in den Bauch geschossen. Er lebte noch zehn Minuten, sagte aber kein Wort zu der Besatzung des Notarztwagens, die ihn versorgt hatte.

Alle Zeugen an diesem Tatort waren sich einig: Sie hatten einen großen, unauffälligen, gut gekleideten Mann in einem dunklen Mantel zum Opfer hinschlendern sehen. Aus der Tasche hatte er eine Pistole gezogen und geschossen. Er hatte kein Wort gesagt, war einfach davongelaufen. Am Tatort fand die Polizei die Waffe, eine Sig Sauer P230 mit noch fünf Schuss im Magazin.

Es war ein großer Tag für den Rundfunk und vor allem fürs Fernsehen. Die Zeitungen trommelten alle Mitarbeiter für die Freitagsausgabe zusammen. Der nächste würde ihr großer Tag werden. Wenn es darum ging, alle die Zusammenhänge aufzuzeigen, die in den Fernsehnachrichten nicht erwähnt worden waren.

Milos steckte hinter dem Plan. Er hatte erst den russischen Gefangenen verhört, der redete, nachdem Milos alles, was er an unangenehmen Verhörmethoden kannte, angewandt hatte. Dann war Hoel an der Reihe, der willig alles erzählt hatte. Milos brauchte eine Stunde, um die Situation zu analysieren. Das Ganze war ein Schachspiel, bei dem es erlaubt war, mehrere Züge gleichzeitig zu machen. Er hatte die Leute losgeschickt, die Feuer legten und schossen. Er selbst hatte den Russen erschossen. Die Aktion an sich war ein Kinderspiel für Milos. Eigentlich genoss er es geradezu. Es war, als würde er auf der Bühne stehen, als wäre er der dramatische Mittelpunkt einer Vorstellung, die niemand je vergessen würde. Er überschritt dabei eine Grenze, die nur wenige andere Menschen überschreiten konnten oder wollten.

Der Einzige, den er bis jetzt nicht erledigt hatte, war der Mann mit den Narben im Gesicht. Der Russe, den der tote Gefangene Ilja genannt hatte. Nach den Berichten seiner Leute hatte Ilja sich weder im Hauptquartier befunden noch im Lager oder beim Chef, und er war auch in keiner der bekannten Kneipen, die sie überprüft hatten. Ob er die Fallen gerochen hatte? War es ihm gelungen, aus dem Land zu entkommen? Ein Mann mehr oder weniger war zwar nicht besonders schlimm, aber es kränkte Milos' Berufsehre. Er hatte Dragoslaw Kis persönlich zugesichert, die Bande bis zum letzten Mann auszurotten. Das meinte er wörtlich.

Ein Geistesblitz sagte Milos plötzlich, wo der Russe sich befand. Man brauchte eigentlich nur zwei und zwei zusammenzuzählen. Der Gefangene hatte von dem Eintreiber Hoel geredet, den sie jagten. Ilja war besonders scharf darauf, Hoel zu finden. Er wollte um jeden Preis den toten Pjotr rächen. Deshalb befand Ilja sich dort, wo Hoel früher oder später auftauchen würde! Milos war äußerst zufrieden mit sich.

Milos redete kurz mit Hoel und konnte ihn zur Zusammenarbeit überreden. Der Norweger in dem fensterlosen Kellerraum musste psychisch gebrochen sein. Sie hatten ihm alles abgenommen. Er saß in Hemd, Hose ohne Gürtel und mit nackten Füßen da. Die meiste Zeit war eine Wache bei ihm, sodass er keinerlei Privatsphäre hatte. Trotzdem schien der Eintreiber sich im Griff zu haben. Milos bewunderte Hoel insgeheim. Er wusste, dass er selbst unter derart hartem Druck zurechtkommen würde. Aber es war überraschend, jemand anders zu sehen, der es auch schaffte. Hoel gab ihm nach wenigen Sekunden Bedenkzeit die Informationen, die er brauchte.

Es war still in Hoels Haus. Milos hatte den Wagen um die Ecke abgestellt. Er hatte keine Verstärkung mitgenommen. Das wollte er allein erledigen. Daheim im »Lager« waren die anderen Jugoslawen ausgiebig damit beschäftigt, den Sieg zu feiern. Die meisten waren bereits reichlich in Fahrt. Milos machte sich nur wenig aus derartigen Festivitäten. Überhaupt wurde ihm sein Körper immer wichtiger. Nur ganz wenig Fett, keine Rauschmittel, keine Medikamente und hartes Training für Leib und Seele. Heimlich verachtete er seine Landsleute. Sich unter den Tisch zu trinken, das gehörte für ihn zu den Jugendsünden.

Milos folgte Hoels Anweisungen. Er fand die Hintertreppe und zählte die Stockwerke nach oben. Der Schlüssel ließ sich umdrehen, als wäre das Schloss aus Butter. Die Tür knirschte nicht einmal, als er sie halb aufschwang. Milos trat geräuschlos ein. Seine Sohlen aus Kreppgummi trafen federnd auf die Bodenplanken. Er hatte den Mantel im Auto gelassen und nur einen dicken Pullover an. Die beiden Schlüssel, die er brauchte, steckten jeweils in einer Hosentasche. Er hatte nichts an sich, was klirren oder ihn auf andere Weise verraten konnte. Er hatte seine Schusswaffe, eine Taurus, bereits unterwegs entsichert und den Schalldämpfer mit ruhigen Griffen aufgeschraubt. Es war übrigens ein Mythos, dass eine Schusswaffe lautlos wurde, wenn man einen Schalldämpfer benutzte. Eine Lüge, die das Fernsehen mit seinen unzähligen billigen Krimiserien erfunden hat. Ein Schalldämpfer schluckte nicht das ganze Geräusch. Er verwandelte es nur von einem ohrenbetäubenden Knall in ein kurzes Bellen. Und das war ein Geräusch, das man leichter als etwas anderes verstehen konnte. Einen Hund, ein Auto mit einem kaputten Auspuff oder etwas, das zu Boden fällt.

In der Wohnung war kein Geräusch zu hören. Das berührte Milos unangenehm und weckte gleichzeitig seinen Jagdinstinkt. Denn gerade in der absoluten Stille ahnte er die Nähe des Russen. Er konnte ihn riechen: billiges Aftershave mit einem zu intensiven, säuerlichen Duft. Ein typischer Amateurfehler. Milos blieb stehen, sodass er nicht vom Flur aus gesehen werden konnte, der zu den anderen Zimmern der Wohnung führte. Er verhielt sich mucksmäuschenstill, bis sich seine Augen auf die Dunkelheit eingestellt hatten. Stück für Stück traten die Konturen der Möbel und Gegenstände hervor. Milos glich das Gewicht zwischen linkem und rechtem Bein aus, um nicht steif zu werden. Er machte zwei Schritte vor, wobei er die Waffe hob und sie mit ausgestreckten Armen vor sich hielt. Das erlaubte ihm, rasch in die Knie zu gehen und gleichzeitig den Kopf zu senken und über den Revolverrand zu zielen. Vor sich hatte er die Tür zu den Schlafzimmern, zum Arbeitszimmer, Wohnzimmer und zu etwas, das Hoel den Abstellraum genannt hatte. Die Türöffnungen ließen blaugraues Licht schräg auf den Flurboden fallen. Milos ging leicht in die Hocke und schaute schnell in die erste Öffnung rechts. Damit vermied er die Falle, in die viele Anfänger tappten. Sein Kopf tauchte fünfzig Zentimeter tiefer als erwartet auf.

Das war ein Schlafzimmer. Und das nächste auch. Milos hatte nicht erwartet, den Russen hier zu finden. Lautlos überprüfte er sicherheitshalber alle Zimmer, an denen er vorbeikam, näherte sich aber nun dem ersten der beiden Wohnzimmer, wo der Geruch stärker wurde. Vorsichtig schaute er hinein, ohne etwas anderes als drei Stühle, einen Spiegel und einen Tisch zu finden. Ilja war nicht zu sehen. Zwei Schritte weiter nach vorn brachten ihn zur Türschwelle. Er hob den Blick und guckte in das nächste Zimmer, das Hauptwohnzimmer. Es gab keine andere Möglichkeit mehr. Langsam, ganz langsam trat er über die Schwelle in den Vorraum. Ilja hatte sich natürlich direkt an der Wohnungstür platziert. Amateur, der er war, hatte er die Wohnung gar nicht erst durchsucht und war einfach davon ausgegangen, dass es keine anderen Eingänge gab. Milos grinste böse und bewegte sich seitlich an der Längswand des Zimmers entlang. Er näherte sich dem großen Zimmer und hatte sich bereits die Hälfte der Einrichtung eingeprägt. Er schlich zu dem breiten Zimmerdurchbruch, der sicher früher einmal mit dicken Vorhängen bedeckt gewesen war. Der Geruch nach Aftershave war jetzt penetrant. Er hatte nun den größten Teil des Zimmers im Blick. Sogar ziemlich deutlich, obwohl es fast im Dunkeln lag. Jemand hatte die Gardinen halb zugezogen. Alle seine Sinne sagten ihm, dass Ilja sich direkt hinter diesem Wandstück befand, entweder sitzend oder stehend. Aber da Milos zu keinem Zeitpunkt irgendein Geräusch gehört hatte, ging er davon aus, dass der Mann saß. Sonst würde er steif werden. Er musste sich ja darauf einrichten, viele Stunden, vielleicht sogar Tage zu warten. Milos überlegte, wie hoch er zielen sollte, welche Überraschung ihn erwarten könnte, ob er einen zweiten Schuss würde abfeuern können.

Er wartete genau dreißig Sekunden, bis sein ganzer Körper wie eine Stahlfeder gespannt war und er alle Möglichkeiten durchdacht hatte. Dann warf er sich vor und zu Boden, rollte an der Stelle vorbei, an der der Mann sitzen musste, kam auf die Knie und feuerte auf den Punkt, wo seinen Berechnungen nach Iljas Kopf sein musste. Der Revolver bellte einmal kurz, und die Person im Sessel konnte nicht einmal mehr die eigene Waffe ziehen. Sie fiel klirrend zu Boden. Milos' Kugel traf Iljas Stirn. Milos blieb noch zehn Sekunden stehen. Dann trat er den Revolver aus der Reichweite des Toten, hob ihn auf, ohne den Blick von der Leiche zu wenden.

Milos wollte Dragoslaw anrufen und ihm die gute Nachricht mitteilen. Teenagerstolz oder kindliches Prahlen? Ja, er musste zugeben, dass es wohl so etwas in der Art war. Aber er war nun einmal stolz auf den Job, den er gerade erledigt hatte, und wollte dieses Gefühl gern mit jemandem teilen.

Milos fand das Telefon dort, wo er es vermutet hatte. Er nahm den Hörer ab und hörte das Freizeichen. Aus dem Gedächtnis heraus wählte er die Ortsnummer, die Dragoslaw ihm gegeben hatte.

Die Explosion in der Niels Juels gate passte eigentlich in das Muster an Bomben und Hinrichtungen, die sich früher am Tag ereignet hatten, das musste die Polizei zugeben. Was sie jedoch störte, war die Tatsache, dass die Wohnung Alexander Hoel gehörte. Alles, was sie von ihm wussten, war, dass er zum Kredit- und Inkassomilieu der Stadt gehörte. Aber sie hatten ihm nie etwas anhängen können. Ihren Informationen nach hatte er keine Verbindungen zu russischen Kreisen. Die Polizei musste einsehen, dass sie ihre Erkenntnisse jetzt revidieren musste. Es wurde vermutet, dass einer der beiden Männer in dem Wohnzimmer der Norweger war. Der Beschreibung nach konnte der eine Alexander

Hoel sein. Aber sowohl diese Leiche als auch die andere, die aus nächster Nähe erschossen worden war, waren so stark verbrannt, dass eine eindeutige Identifikation unmöglich war.

Oslo

Freitag, 9. Januar. 4.30 Uhr morgens

Michail Pawlow, oder Mike, hatte in den Jahren, die er als die goldene Zeit der Sowjetunion bezeichnete, zu der Sonderabteilung des KGB gehört. Mit der goldenen Zeit meinte er die Periode, bevor Gorbatschow die alten Strukturen zerstörte und den Machtapparat unterminierte. Mike weigerte sich, für Russland ein anderes Wort als »Sowjetunion« zu benutzen. In seinen Augen war es nur eine Frage der Zeit, wann ein starker Mann den Schwächlingen und unfähigen Trunkenbolden die Macht wieder aus den Händen riss. In der Zwischenzeit musste man am Ball bleiben, um, wenn der Putsch kam, vorbereitet und bereit zu sein, den Leuten zu helfen, die einen brauchen konnten. Die Sonderabteilung des KGB war ein heimliches Direktorat für Attentate, fingierte Selbstmorde und ähnliche Aktivitäten gewesen. Mike war ein erstklassiger Mörder und stolz darauf. Für den Job für das Isanow-Syndikat hatte er fünf andere arbeitslose Kollegen ausgesucht, die er aus der goldenen Zeit kannte. Alle sagten sofort zu.

Sie hatten entweder im Lagerhaus in Alnabru oder in dem Mietshaus in Tøyen geschlafen und ihre Zeit dazu genutzt, sich zu orientieren. Nicht nur in der Stadt, sondern auch im Untergrund. Die Abrechnungen am Tag zuvor hatten sie überrascht und die Russenbande dezimiert. Aber das änderte nichts daran, dass Mike einen Job hatte, den er erledigen musste. Er hatte seine Anweisungen bekommen und die Hälfte seines Honorars. Also machte er mit der Operation weiter.

Selbstmord ist eine hohe Kunst. Einen Mann mit der richtigen Einstellung kostete es nur ein Gebet, einem Menschen das Lebenslicht auszublasen. Aber es gehörte allerlei Fingerspitzengefühl dazu, einen Auftrag auf elegante Art auszuführen, die der Polizei nur ein Minimum an Spuren und ein Maximum an unbeantworteten Fragen hinterlässt. Die früheren Mitarbeiter des sowjetischen Direktorats für Drecksarbeit verstanden diese Kunst.

Michail Pawlow stand auf einem Hinterhof in einer ihm fremden Stadt. Er und seine Kollegen beobachteten seit dem vergangenen Abend das Hauptquartier der Jugoslawen. Die Sicherheitsvorkehrungen waren lächerlich und bewiesen wieder einmal den großen Unterschied zwischen Amateuren und Profis. Michail konnte diese Leute nur verachten, die des Siegs bereits so gewiss waren, dass sie sich voll laufen ließen, sich Frauen besorgten und einen Dreck scherten um alles, was sich Vorsicht nannte. Aber weder er noch die anderen durften den Fehler begehen, den Feind zu unterschätzen.

Auch wenn der Hund verwirrt war, er hatte immer noch Zähne. Mike zweifelte nicht daran, dass die Männer in dem Mietshaus vor ihm zum einen zahlreicher waren als seine Truppe und außerdem mehr Waffen und Munition zur Verfügung hatten. Vielleicht gab es in dem Haus ja auch noch Überraschungen. Fallen, verborgene Räume oder Hinterausgänge. Die Russen hatten die letzten zwei Stunden damit zugebracht, einen Schlachtplan aufzustellen und mehrere Pillen einzuwerfen, damit sie auch wirklich fit für den Job waren.

Sie wollten von mehreren Stellen gleichzeitig angreifen. Von vorn, oben und unten. Michails Position war an dem kleinen Fenster zum Keller. Zwei andere waren auf dem Weg die Fassade hinauf, die sie bezwangen, indem sie die kleinsten Vorsprünge und Löcher in der Wand benutzten. Nikolaj und Jurij standen an einem Fenster im Erdgeschoss. Alle starteten exakt um halb fünf. Die Nachbarschaft war ruhig, das Haus still.

Michail hatte seine Jacke im Auto gelassen, einem dunklen Lieferwagen, der hinten auf dem Hof stand. Er hatte einen Rollkragenpullover mit Winterfutter angezogen und sich die Skimütze übers Gesicht gezogen. Zum Schluss hatte er den Bart in den Pullover geschoben, damit er nicht störte oder sich irgendwo festhakte. Alle machten ihre Zeichen und fingen an, die Fenster aufzuhebeln. Da Michail drei Finger fehlten, waren derartige Präzisionsarbeiten nicht gerade seine Sache. Er hatte lange gebraucht, um die verbliebenen sieben Finger umso besser zu trainieren.

Michail befeuchtete den kleinen Saugpfropfen und befestigte ihn sorgsam an der Fensterscheibe. Das Glas war kalt, und er brauchte drei Versuche, bis er richtig festsaß. Dann nahm er den Glasschneider und schnitt eine ovale Öffnung. Es knirschte, was aber bei den Geräuschen des alten Hofs nicht auffiel. Die vier anderen Russen waren noch mit ihren Fenstern beschäftigt, als sich Michails Glasstück so plötzlich löste, dass er es fast in der Dunkelheit hätte fallen lassen. In letzter Sekunde packte er es und stellte fest, dass auch Jurij es bemerkt hatte. Es ärgerte ihn, dass ein Untergebener gesehen hatte, wie ungeschickt er sich anstellte. Er nahm sich vor, drinnen seinen Job umso besser zu machen.

Seine Hand fuhr durch die Öffnung und tastete an der Seite nach dem Fenstergriff, der dort sein musste. Erst auf der einen Seite, dann auf der anderen. Danach setzte er das Nachtsichtgerät auf, kippte das Fenster auf, schob die Waffe an der rechten Hüfte in den Gürtel und aalte sich durch die Öffnung. Er war wie geschaffen für diesen Teil des Jobs, weil er der schmalste war und somit eine reelle Chance hatte, problemlos hineinzuschlüpfen.

Er konnte die Bank sehen, die direkt unter dem Fenster stand, und landete katzenhaft weich mit den Händen zuerst darauf. Der Raum wurde offensichtlich als Lager für Obst und Gemüse benutzt. Seine Nasenflügel konnten den Geruch von Bohnen, Porree und etwas, das er für Oliven hielt, unterscheiden. Die Wände waren mit Regalen voller Dosen und Säcke bedeckt. Michail scannte den ganzen Raum, ohne ein Zeichen von Leben zu entdecken. Keine intensiv grünen Felder ließen sich von den anderen Konturen unterscheiden. Seine Leute hatten strengen Bescheid, im Dunkeln zu arbeiten. Mit den Brillen hatten sie einen taktischen Vorteil.

Es war keine Zeit zu verlieren. Es ging darum, das Kellergeschoss so schnell wie möglich zu sichern. Außerdem gingen sie sowieso davon aus, dass kaum Menschen hier unten waren. Dazu war es zu kalt. Nach zwei weiteren, kleineren Vorratsräumen stieß er auf etwas, das wie eine Zelle aussah, mit Gittern vor dem Fenster in der Tür. Michail hatte kein Problem, den Gauloise-Tabak zu identifizieren. Er hörte, dass sich zwei Männer in dem Raum befanden. Einer von ihnen war wach, denn in regelmäßigem Abstand hörte er ein leises Rascheln. Daraus schloss er, dass der Mann rauchte und einen Aschenbecher benutzte. Der Atem des anderen Mannes machte ihn unsicher. Entweder schlief er, oder er tat so.

Plötzlich sprang der Mann, der so getan hatte, als schliefe er, auf und stürzte sich auf den Raucher. Michail nutzte die Gelegenheit, die Tür aufzutreten und in den Raum zu stürzen. Er hatte sofort seine Waffe gehoben und zielte mit dem roten Laserauge auf einen der beiden. Demjenigen, der gerade noch seine Gauloise genossen hatte, war die Zigarettenglut auf einen Jutesack auf dem Boden gefallen. Im Bruchteil einer Sekunde stand der Sack in Flammen. Das grelle Licht störte Michails Nachtblick. Ein grüner Fleck breitete sich über die Brillengläser aus. Er bekam nur mit, dass der Raucher versuchte, den Angreifer mit einem breitklingigen Messer abzuwehren. Der Gefangene wich dem Stich aus, ließ den Mann ins Leere taumeln, packte seinen Arm, riss ihn an sich und damit den Messerstecher aus dem Gleichgewicht. Das Messer sauste waagerecht durch den Raum, Michail direkt in den Bauch. Die Schneide traf direkt unter das Brustbein und schnitt schräg nach unten, zerschnitt mehrere große Blutadern und riss Magen und Dickdarm auf. Michail klappte zusammen, fiel in die Flammen, die dadurch erloschen, und versank sofort im Schock. Das Blut verteilte sich auf dem Boden und zischte auf dem noch glühenden Sack. Er registrierte nicht mehr, dass der Gefangene kurz darauf seinen Wächter mit einem Schnitt durch die Kehle tötete und die Leiche neben Mikes sterbenden Körper sinken ließ. Michail Pawlow dachte kurz an einen Park voller blühender Rosenbüsche, den er als Kind einmal gesehen hatte. Danach wurde seine Seele grau und verließ den Körper, ohne dass ein Laut über seine Lippen kam.

Hoel hatte eineinhalb Stunden dagelegen und seinen Wächter belauert. Die Schmerzen in der linken Hand, dort, wo sein kleiner Finger fehlte, hielten ihn wach, bis er hörte, wie der Mann seine Position auf dem Stuhl änderte und ihn nach hinten an die Wand kippte. Hoel hatte bewusst alle Sinne in Alarmbereitschaft gehalten. In den letzten zwei Minuten hatte er leise Geräusche außerhalb der Zelle gehört. Er hatte geglaubt, es wären Ratten, und sich wieder auf den Jugoslawen konzentriert, der an der Tür saß. Als der Mann seine Zigarette ausdrücken wollte und sich dafür halb zur Seite drehte, war Hoel vorgestürzt und hatte versucht, ihm die Hände um den Hals zu legen. Aber der Mann war wacher gewesen, als Hoel gedacht hatte. Das Messer des Jugoslawen kam im Bruchteil einer Sekunde aus der Scheide. Hoel wich der ersten Finte aus. Und beim zweiten Stich sorgte er dafür, dass die Wucht der Bewegung an ihm vorbeiging und damit der Mann vornüberfiel. Aber stattdessen landete der Jugoslawe auf den Knien. Hoel drehte sich und sah nur eine dunkle Silhouette in der Türöffnung. Das Messer steckte im Bauch des Dritten, und der fiel in sich zusammen. Hoel versetzte dem Jugoslawen einen Schlag auf den Hinterkopf, riss ihm das Messer aus den kraftlosen Fingern und schnitt ihm anschließend die Kehle durch.

Die Überraschung war groß, als er dem Unbekannten die Skimaske und die Brille herunterzog und den Bart entdeckte, der dem Kerl Ähnlichkeit mit einem russischen Priester verlieh. Er konnte sich absolut nicht vorstellen, was der unbekannte Mörder hier unten wollte. Hoel dachte auch gar nicht daran, stehen zu bleiben, um über die Sache nachzudenken.

Jurij Fermow war, ohne es zu wissen, auf der Toilette gelandet, als er in das dunkle Haus eindrang. Vorsichtig arbeitete er sich durch das Fenster und überprüfte zum fünften Mal, ob seine Waffe schussbereit war. Er war neurotisch, was das betraf. Sein Bruder war an so was gestorben. Er wollte einen Auftrag ausführen und hatte vergessen, dass die Trommel seiner Smith & Wesson fast leer war. Der Revolver klickte bei der dritten Kammer nur noch. Fjodor starb, als ihm drei breit grinsende Gangster einer rivalisierenden Bande in Moskau ins Gesicht spuckten, bevor sie einen Gnadenschuss genau zwischen die Augen platzierten. Jurij erinnerte sich daran, wie die Leiche seines Bruders ausgesehen hatte. Dieses Bild rief er sich jedes Mal in Erinnerung, wenn er zu einem neuen Auftrag ausrückte. Natürlich muss man auch alle anderen Details abhaken, aber wenn die Schusswaffe nicht funktioniert, ist man nicht mehr wert als ein Eiszapfen auf einer Herdplatte.

Jurij hatte es sich zur Gewohnheit gemacht, alle Pläne so durchzuspielen, als wäre er selbst der Gegner. Jeden Abend reinigte er die Waffe, die er immer bei sich trug, nahm sie auseinander, ölte die Teile, putzte sie, setzte sie wieder zusammen und überprüfte sie noch einmal. Wog sie in der Hand, feuerte ein paar imaginäre Schüsse ab, stellte sich vor, wie stark der Rückstoß den Lauf hochziehen würde und wie er das kompensieren könnte, perfektionierte seine Schusshaltung. So wurden die Waffe und er eins. Danach lud und entsicherte er sie, bevor er seinen Kopf auf das Kissen legte. Er würde sie blind finden, wenn etwas Unerwartetes ihn weckte. Und um Jurij zu wecken, war nicht viel nötig. Sein leichter Schlaf war sein Stolz.

Er durchquerte das Bad in wenigen Sekunden, schaute den langen Flur in beide Richtungen entlang und entschied sich für das Ende, das zur Haustür führte. Im ersten Zimmer fand sein Laservisier einen Mann, der unordentlich auf einem Bett lag. Sein Atem stank nach Alkohol. Er wäre nicht einmal aufgewacht, wenn Jurij das Licht angemacht hätte und ins Zimmer getrampelt wäre. Jurij legte ihm ein Kissen aufs Gesicht und setzte den Laser in der Mitte auf. Er tötete den Jugoslawen mit zwei Schüssen. Der Körper zuckte, und eine Hand kroch wie ein Krebs über das Kissen. Jurij vergewisserte sich, dass das Zimmer leer war, und schlich weiter.

Im nächsten Zimmer erschoss er einen Mann und eine Frau. Die Frau wachte auf und wollte schreien, als seine Waffe hustete. Die Kugel prallte gegen ihre linke Brust und ging ins Bettzeug. Die zweite Kugel durchschlug ihren Körper und traf den Mann an der Seite. Das dritte Geschoss ging ins Auge des Mannes.

Er überprüfte alle Zimmer und ging in den Raum direkt am Eingang. Der stellte sich als eine Mischung aus Büro und Konferenzraum heraus. Ein Aquarium mit Käscher, eine Sitzgruppe mit Sofa, ein Schreibtisch mit Stuhl, das war die Einrichtung. Halb unter dem Tisch, einen Stock neben sich, schnarchte ein Mann, dass es im Raum widerhallte. Jurij fing die Stirn des Mannes mit dem roten Laserpunkt ein und drückte den Abzugshahn bis zum

Anschlag. Das Schnarchen hörte abrupt auf, als hätte jemand den Lautsprecherregler gefunden und nach links gedreht.

Da hörte er Schritte hinter sich. Er wirbelte herum, die Waffe vor sich ausgestreckt, alle Sinne in höchster Bereitschaft. Durch seine Nachtbrille sah Jurij einen Mann in der Türöffnung stehen. Jurij ging davon aus, dass das Mike sein musste, und senkte den Arm.

Hoel hatte die dunklen Schuhe des jugoslawischen Gefangenenwächters angezogen. Sie passten ihm einigermaßen.

Wie passte dieser bärtige Mörder ins Bild? War er gekommen, um Hoel umzubringen oder den Jugoslawen? Hoels Kopf war voll mit sich widersprechenden Bildern. Er konnte einfach nicht entscheiden, was er tun sollte. Irgendwie erinnerte ihn die ganze Situation an damals, als er und Ulf den letzten gemeinsamen Job erledigt hatten.

Du darfst mich nie vergessen, Alex, hatte Ulf an dem Abend vor knapp drei Jahren gesagt.

Hör zu, alter Freund. Jetzt musst du dich zusammenreißen. Zumindest Irina zuliebe.

Seine Antwort von damals dröhnte ihm in den Ohren. Es war Irinas Name, der ihn aus der Ohnmacht weckte, die für einen Augenblick von ihm Besitz ergriffen hatte. Er konnte nicht einmal ahnen, was genau im Haus vor sich ging. Aber er musste auf jeden Fall einen Weg hinaus finden. Er hatte nur noch einen Job zu erledigen: überleben. Irina zuliebe. Und Sönke.

Und was war mit ihm selbst? War das die letzte Prüfung, die er bestehen musste, um endlich der werden zu dürfen, der er werden wollte?

Um hinauszukommen, brauchte er eine Tarnung. Er zog dem Fremden den Pullover aus, dehnte ihn, so gut es ging, und zog ihn sich über den Kopf. Wenn ihn jetzt jemand mit dem blutbefleckten Pullover sah, musste er denken, er hätte seine Schlacht geschlagen. Für einen schnellen Blick musste das reichen. Der Tote war schmaler als er. Deshalb krümmte Hoel sich etwas zusammen, während er das Messer in den Gürtel schob. Die Pistole mit dem Schalldämpfer nahm er in die rechte Hand. Zum Schluss setzte er das Nachtsichtgerät auf.

Er kannte den Korridor zur Treppe hin. Gab es Hindernisse auf der Treppe? Na ja, wenn es hier einen Meuchelmörder mit einer Waffe mit Schalldämpfer gab, dann gab es sicher noch mehr davon.

War der Bärtige auf einem anderen Weg gekommen als über die Treppe?

Schon möglich. Aber wie viel Zeit hatte er eigentlich, sich durch den Keller zu tasten? Er erinnerte sich an die Fenster zum Hinterhof. Die waren klein, wahrscheinlich zu klein, als dass er hindurchkommen könnte.

Also, was tun?

Die Treppe knackte, und er drehte sich rasch in die Richtung, aus der das Geräusch kam. Aber das war nur das alte Haus, das sich auf seinen Grundmauern regte. Er lief den Gang entlang, der nach Gemüse stank. Durch das Gerät warf er einen raschen Blick in alle Räume. Es flimmerte meergrün vor seinen Augen, aber es gab kein Zeichen von Leben.

Er zog sich vorsichtig eine Stufe nach der anderen hoch und näherte sich der Kellertür aus schwerem Metall. Er musste mit der Schulter dagegendrücken, um sie zu öffnen, und dann befand er sich auf dem langen Flur zwischen der Haustür und Dragoslaws Büro.

Er schnupperte und erkannte den Geruch von Kordit.

Tod hat einen ganz besonderen Geruch, und es war ganz klar, was geschehen war. Er war auf dem Weg zur Haustür, als er das wohl bekannte Räuspern eines Schalldämpfers hinter sich hörte.

Er schlich zum Büro und sah, wie eine grüne Gestalt einen leblosen Körper über den Boden zog, auf die Tür zu, in der er stand. Hoel kam nicht zum Schuss.

Der grün schimmernde Mann drehte sich jäh um, und Hoel dachte, dass es jetzt zu Ende war. Warum hatte er nicht sofort geschossen?

Aber der Mann schoss nicht. Nicht sofort. Stattdessen gab er Hoel ein Zeichen, ihm mit der Leiche zu helfen. Hoel ergriff die Füße des Mannes, den er als Dragoslaw zu erkennen meinte, und trug ihn mit hinaus auf den Hinterhof, auf dem ein Lieferwagen mit offenen Ladetüren stand. Fast wären sie mit einem ebenfalls schwarz gekleideten Mann zusammengestoßen, der auf dem Weg ins Haus war.

Hoel und Dragoslaws Mörder ließen die Leiche des Chefs der Jugoslawenbande pietätlos zwischen sich baumeln, bevor sie ihn in den Lieferwagen hineinwarfen.

»Hau ab!«, sagte Hoel zu sich selbst. »Hau ab, und du bist frei!«

Hoel fühlte einen Schlag auf die Schulter. Er hob die Hand, deutete einen kurzen Gruß an, während er fieberhaft zu denken versuchte. Das Einzige, was ihm klar vor Augen stand, war das Hoftor, das sich hinter ihm befand.

Er konnte laufen.

Er konnte den Arm mit der Pistole heben und schießen.

Er konnte …

Da geschah etwas mit dem Mann vor ihm. Der Körper des Mörders erstarrte. Innerhalb einer Millisekunde wurde dem Mann offenbar klar, dass Hoel niemand aus seiner Bande war. Sein Arm fuhr hoch. Hoel schwang die Hand mit der Pistole vor und zielte auf den Kehlkopf. Wenn der Schlag hart genug ausfiel, war der Mann auf der Stelle tot.

Aber der Schlag traf ihn nur an der Seite. Dennoch genügte es, um den Mann ins Wanken zu bringen. Hoels Reflexe übernahmen das Kommando. Er ließ die Pistole fallen, drehte den Mann routiniert um, griff mit den Fingern der linken Hand in die Augenhöhlen und zog den Kopf nach hinten. Das Messer setzte er so an, dass es beide Pulsadern im Hals zerschnitt. Das ganze war in einer Minute vorbei. Er rollte die Leiche ins Auto und schloss die Ladetüren, so leise er konnte.

Hoel schaute sich um. Auf dem Hinterhof waren nur der Wagen und er. Jetzt konnte er abhauen. Aber ein plötzlicher Gedanke kam ihm. Er hatte vorher noch einen kleinen Job zu erledigen. Es war jetzt genau wie damals, als er zu hoch gespielt und zu viel Geld verloren hatte. Da hatte ihm das Schicksal direkt ins Gesicht gespuckt und sich über seine Versuche schiefgelacht, wieder auf die Beine zu kommen. Jetzt wollte das Schicksal einen Ausgleich schaffen und ihm eine Chance geben, die vielleicht nur ein einziges Mal im Leben eines Mannes auftaucht. Nach Dragoslaws Tod und der Vernichtung der Bande gab es nichts mehr, was ihn daran hinderte, ein freier Mann zu werden. Und ein freier Mann konnte machen, was er wollte. Ein freier Mann konnte eine neue Karriere beginnen, in welcher Stadt er wollte. Ein freier Mann konnte einer Frau eine Zukunft bieten. Aber das Einzige, was ein freier Mann dazu brauchte, war Geld. Und das gab es irgendwo in diesem Haus. Schwarzes Geld, die Sorte von Geld, mit der er eigentlich nichts mehr zu tun haben wollte. Kann ein Mann, der ein sauberes Leben anfangen will, es auf schmutzigem Geld aufbauen?

»*Nein!*«, sagte eine Stimme in seinem Kopf. Wem gehörte die Stimme? War das Irinas Stimme? Oder war das seine eigene?

Er schaute zum Tor. Dort draußen lag die Straße, die zur Stadt führte und dorthin, wo das normale Leben war. Er konnte geradewegs nach Hause gehen, die Wohnung verkaufen, nach Berlin fahren und Vater und Ehemann werden. Er konnte sich einen Job suchen, jeden Morgen früh aufstehen und sich dem Arbeitstrott beugen …

»*Nein!*« Eine andere Stimme unterbrach seinen Gedankengang. »*Das ist doch leicht verdientes Geld. Anonymes Geld. Keiner wird es vermissen. Geh rein und bedien dich, Hoel.*«

»Oh Scheiße, nein!«, sagte Hoel laut. »Das Geld gehört so gut wie mir. Ich will nur noch diesen letzten Job erledigen. Dann ist Schluss. Dann ist verdammt noch mal Schluss.«

Er huschte zurück ins Haus und schlich in Dragoslaws Büro. Er schloss die Tür und knipste die Lampe über dem Schreibtisch an, um sich einen Überblick zu verschaffen. Als er die Nachtsichtbrille abnahm, sah er, dass Dragoslaws Aktenkoffer neben dem Aquarium stand. Es war ein hässliches Yuppieprodukt, lachsrote Seitenstücke mit schwarzen, hochglanzpolierten Ecken. Ein Handgriff aus mattem Messing setzte dem Werk die Krone selten erreichter Geschmacklosigkeit auf. Er hob ihn hoch. Der Aktenkoffer war schwer, und er sah gleich, dass er nicht abgeschlossen war. Vorsichtig öffnete er ihn.

»Mein Gott …«

Da drinnen war mehr Geld, als er je gesehen hatte.

Seine eigene Rate lag auf einer dicken Schicht von Kronen-, Dollar- und DM-Scheinen. Hoel schätzte es auf mindestens eine Million. Über sich hörte er etwas knirschen. Er klappte den Koffer zu, und im gleichen Moment fiel sein Blick auf das längliche Glas, in dem früher einmal Spargelstangen gewesen waren. Das Etikett war halb weggespült. In dem Glas lag ein kleiner Finger in einer blutigen Flüssigkeit. Hoel spürte, wie sich all seine Muskeln zusammenzogen. Ohne seine eigenen Einwände zu erhören, ergriff er das Glas, nahm den Aktenkoffer in die Hand, löschte das Licht und lief leise den Flur entlang zur Haustür. Er drehte das Schloss und schob die Tür auf. Hinter sich hörte er, wie etwas die

Treppen hinuntergeschleppt wurde. Er schloss die Tür und lief wie der Teufel ins Dunkel hinaus. Die Straße nahm ihn wie einen Freund auf. Es war an der Zeit, alle Brücken hinter sich abzubrechen.

Oslo

Freitag, 9. Januar. Morgens

Die Geschäfte machten gerade erst auf. Hoel hatte die letzten Stunden damit zugebracht, alles genau zu planen. Er brauchte nicht mehr als fünfundzwanzig Minuten in den Kleiderläden, fünf Minuten in der Parfümerie und sieben Minuten für die Taschen. Er kaufte sich ein Polohemd mit Rollkragen und ein ganz normales Jackett, das er mit einem Paar Designerjeans kombinierte. Einen neuen Mantel kaufte er bei *Sandaker* und nahm gleich ein paar handbemalte Seidenschlipse mit, eine Sonnenbrille von Killer Loop und schwarze Oxfordschuhe. Natürlich Lagerfeld-Parfüm. Ein schmaler Koffer mit Zahlenschloss kam noch dazu. Den Aktenkoffer vertauschte er gegen eine leichte Ledertasche aus Italien. Die kostete zweitausendfünfhundert Kronen und sah auch so aus. Zuletzt ging Hoel in die Apotheke und besorgte sich dort einen bequemeren und weniger auffälligen Verband für seine linke Hand.

Er war auf dem Weg zum Taxistand vor dem Hauptbahnhof, als eine schwere Hand auf seiner Schulter landete und ihn herumdrehte. Hoels Reflexe rieten ihm zu einem Karateschlag. Aber stattdessen bremste er den Arm auf halbem Weg. »Na, na, nervös?«, sagte Kristo und grinste, wie nur er es konnte.

»Sorry, Junge«, sagte Hoel und holte tief Luft. »Hab viel zu tun. Hätte dich schon lange anrufen sollen, aber du verstehst …« Er ergriff die vorgestreckte Faust, und die beiden schüttelten wie echte Freunde die Hand. Normalerweise konnte Hoel die Kerle aus der Ludenszene nicht ausstehen. Sie hatten immer etwas Schmieriges an sich, das auf alles, was sie in die Finger kriegten, abfärbte. Kristo war da eine Ausnahme. Eigentlich hatte er einen so prosaischen Namen wie Peder Halvorssen und stammte aus Kristiansand. Aber der Name seiner Heimatstadt, kombiniert mit einer außergewöhnlich dunklen Hautfarbe, hatte ihm den Spitznamen Kristo verpasst. Kristo selbst behauptete immer, seine Haut hätte er von einem spanischen Matrosen, der an die norwegische Küste gespült worden war, als die spanische Armada vom englischen Sturm zu Kleinholz gemacht wurde. Eine Zeit lang waren Hoel und er Saufkumpane gewesen. Sie hatten sich in allen möglichen Bars herumgetrieben, über Frauen geredet, mit Frauen geflirtet, sich Frauen geteilt und weitergetrunken, als würden sie nie genug Alkohol in sich schütten können.

Erst nach einem halben Jahr hatte Hoel erfahren, in welcher Branche Kristo arbeitete. Dass er in Gamlebyen ein Bordell mit norwegischen und dänischen Mädchen hatte. Hätte er das vorher gewusst, hätte er sicher nicht Kristos Gesellschaft gesucht, aber jetzt sah er lieber darüber hinweg. Denn Kristo war ein echter Freund. Es gab nie irgendwelche Probleme mit ihm. Und Leute, auf die man sich verlassen konnte, waren eine Seltenheit.

»Na, dir ist wohl klar, dass es um einen Job geht?«, fragte Kristo.

»Keine Chance«, erwiderte Hoel. »Ich bin schon nicht mehr da.« Im Hintergrund sah er, wie Menschen aus dem Haupteingang des Osloer Hauptbahnhofs strömten und langsam, aber sicher ein Taxi nach dem anderen nahmen.

»Das ist ein Klacks für einen wie dich«, sagte Kristo und wollte ihn nicht loslassen. »Und ich brauche deine Hilfe.«

»Mein Flugzeug geht in …«, Hoel begann vor Nervosität zu schwitzen und schaute auf die Uhr, »… in drei Stunden. Allmählich wird die Zeit knapp. Ich muss noch einiges erledigen. Kapiert?« Er nahm die italienische Ledertasche in die andere Hand und zuckte zusammen, als der Handgriff dort anstieß, wo vorher der kleine Finger gewesen war.

»Du kriegst fünfzig Prozent wie üblich«, fügte Kristo hinzu, ohne ihn loszulassen.

»Die Zeit ist zu knapp«, antwortete Hoel und merkte, wie er zögerte.

»Okay. Dann mach ich dir ein Angebot, zu dem du nicht Nein sagen kannst. Du kriegst sechzig Prozent. Das sind … warte mal … ungefähr 114 000 Kronen. Bar auf die Hand. Das reinste Schnäppchen. Na, was sagst du dazu?« Kristo zeigte Hoel sein lächelndes Gesicht, und seine Finger umklammerten immer noch dessen Ellbogen.

Das war ein gutes Angebot. Er konnte es schaffen. Und wenn er es nicht schaffte, dann würde sich eben die Reise nach Berlin um ein paar Stunden verschieben. Ein letzter Job, um noch ein bisschen zusätzliches Startkapital zu kriegen. Nur ein allerallerletzter Job, bevor er sauber war. »Ich glaube …«, setzte er an. »Ich glaube … ich muss ablehnen. Es lässt sich nicht machen.«

»Scheiße«, sagte Kristo. Er ließ seinen Ellbogen los, während er einen Schritt zurücktrat und Hoel ganz anders ansah. »Ist was passiert, Hoel?«

Hoel antwortete nicht, und Kristo erwartete auch gar keine Antwort. Es sah vielmehr so aus, als ob er es plötzlich sehr eilig hatte. Sie schüttelten wieder die Hände, aber diesmal legte Kristo nicht die gleiche Herzlichkeit hinein wie zuvor.

Kristo drehte sich auf dem Absatz um, während Hoel zu den Taxis sprintete und das letzte freie erwischte.

Sein Flugticket wartete an einem der Schalter auf ihn. Er hatte sich nicht die Zeit genommen, ein neues Handy zu kaufen. Deshalb musste er das öffentliche Telefon in Fornebu benutzen, um Irina anzurufen und seine Ankunft anzukündigen.

»Dann ist also alles in Ordnung?«, fragte sie und klang ziemlich gleichgültig.

»Jetzt ist alles in Ordnung. Das Leben kann weitergehen«, antwortete er und musste sich das andere Ohr zuhalten, weil ein Lautsprecher losplärrte, der intelligenterweise direkt über dem Telefon installiert war.

Sie erwiderte nichts, er hörte nur ihren Atem am anderen Ende der Leitung, und er fügte hinzu: »Das gilt jetzt für immer. Ich komme nach Hause.«

»Das ist gut«, sagte sie, und der gleichgültige Ton war durch einen anderen, wärmeren ersetzt worden. »Wir warten schon so lange auf dich.«

Danach gab es nichts mehr zu sagen. Sie gehörten beide nicht zu der Sorte, die Gold und das Blaue vom Himmel versprachen. Er schaffte es noch vor der Aufforderung, an Bord zu gehen, alle Zeitungen durchzusehen, die er sich gekauft hatte.

Norwegen

Samstag, 10. Januar

Norwegen ist ein merkwürdiges Land. Ein Bauern- und Arbeitervolk, das alte Sitten in Ehren hält und seine eigenen moralischen Ansichten darüber hat, was eine »gute Gesellschaft« ist. In einer guten Gesellschaft sollen alle genug Geld haben. So lautet das Motto. Deshalb sind wir eine Nation von Buchhaltern geworden. Unsere Politiker glauben, wenn man über das Unangenehme einfach nicht redet, dann würde es schon verschwinden. Und deshalb hatte auch die »Jugoslawen-Affäre« kein politisches Nachspiel.

Die Polizei ihrerseits wusste nur zu gut, wie schwierig es ist, Kriminalität in den so genannten »Einwandererkreisen« aufzuklären. Sie musste sich oft auf Aussagen von Personen aus diesen Kreisen verlassen, die gerne spekulierten. Lecks bei der Polizei lieferten der Presse alles, was die brauchte, um groß herumzutönen, dass es sich hier um Fehden wegen Spielschulden und Familienzwisten handelte.

Die Boulevardzeitungen blieben bei ihren Theorien von organisierter Kriminalität. Aber solange sie keinen konkreten Anhaltspunkt hatten, war es schwierig, mehr daraus zu machen. Am Samstag, den 10. Januar, gab es die letzte große Schlagzeile in dieser Sache. Danach verlief die ganze Sache wie üblich langsam im Sande. Ein reichlich primitiver Messermord eines Mannes an seiner Freundin in Odda zog das Interesse auf sich. Die Leute bekamen ihre Steuererklärungen mit der Post, und der allgemeine Seufzer ging durch das Land: »Dieser verfluchte Staat!«

Nachwort des Autors

Zunächst einmal möchte ich erklären, dass alle Personen und Handlungen frei erfunden sind. Aber sie sind in einen Rahmen platziert, der realistisch und möglich ist. Es kann jeden Tag geschehen.

Ich habe zwei Phänomene aufgegriffen, die es heute, 1996, gibt oder die im Entstehen sind. Auch in Norwegen. Geldeintreiber oder, wie sie sich selbst nennen, »Inkasso-Büros« gibt es in Oslo etwa dreißig. Die Zahl schwankt. Es ist ein Beruf mit gewissen Risiken und einer ziemlich starken Fluktuation. Die meisten Geldeintreiber sind Norweger. Organisierte Kriminalität ist etwas, von dem wir glauben, dass es das bei uns nicht gibt, aber die Überschriften in der Tagespresse in den letzten Jahren zeigen, dass die osteuropäische Kriminalität sich auch bis nach Skandinavien und Norwegen ausgedehnt hat. In Deutschland ist sie bereits ein großes Problem, gegen das man keine effektiven Mittel weiß. Noch nicht.

Für dieses Buch habe ich folgende Quellen benutzt: Direkte Informationen kamen von Personen, die mit diesen Kreisen eng verbunden sind. Im Internet kann man einige Treffer landen, wenn man unter »Organized crime« und verwandten Stichworten sucht. Und zum Dritten gibt es amerikanische, schwedische und russische Fachliteratur über osteuropäische Kriminalität. Dazu kommt, was die Tagespresse berichtet hat.

Alle Russen und Jugoslawen in diesem Buch sind Schurken. Es ist natürlich nicht meine generelle Auffassung, dass alle Russen und Jugoslawen sich ihr täglich Brot als Kriminelle verdienen. Ich will damit keine Volksgruppe bloßstellen. Ich hoffe, dass das niemand falsch versteht.

Man kann ein so detailreiches Buch nicht schreiben, ohne in irgendwelche Sachfallen zu tappen. Ich hoffe, die Leser geben mir diesbezügliche Rückmeldungen, entweder über den Verlag oder über E-Mail: jewo@c2i.net.

Oslo, August 1996

Jon Ewo

Ewo über Ewo

Ich wurde 1957 in Oslo geboren. Nach Primarschule, Gymnasium und einem kurzen Auftritt an der Universität wurde ich Bibliothekar. Bis 1987 arbeitete ich als leitender Bibliothekar, seither war ich Berater, Redakteur, Autor, Freelancer und Verleger. Es fordert einen ziemlich, wenn man keinen geregelten Job hat. Man braucht Disziplin, Sturheit und die Begabung, immer kreativ zu bleiben und dabei Geld zu verdienen. Trotzdem könnte ich nie mehr zu einer geordneten, bezahlten Arbeit zurückkehren. Meine Freiheit bedeutet mir viel zu viel.

Ich war Sänger in einer Punkrockband, die nie ein Konzert gespielt hat. Daneben mag ich Arnold Schwarzenegger, Käse mit Kaviar, Räucherlachs, Schlagzeuge, Sonnenbrillen, Designerklamotten, Oslo im Sommer, die Atmosphäre in alten städtischen Gebäuden, Comics, riesige Enzyklopädien, fette Zigarren, große Städte, Kebab, Oslo am Morgen, Pommes frites mit viel Ketchup, meine verrückten schreibenden Freunde, Oslo nachts, meine Lederjacke, mein Leben und meine heißgeliebte Cathrine.

1976 war ich neunzehn Jahre alt und hatte sechs Monate lang Gedichte geschrieben (die vermutlich nichts taugten), nachdem ich einen norwegischen Dichter namens Jan Erik Vold lesen gehört hatte. Das war so wunderbar! Ich wusste, dass ich auch so schreiben wollte. In den Jahren danach schrieb ich viele Gedichte, von denen nur sehr wenige publiziert worden sind.

1983 begann ich, Kurzgeschichten zu schreiben. Mein erstes Buch wurde 1986 veröffentlicht – ein Band mit Erzählungen in der Tradition von Hemingway, Graham Greene und Somerset Maugham. In anderen Worten, es hat mich zehn Jahre gekostet, meinen Schreibstil zu schärfen, von den Sünden junger Autoren abzulassen und mich mehr auf Sprache und Handlung einer Geschichte zu konzentrieren. Mein erster Roman – das dritte Buch – wurde 1991 veröffentlicht.

Es begann alles mit der Anfrage eines Lektors, der mich überzeugen wollte, ein Jugendbuch zu schreiben. Als ich zu schreiben begann, dachte ich immer nur an

Bücher für Erwachsene. Doch Anfang der Neunzigerjahre kämpfte ich mit einem Problem: Ich hatte eine Schreibblockade. Was immer ich auch schrieb, schien mir dumm, bedeutungslos, linkisch und furchtbar aufgeblasen. Diese Möglichkeit, auf Bestellung zu schreiben, kam mir wie ein Ausweg vor, ich dachte, es sei einen Versuch wert. Mein erstes Jugendbuch erschien 1993. Im Jahr darauf schrieb ich noch eines.

Beide Bücher wurden unter dem Pseudonym Holger Selmas (in Anlehnung an Selma Lagerlöf, mit der ich sehr entfernt verwandt bin) publiziert.

Plötzlich merkte ich, dass mir das Schreiben dieser Bücher einen neuen Raum geöffnet hatte. Meine Blockade war wie weggeblasen. Ich war bereit, meine literarischen Pläne zu überdenken. Ich hatte verstanden, dass ein Schriftsteller jemand ist, der es liebt, anderen Menschen eine Geschichte zu erzählen. Er möchte, dass die Leute ihm zuhören, ihn lesen. Ich fand heraus, dass Leser ungemein wichtig für mich waren. Und dass es mein Fehler war, wenn meine Bücher nicht gelesen wurden. Es bedeutete, dass sie nicht gut genug geschrieben waren. All dies mag für andere ganz offensichtlich sein, bei mir bewirkte es eine ganz neue Ausrichtung.

Ich war schon immer ein begeisterter Krimileser. Schätzungsweise über 1000 Bücher in den letzten 25 Jahren. Ein 1992 entstandener Roman war eine Art Parodie auf einen Krimi. Im selben Jahr begann ich als Gutachter für einen norwegischen Buchclub, der nur Krimis und Spannungsliteratur publiziert, zu arbeiten.

Dann fragte mich Alexander Elguren, der Herausgeber von Aventura, ob ich einen Krimi schreiben würde. Ich sagte ihm: »Einverstanden, aber ich werde nicht über Privatdetektive schreiben, weil ich dieses Subgenre ziemlich bescheuert finde. Ich würde lieber einen ›kriminellen Roman‹ schreiben. Über die kriminelle Unterwelt von Oslo. Aus der Sicht der Kriminellen.«

Er akzeptierte, und wir diskutierten einige Wochen lang Thema und Handlung des Romans, der *Torpedo* heißen sollte.

Ich wollte das Buch aus folgendem Grund einen »kriminellen Roman« nennen: In einem Krimi ist ein Verbrechen begangen worden, und die Helden wollen herausfinden, wer es getan hat. In *Torpedo* geht es um einen Geldeintreiber (in

Norwegen nennen wir sie »Torpedos«), der zwischen zwei rivalisierende Banden des organisierten Verbrechens gerät – Russen und Leute aus dem ehemaligen Jugoslawien. Es gibt keinen Fall, der gelöst werden muss. Es geht um Menschenjagd, Macht und um ziemlich viel Geld.

Ich wollte einen realistischen, wahren Roman schreiben. Über die »Mafias« aus dem ehemaligen Osteuropa, die in den westlichen Demokratien aktiv werden.

Gleichzeitig ist es ein Buch über den norwegischen Erpresser Alex Hoel. Es ist unmöglich, eine solche Geschichte zu schreiben, ohne mit den Leuten gesprochen zu haben, die die verschiedenen Milieus kennen. Ich habe viel Zeit damit verbracht, Menschen zu befragen: Erpresser, Spieler, Leute, die das Geschäft der Prostitution kennen, Mörder und Kleinkriminelle, die bereit waren, mir zu erzählen, wie sie handeln, fühlen, denken. Ich erzählte ihnen die Handlung meines Romans, und sie konnten mir Hinweise geben, wie sie in ähnlichen Situationen gehandelt hätten. Sie waren auch bereit, mir zu erzählen, wie die norwegische Unterwelt aussieht. Ich muss betonen, dass es mir dabei auf keinen Fall darum ging, aus Kriminellen Helden zu machen, sondern einzig darum, meine Geschichte lebensnah werden zu lassen.

Ich wollte einen detailreichen, realistischen Text schreiben. Deshalb verbrachte ich auch Zeit damit, Kleider, Parfum-Marken, Automodelle, Handys und so weiter zu studieren. Nebst Büchern, Artikeln und Interviews benutzte ich auch das Internet ausgiebig.

Den meisten Rezensenten gefiel der Roman. Ich denke, das liegt auch daran, dass ich nicht übertrieben habe. All das ist heute in Oslo Realität. Keine der Personen oder Geschichten beruht auf tatsächlichem Geschehen, alles ist rein fiktiv. Aber es könnte so geschehen sein.

Bibliografie

Det sies at oktober er en fin måned (Novellen, 1986)

Ingen snakker om Marcel (Novellen, 1987)

Langsomt nå, for Matteus' skyld (Roman, 1991)

Dit gatene går når det blir natt (Roman, 1992)

Vi tar ham! (unter Pseudonym »Holger Selmas«, Jugendbuch, 1993)

I Satans tid (unter Pseudonym »Holger Selmas«, Jugendbuch, 1994)

Min første modembok (1994)

Kriss Kross (Jugendbuch, 1995)

Jeg var 16 da jeg forstod hva en mann må gjøre (Jugendbuch, 1995. Deutsch: *Sommerschatten*, 1998)

Ressurser på Internett. World Wide Web (Co-Autor: Robert Wood, 1995)

Ingen er redd for Otto Monster (Kinderbuch, 1996)

Etterpå er du en helt annen mann (Roman, 1996)

Torpedo (1996. Deutsch unter gleichem Titel, 2000)

Effektiv søking på World Wide Web (1996)

Du store gauda! (Kinderbuch, 1997)

Når en mann parkerer hjertet sitt og griner (1997)

Hevn. Torpedo II (Roman, 1997)

Otto Monster i familietrøbbel (Kinderbuch, 1998)

Otto Monster hopper i vulkanen (Kinderbuch, 1998)

Gissel. Torpedo III (Roman, 1998)

Uten filter (Jugendbuch, 1998)

Die Übersetzerin

Christel Hildebrandt, geboren 1952, studierte Soziologie, Germanistik und Literaturwissenschaft. Das Norwegische wurde nach dem Studium vom Hobby zum Beruf. Seit mehr als zwölf Jahren übersetzt sie vom Bilderbuch bis hin zum harten Thriller, von Henrik Ibsen bis zum Liebesgedicht. Daneben ist sie Mitherausgeberin mehrerer Anthologien aus dem nordischen Sprachraum, u.a. auch von »Mord am Fjord«.

Im Dickicht der Städte

Chester Himes *Fenstersturz in Harlem*
Während einer Trauerfeier stürzt ein Mann aus dem Fenster. Er bleibt unverletzt: Er ist in einen Brotkorb gefallen. Wenige Minuten später liegt ein anderer Mann im Korb. Mit einem Messer in der Brust.

David Goodis *Schießen Sie auf den Pianisten*
Eddie, einst ein bejubelter Pianist, verdient sein Geld in einer schäbigen Spelunke. Plötzlich taucht sein Bruder auf, der ihn wieder um Hilfe anfleht. Eddie bleibt hart, kommt aber nicht ungeschoren davon.

Friedrich Glauser *Matto regiert*
Der Direktor der Irrenanstalt ist verschwunden, der Kindsmörder Pieterlen ausgebrochen. Wachtmeister Studer leuchtet hinter die Kulissen psychiatrischer Theorien und Therapien. Matto, der Geist des Wahnsinns, regiert und spinnt seine silbernen Fäden.

Assia Djebar *Nächte in Straßburg*
Eine Frau erlebt mit ihrem Liebhaber neun Nächte voll sinnlicher Trunkenheit und geteilter Erinnerungen. Selbst in den lustvollen Stunden können unter der Oberfläche beklemmende Schatten der Vergangenheit aufbrechen wie schlecht verheilte Wunden.

Alan Duff *Warriors*
Leben im Maori-Ghetto von Pine Block. Duff verschweigt nichts, bricht Tabus und begegnet doch all seinen Figuren mit dem Verständnis, das ihnen im Leben verwehrt bleibt.

Yaşar Kemal *Zorn des Meeres*
Ein alter Mann und das Meer: Der Fischer Selim jagt auf dem Marmarameer seinem Traum nach. Derweil wird ein jugendlicher Mörder durch ganz Istanbul gehetzt.

Meja Mwangi *Nairobi, River Road*
Der berühmteste unter den Stadt-Romanen Afrikas: Turbulent und hart wie die glitzernde Metropole, wo das kleine Glück im Überlebenskampf nicht länger anhält als ein Glas Bier.

Monireh Baradaran *Erwachen aus dem Alptraum*
Neun Jahre lang lebte Monireh Baradaran in den berüchtigten Gefängnissen von Teheran. Von ihren Mitgefangenen zeichnet sie einfühlsame Porträts und geht dem Rätsel nach, wie Menschen sich verändern, Freunde zu Feinden werden.

Lao She *Vier Generationen unter einem Dach*
In einer kleinen Gasse Pekings lebt mit seiner ganzen Familie der ehrwürdige Herr Qi. So gerne hielte er an den Traditionen fest, wären da nicht die japanischen Eroberer, die sein gewohntes Leben aus der Bahn werfen.

Mochtar Lubis *Dämmerung in Jakarta*
Mochtar Lubis entwirft in kräftigen Bildern das Panorama einer Großstadt – die Welt der Kaufleute, Beamten, Politiker, Schurken, der debattierenden Intellektuellen und der ewig zu kurz Kommenden.

Nagib Machfus *Die Midaq-Gasse*
Einst glänzte die Midaq-Gasse wie ein Stern in der Geschichte des mächtigen Kairo. In diesem Roman des Nobelpreisträgers wird eine Altstadtgasse von Kairo zum Mikrokosmos einer Welt im Umbruch.

UT *metro*

Jean-Claude Izzo *Total Cheops*
»Total Cheops«, rappen die Kids vom Marseiller Hafen, wenn es drunter und drüber geht. Daran ist Fabio Montale nicht ganz unschuldig, der Polizist mit dem Hang zum guten Essen und einem großen Herz für all die verschiedenen Bewohner der Hafenstadt.

Helen Zahavi *Donna und der Fettsack*
Kampf der Geschlechter oder Duell um die Macht? Donna, das Mädchen von nebenan, und Henry, der fiese Kredithai, haben sich ineinander verbissen. Als die Achterbahn der Gefühle zum explosiven Ende kommt, ist völlig ungewiss geworden, wer hier der Sieger ist.

Walter Mosley *Socrates in Watts*
Nach siebenundzwanzig Jahren im Knast will Socrates wieder ein ordentlicher Mensch werden. »Mosley ist ein Künstler und ein Meister des Kriminalromans zugleich.«
New York Times Book Review

Stan Jones *Weißer Himmel, schwarzes Eis*
Als sich im Städtchen Chukchi die Selbstmorde häufen, wird Nathan Active neugierig. Bald steckt er in einem Umweltskandal, der ihn Kopf, Kragen und Karriere kosten kann. »Eine packende Lektüre, die einen seltenen Einblick in die Kultur der Inuit ermöglicht.«
Extreme Conditions

Christopher G. Moore *Haus der Geister*
Privatdetektiv Vincent Calvino kennt sich bestens aus in den Unter-, Ober- und Halbwelten von Bangkok. Nicht immer zur Freude derjenigen, die die ganz großen Räder im Fernen Osten drehen. »Bangkok – hier lebe ich. Ganz nah bei den Knochen, unter der samtenen Haut.« *Christopher G. Moore*

Rebecca Bradley, Stewart Sloan *Temutma*
Ein Mörder macht Hongkong unsicher. Das ist nichts Ungewöhnliches. Aber dass in seinen Opfern kein Tropfen Blut mehr ist, fällt auf. »Hongkongs Schauplätze, Geräusche und Gerüche rasen an uns vorbei im Rennen gegen die Zeit.« *South China Morning Post*

Chester Himes *Plan B*
Das Finale furioso des legendären »Harlem Zyklus«: ein visionäres Szenario des Aufstands der schwarzen Bevölkerung der USA. »Mit fast selbstmörderischem Vergnügen nimmt Himes den Leser mit in die Hölle.«
Fréderic Vitoux

Jon Ewo *Torpedo*
Oslo ist zur Drehscheibe geworden: Alkohol, Drogen, Macht. Selbst einem hartgesottenen Geldeintreiber wird es da zu heiß. Aber wie aussteigen, wenn er Schulden hat? »Was wir über die osteuropäische Kriminalität wissen, macht aus dieser Geschichte mehr als eine Fiktion.« *Bergens tidende*

Mongo Beti *Sonne, Liebe, Tod*
Zam, der Journalist, kommt zwischen die Mühlräder: eine Leiche in der Wohnung, die Geliebte entführt, Überfälle. Was ist los in dem fiktiven afrikanischen Land? Unter der sengenden tropischen Sonne ist rein gar nichts und niemand unschuldig.

Jerry Raine *Frankie Bosser kommt heim*
Dumm gelaufen: Kaum ist der Ganove Phil Gator wieder in England, bringt er versehentlich einen alten Mann um. Peinlich, dass dessen Sohn ein ganz anderes Kaliber ist. »Jerry Raines Prosa ist unwiderstehlich, und sein Blick ins Innere der Verbrecher großartig.«
The Times